# 俳句500年
# 名句をよむ

藤 英樹

コールサック社

# 俳句５００年　名句をよむ

# 目次

第一部　俳諧の誕生……5
第二部　俳諧から俳句へ……127
第三部　俳句の多様化……259

俳諧・俳句史……382
あとがき……386
索引……388

# 第一部

# 俳諧の誕生

*

和歌の上の句（五・七・五）と下の句（七・七）を何人かで詠み合う連歌が盛んだった時代は、また能と狂言も盛んでした。決まり事の多い正式な連歌が能とすれば、その余興として砕けて詠まれた「俳諧の連歌（連句）」は狂言のようなものでした。

京の都で応仁の乱が起こって間もなく、産声を上げた俳諧（後の俳句）は当初は笑いを誘う滑稽なものでした。「俳」にも「諧」にも「戯れ」という意味があるのはこのためです。おそらく戦乱の世に片時でも笑いを求めたいという庶民の欲求があったのだと思います。

戦乱が終わり江戸時代になっても、最初に現れた俳諧の一派・貞門はより単純な笑いを求め、続く一派・談林はもう少し込み入った笑いを求めました。

しかし平和が続くと、戦乱の時代には顧みる余裕のなかった古典に目を向ける人々が現れます。松尾芭蕉は中国の李白・杜甫の詩、西行の和歌にならい、俳諧を笑いの世界から閑寂《かんじゃく》な世界へ転じました。画家の与謝蕪村も芭蕉を慕い、古典趣味にあふれた世界を詠みました。

# 雲はなほ定めある世の時雨《しぐれ》かな　心敬《しんけい》

（一四〇六〜七五年）『新撰菟玖波集』

『後撰和歌集』に「神無月降りみ降らずみ定めなき時雨ぞ冬の初めなりける」（よみ人しらず）という歌がある。降ったと思えば止んだりと一定しない冬の初めの時雨空を仰ぎながら詠んでいる。古来、詩歌に盛んに詠まれてきた「時雨」は山に囲まれた京都特有のにわか雨。歌人たちはそこに無常の世の有様や心変わりした恋人への恨みを仮託してきた。

掲句も無常の世を嘆きつつ詠まれている。「なほ」は「それでも」という意味で、「一定しない時雨だが、それでも安定した平和な世の中のものであるよなあ」と作者のため息が聞こえてきそうだ。心敬は室町時代を生きた連歌師だが、住み慣れた京の都で応仁の乱が起こり、人生最後の八年は戦乱を避けて関東に下り客死した。掲句はその頃に詠まれた。

彼は和歌山の生まれで、若い頃に比叡山に上って長く仏道修行を続けた。京の寺の住持となり、かたわら和歌を歌僧・正徹に学んだという。南北朝・室町期になると、五・七・五と七・七を何人かで詠み合う連歌が盛んになった。連歌師とは連歌興行を捌《さば》く宗匠のこと。心敬は京で高名な連歌師となった。俳諧はいまだ自立せず、あくまで連歌の席の余興だった。

# 世にふるも更に時雨の宿りかな　飯尾宗祇《そうぎ》

（一四二一～一五〇二年）『萱草』

師である心敬の「雲はなほ」に唱和して詠まれた。「戦乱の絶えないこの世を辛くも生きる身に、追い打ちをかけるように冷たい時雨の降ることよ」と心敬同様、世の有様を嘆いている。上五の「ふる」は「経る（この世を生きる）」と「降る（時雨が降る）」の掛詞。『新古今和歌集』の冬歌「世にふるは苦しきものを槇の屋にやすくも過ぐる初時雨かな」（二条院讃岐）を本歌取りしている。宗祇は和歌の伝統を踏まえた正風連歌の大成者。

宗祇の若い頃の生い立ちはよく分からない。連歌の道に進んだのは三十歳を過ぎてからだったらしい。厳しい修業を積み、第一人者としての地位を築いた。彼は後の芭蕉のように旅に生きた人で、みちのくから九州まで訪れている。芭蕉は『笈《おい》の小文《こぶみ》』の冒頭で「西行の和歌における、宗祇の連歌における…」と自らの風雅を西行や宗祇になぞらえ、掲句に唱和して「世にふるもさらに宗祇のやどり哉」（『虚栗』）と詠んだ。

宗祇が中心となって明応四（一四九五）年、正風連歌の集大成ともいうべき『新撰菟玖波《つくば》集《しゅう》』が完成した。だが連歌愛好の庶民の中から次第にもっとありふれた言葉で面白おかしく詠みたいという声が強まる。宗祇はそこまでは踏み込めなかったが、後の俳諧に大きな影響を与えた。八十二歳で箱根に客死。

# 満《まん》丸《まる》に出《いで》てもながき春日哉《かな》

山崎宗鑑

（生没年不詳）『誹諧初学抄』

掲句の「春日」には春の太陽と春の一日という二つの意味がある。宗鑑はそこに目を付け、一句の中で意味を転じている。すなわち「いつもと変わらず太陽は満丸に上るが、なんと日永であることよ」と駄洒落のようだ。掲句を引いている『誹諧初学抄』は江戸時代初期の寛永十八（一六四二）年刊。著者は俳諧の草分けの一人、斎藤徳元。同書で彼は連歌に勝る俳諧の楽しみとして「俗語を用る事」「取あへず興をもよほす事」などを挙げている。また喩えとして「連歌は能、誹諧は狂言たるべし」とも言っている。ただしそこには自ずと節度もあるとして「当世はやるかぶきの座の狂言などは本の道にあらず。此さかひをよくよく工夫あるべき事肝要也」「さすがに誹諧も和歌の一躰なれば、道にはづれたる儀は仕ふまつるべからず」などと戒めた。連歌から俳諧が自立した初期の記述として興味深い。

宗鑑は荒木田守武とともに俳諧の祖とされている人。宗鑑の生い立ちなどは不明だが、室町後期から戦国期の人だろう。姓の山崎は京都洛西の山崎に住んだことが由来。大徳寺住持だった一休を尊敬していたという。掲句の飄逸味《ひょういつみ》もそこに関係するのだろうか。

# 月にえをさしたらばよき団扇《うちは》哉　宗鑑

『誹諧初学抄』

夜涼の空に白々と上った満月を仰いで詠んだのだろうか。手にしている団扇から「あのお月様にこの柄を付けたら、最高の団扇になるのではないか」と連想が膨らんだに違いない。子どものように自由でおおらか。理屈が邪魔する現代人には真似できない発想だ。連歌師の宗鑑がいち早く連歌から俳諧を自立させたのは、よくよく考えをめぐらしてのことではなかっただろう。掲句を詠んだような、生まれながらの遊び心だったのではないか。

宗鑑が編者とされる『犬筑波集』は、連歌の集大成である二条良基撰の『菟玖波集』や宗祇編の『新撰菟玖波集』の向こうを張って名づけられた。「犬」と冠してへりくだっているが、そうではない。愛好者の支持を得て俳諧自立を宣言した自負を読み取るべきだ。収録句に作者名がないためどれが誰の句か分からないのが残念だが、たとえば「さを(ほ)姫のはるたちながらしとをして」は春雨を佐保姫のあられもない粗相に見立てた。「世の中をいとふまでこそかたつぶり」は西行の歌「世の中を厭ふまでこそ難からめかりの宿りををしむ君哉」(『新古今和歌集』)を本歌取りしつつ「かたつぶり」と笑いに転じた。「宗祇十三回忌に」と前書のある句「地獄へはおちぬ木の葉のゆふべかな」は宗鑑の諧謔にも見える。

# 元日や神代のことも思《おもは》るゝ

荒木田守武《あらきだもりたけ》

（一四七三〜一五四九年）真蹟

一年の最初の日である「元日」は古来、日本人にとってきわめて厳粛な日とされてきた。この日初めて汲む水を「若水《わかみず》」といって、これで点《た》てた茶を飲み、雑煮を作っていただくことで一年の災厄を払う。「初詣」はその年初めて神仏に参ることで、一年の無病息災や五穀豊穣を祈る。今もこうした習慣は大きく変わっていないが、守武の生きた時代は太陰太陽暦によって元日とほぼ同時に春もやってきた。今以上に特別なハレの日だったはずだ。

「神代のことも思る、」とは『古事記』『日本書紀』に描かれた国生みの神話が思われるということだろう。どんな話を思ったのだろうか。守武は伊勢神宮内宮の神官だから、ここは当然、同神宮の祭神であり、高天の原の太陽神である天照大神《アマテラスオオミカミ》のことに違いない。天照は弟の須佐之男の乱暴に怒って岩屋戸に隠れてしまう。天上は暗闇となり、困ったほかの神々が鶏を鳴かせたり、天宇受売命《アメノウズメ》が踊り狂い、皆の笑い声に誘われて天照が岩屋戸から出てくると再び天上に明るさが戻った。

掲句には「天文五年春奉公のひまによみける」と前書がある。大勢の初詣客で忙しい中、ふと初日を仰ぎつつ、この神話を思ったのだろう。

# 飛梅《とびうめ》やかろがろしくも神の春　守武

『守武千句』

学問の神様とされる平安時代前期の右大臣・菅原道真は高潔で人望の厚い人だったが、政敵・藤原時平の讒言《ざんげん》で九州大宰府に左遷されてしまう。道真は都を去る際、庭の梅に「東風《こち》吹かばにほひおこせよ梅の花主なしとて春を忘るな」（『拾遺和歌集』）と詠んだ。すると梅は道真を慕って大宰府まで飛んできて花を咲かせたという。これが「飛梅伝説」だ。

掲句はこの伝説を踏まえている。「かろがろしくも」とは軽やかな飛梅と、淑気に満ちた「神の春」の軽やかな気分を掛けているのだろう。守武は道真を祀る京都・北野天満宮に発願して千句を一人で詠む『守武千句』に挑んだという。掲句はその発句《ほっく》になっている。

宗鑑とともに俳諧の祖とされる守武だが、宗鑑の句に比べると、守武の句は「神代」の句にしても掲句にしても格調が高い。『千句』のあとがきで「はいかいとて、みだりにし、わらはせんと斗はいかん。花実をそなへ、風流にして」と戒めている。

それにしても由緒ある伊勢神宮神官の家に生まれた彼が、連歌から俳諧へと身を投じたのはなぜなのだろうか。伊勢神宮には全国から参拝客が集まる。俳諧を求める庶民のエネルギーを身近で感じたからではないか。

# 涼しさも末ひろごりの扇かな　松永貞徳《ていとく》

（一五七一〜一六五三年）『犬子集』

よく知られた狂言に「末廣《ひろ》かり」がある。天下太平を祝して果報者の主人が一族郎党を招いて酒食をもてなそうと考え、家来の太郎冠者を呼び出し「客にめでたい末広がりを贈りたいので、都で買ってこい」と命ずる。太郎冠者は末広がりの意味が分からないが、見栄を張って知ったかぶり。すっぱ（詐欺師）に騙され古傘を買わされてしまう。不審にも思ったが、傘を広げたすっぱに「末広がりになるではないか」と言われ信じ込んでしまう。古傘を見せられた主人はあきれて叱るが、太郎冠者が傘で舞うのに免じて機嫌を直す。

掲句の「末ひろごり」は末広がりのこと。文字通りだんだん広がることだが、転じて人や家が繁栄してゆく意味になり、やがて扇を指す言葉になった。掲句では涼しさが末広がりになるということと、末広がりの扇という二つの意味を掛けている。たわいない駄洒落だが、語調のよさと「涼しさも末ひろごり」の措辞《そじ》が読んでいて気持ち良い。

貞徳は俳諧に最初に生まれた門派・貞門の総師。父の跡を継ぎ連歌師となったが、庶民の欲求に応えるように掲句のような軽妙なライトヴァースを量産して時代の寵児となった。

# 花よりも団子やありて帰雁《かへる》　貞徳

『犬子集』

掲句は『古今和歌集』春歌の「はるがすみたつをみすててゆくかりは花なき里にすみやならへる」（伊勢）を踏まえている。歌が「花のない里に住み慣れているからだろうか」と高雅に詠んだのを、貞徳は「花より団子」のことわざを入れて、雁が帰るのは花時のこの国の春を愛でるより、食い気が勝って餌場の多い北の国に惹かれるからだろうと戯れている。和歌、連歌の高雅な世界を断ち切って、面白おかしい俳諧に転じた。「連歌は能、誹諧は狂言たるべし」（『誹諧初学抄』）という考え方を実際の句で示した典型例といえる。

貞徳がなぜこういう句を詠んだかといえば、狂言が庶民の本音（欲望）を演じたように、俳諧もあらねばならないと考えたからだろう。貞徳が生まれたのは戦国時代末期。十歳の頃に本能寺の変で織田信長が討たれ、天下分け目の関ヶ原の戦いがあり、その後も二度にわたって大坂の陣があった。人生の半ばまで戦乱続きの世の中を生きた。豊臣秀吉の右筆を務め、高名な連歌師・紹巴《じょうは》や武士で歌人としても著名な細川幽斎の薫陶を受けた。しかしこうしたハイソな人々に囲まれてかえって権力の虚しさを目の当たりにしたのだろう。

## 蟬の命つないでおくや露の玉　貞徳

『崑山集』

『崑山集』には「逢坂にて」と前書のついた蟬の句が十一句並んでおり、掲句はその最後に置かれている。逢坂は滋賀県大津にあり、かつて三関の一つ、逢坂の関があった。「逢」という字が男女の「逢瀬」を連想させるからだろうか、昔から恋の歌枕として有名。また老残の小野小町が登場する能の秘曲「関寺小町」や盲目の皇子の悲運を描いた「蟬丸」の舞台でもある。そういう古典を踏まえれば、掲句の「蟬の命」とは小町や蟬丸の命を連想させる。それを露の玉でつないでおくと詠んだところがこの句の眼目だし、あわれも誘う。

貞徳の句は「霞さへまだらに立つやとらの年」「くれた年を人にやらぬはしはす哉」など駄洒落の句や「佐保姫のしとしとふるや春の雨」など卑俗な句が多いが、掲句のように古典を感じさせる句もある。要するに古典の知識が豊富で真面目な句を詠む力はむろんあった。ただ俳諧とは俗語を嫌わず詠むものだという信念を貫いたのだ。これが俳諧の定義となり貞徳の下には多くの門弟が集まり、貞門は隆盛を極めた。彼は「長頭丸《ちょうずまる》」とも号した。面長の風貌だったのだろう。晩年は眼病で失明したが八十三歳の天寿をまっとうした。

# これはこれはとばかり花の吉野山　安原貞室《ていしつ》

（一六一〇〜七三年）『一本草』

絶景を目の前にすると、大方の歌人俳人はかえって詩想が浮かばないもの。あの芭蕉といえども『おくのほそ道』の最大の眼目だった松島で句がないのがそれを証明する。全山が花に覆われる奈良・吉野山を目の前にしても同じだろう。

掲句の「これはこれは」とは驚いて表現に詰まったときに発する言葉で現代でもしばしば耳にする。貞室は花の吉野山を前に驚きの言葉をそのまま一句に取り込んだ。それが掲句を人口に膾炙《かいしゃ》する不滅の一句にした。芭蕉は『笈の小文』の旅で、花の盛りの吉野に三日とどまって句を詠もうとしたが詠めず、「かの貞室が『是は是は』と打なぐりたるに」と掲句を引き合いに出している。「打なぐり」とは即興的に詠むという意味で、自分が詠めないことを悔しがった。

貞室は本名・正章《まさあきら》で京都の人。紙商を営んだという。俳諧は貞徳の下で十九歳から始めた。初めは正章の名で活動し、貞門で頭角を現した。三十九歳の時には貞徳の指導で独吟《どくぎん》『正章千句』を出版している。カリスマ的な貞徳の下には貞室のほかにも松江重頼、野々口立圃《りゅうほ》、山本西武《さいむ》ら多くの優秀な門弟がいて後継をめぐってしのぎを削り、激しい批判合戦も起こった。

# くるとしのおも湯に繫ぐ命哉　貞室

『歳旦発句集』

貞室は俳諧だけでなく琵琶や笛なども得意で多芸多才の人であったらしい。それだけに野心的なところもあり、貞門のほかの門弟たちと激しく衝突してゆく。たとえば重頼が出版した俳諧事典『毛吹草《けふきぐさ》』に対して、それを論難する『氷室守《ひむろもり》』を出版した。俳諧上の論戦にとどまらず、次第に感情的な対立へエスカレートしていったようだ。慶安四（一六五一）年、まだ正章と名乗っていた彼は貞門の総帥・貞徳から俳諧点者の認可を受けた。その二年後に貞徳が亡くなると、すぐ正章から貞室と改め、貞徳二世を宣言した。貞門の後継者は自分だという自負からの宣言だったのだろうが、当然ほかの門弟は強く反発した。

彼の句は「小便のかずもつもるやよるのゆき」（『玉海集』）、「歌いくさ文武二道の蛙かな」（『正章千句』）など軽妙な言葉遊びの句が多い。その点は貞徳の後継者にふさわしいといえるだろう。ただ結局はそこにとどまり、貞門の新たな展開を切り開くまでに至らなかった。

掲句は亡くなる年の歳旦吟。新年を病人食の重湯をすすって迎えるという句意。「おも湯」に「思ほゆ」も掛けているのだろうが、言葉遊びを超えた静かな境涯が感じられる。

# みよしのゝ花の盛や四海浪　松江重頼《しげより》

（一六〇二〜八〇年）『犬子集』

正式な能舞台で「翁《おきな》」に続いて演じられる脇能（初番目物）に世阿弥作「高砂《たかさご》」がある。播磨の国・高砂の松と摂津の国・住吉の松が相生（夫婦）の松であることが語られ、天下太平を言祝ぐ。その中に「四海波静かにて、国も治まる」という詞章がある。掲句の「四海浪」はここから取られているのだろう。奈良・吉野山の花の盛りを目の当たりにした作者が美しさを愛で、それも天下が平和に治まっているゆえであるという思いを込めている。

重頼は京都の人で旅宿業を営んだという。貞徳の高弟七人（七俳仙）の一人に数えられるが、彼の編んだ俳諧撰集『犬子集』が貞徳の怒りに触れ、破門されたとも伝えられる。だが俳諧史の中で重頼が果たした業績は大きい。一つは俳諧の可能性を広げたこと。駄洒落主体の貞門俳諧に、掲句のように積極的に能（謡曲）の詞章を取り込んだ。彼が編んだ『犬子集』には発句約千五百句、付句約千句が網羅され、『守武千句』『犬筑波集』に匹敵する。さらに大きな仕事として『毛吹草』編纂が挙げられる。発句・付句の式目に加え、四季の言葉（季語）や諸国の名産などをまとめた。俳諧を学ぶ庶民のよき入門書となった。

# 落《おち》汐《じほ》に鳴《なる》門《と》やつれて暮の春　重頼

『藤枝集』

鳴門海峡は淡路島と徳島を隔てた幅一・五キロほどの海峡で、汐の干満によって激しい渦潮のできる名所として知られる。掲句はその鳴門海峡が「落汐（引き汐）」になると（鳴門と掛けている）やつれてしまったと詠んでいる。やつれるは「大病を患いやつれた」というように人間がやせ衰えた様子を形容するときの言葉。引き汐で水位が下がり海中の岩などが見える様子をやつれたようだと言っているのだろう。「暮の春」は春の終わりで、一年で最も干満の差が大きい。引き汐でなく「落汐」という言葉を使ったことで落ち武者のような落魄をも思わせる。

暮春のけだるいような感じは、後の蕪村の「ゆく春やおもたき琵琶の抱ごゝろ」などの句さえ連想させる。むろん重頼にもほかの貞門俳人と同じく古典を卑俗化した句や駄洒落の句もある。しかし前の謡曲を踏まえた句や掲句の擬人化など、貞門俳諧にただ納まるだけの俳諧師ではないように思える。『藤枝集』は彼の個人句集で下巻には発句四百八十句を四季別に収めている。掲句のほか「順礼の棒ばかりゆく夏野かな」「御座舟や霧間もれたる須磨明石」「野に嬉し蟲待つ宵の小行燈」など後の蕉門の句と言ってもよいような佳吟もある。

# むかひみる餅はしろみの鏡かな　野々口立圃《りゅうほ》

（一五九五～一六六九年）『歳旦発句集』

正月に飾る「鏡餅」は大小の丸餅を重ねて祖霊や年神に供えるものだが、なぜ形が丸いのか、またなぜ「鏡」というのだろうか。複数の歳時記を見ると、それは心臓をかたどったもので、生命力の更新をはかろうとするものだ、とある。さらに『角川俳句大歳時記』では「三種の神器の一つ、八咫鏡《やたのかがみ》に擬したものともいわれ」といい、講談社の『日本大歳時記』では「鏡に写すようにそこに人々の『影』、すなわち『魂』の外に現れたすがたを見たからで、そこに人々の『命』の指標をも考えたのであろう」（山本健吉）としている。

掲句は鏡餅を「しろみの鏡」と詠んでいる。普通の鏡のように自分の姿をくっきりと写すことはできないが、山本の言うように影を写すことで自分の魂、言い換えれば心を写すと考えたのだろう。鏡餅に向き合い、静かに自分を省みながら、新たな年にどう生きてゆくべきかを問うているのだ。

立圃は本名・親重。京都で雛屋、紅粉屋を商ったという。後に江戸、九州など各地を行き来して俳諧興行を続けた。掲句は『歳旦発句集』の冒頭、守武、宗鑑、貞徳の句に続いて四句目に置かれている。重頼の『犬子集』に対抗して『誹諧発句帳』を編纂刊行した。

# 武蔵野の雪ころばしか冨士の山　斎藤徳元《とくげん》

（一五五九～一六四七年）『犬子集』

「雪ころばし」は雪のかたまりのこと。武蔵野は今は都市化して見る影もないが、徳川家康が江戸に入府した頃は広大な原野だったろう。その武蔵野のはるか彼方にある雪をかぶった富士山を雪ころばしと見立てている。言葉遊びや嫌味な巧みのない、素直で大柄な句は貞門では珍しい。「武州江戸にて」の前書があり、作者にも新鮮な景色だったに違いない。

徳元は貞徳より十二歳年長で、弟子というより友人のような存在だったらしい。波乱万丈の経歴を持つ。岐阜に生まれ、父はマムシの異名で知られた戦国大名・斎藤道三の外孫という。織田家や豊臣家に仕えたが、関ヶ原の戦いで西軍方について敗れ、若狭（福井）に逃げ、京極家に仕えた。その後、江戸に下り、俳諧師として俳壇で重きをなしたという。

掲句のほかにも彼の句は「口切に時雨をしらぬ青茶哉」（『犬子集』）、「飛梅や年飛こえて花の春」（『歳旦発句集』）など大柄で印象鮮明な句が少なくない。戦場で生死の境を生き延びてきた前半生が、こうした句姿にも影響しているのかもしれない。初心者向けの俳論『誹諧初学抄』で「心の誹諧」を唱え、「詞なだらかにして心に興をふくめり」と説いている。

# ほこ長し天が下照《したてる》姫はじめ　杉木望一《もいち》

（一五八六～一六四三年）『望一千句』

『古事記』の国生み神話に、神々が伊邪那岐《イザナギ》、伊邪那美《イザナミ》に「この漂へる国を修めつくり固めなせ」と言って、二人に「天の沼矛《アメヌボコ》」を賜るくだりがある。二人が天の浮橋に立ってこの矛で海水を掻き回して引き上げると、矛の先から塩がしたたり落ちて島ができたという。さらに伊邪那岐と伊邪那美が男女の交わりを続けると次々に日本の国土が生まれた。

掲句はこの神話を踏まえて詠まれている。「下照（る）」とは、長い矛で掻き回してしたたり落ちた国土が日に照らされ固まるという意味と、記紀神話の大国主命の娘「下照姫」を掛けている。下五の「姫はじめ」は夫婦が新年に初めて交わることを意味する季語だから、伊邪那岐と伊邪那美の交わりのようにめでたく神々しい行為だと言っているのだろう。

手の込んだ句だが、現代俳人なら少し気後れする「姫はじめ」の句をなんともおおらかに詠みあげた。望一は伊勢山田の人で、父親は伊勢神宮の神楽職を務めていた。彼自身は盲人で勾当（検校の下の官位）だった。掲句は『望一千句』の発句だから、伊勢神宮神官の守武が詠んだ『守武千句』の発句「飛梅やかろがろしくも神の春」を意識したのだろう。

# 今朝《けさ》や春あつさりさつと一《ひと》かすみ　北村季吟《きぎん》

（一六二四〜一七〇五年）『歳旦発句集』

明治五年（一八七二）年に新暦（太陽暦）に代わるまで、旧暦（太陰太陽暦）の時代は新年と立春がほぼ同時にやって来た。年内立春といって旧年の内に春が来ることもあった。新暦の新年は寒さの最中だから、初霞（新年に初めて立つ霞）といっても首都圏などで見ることはまずないが、旧暦の新年に初霞を見ることはごく当たり前のことだったのだろう。

掲句はその新年の初霞を「あつさりさつと一かすみ」と詠んでいる。こうした初霞なら新暦でも九州や四国などでは見られるかもしれない。そう感じるのは、この「あつさりさつと」といういかにも口語的な言い回しゆえでもあるだろう。江戸時代初期の句とは思えない。

掲句は『歳旦発句集』慶安二（一六四九）年の項にあるからまだ季吟二十代半ばだが、同じ頃に処女作の歳時記『山の井』を出版するなど貞門の新鋭俳人として注目された。『山の井』は重頼の『毛吹草』を意識して編んだのだろう。京の医者の家に生まれ、祖父も父も連歌に親しんだことから、彼も早くから貞徳に手ほどきを受けた。俳諧のほかにも『土佐日記』『枕草子』『伊勢物語』など古典の注釈書を多く著すなど歌学者としても知られる。

# 一僕《いちぼく》とぼくぼくありく花見哉　季吟

『山の井』

下男一人を連れて花見にやって来たのだろう。「ぼくぼく」はゆっくり歩くという意味だが、「僕」にも掛けている。貞門調の言葉遊びでも、嫌味はなく春ののどかな感じがよく出ている。季吟の弟子に当たる芭蕉に「馬ぼくぼく我をゑに見る夏野哉」という句がある。掲句は季吟二十三歳の時の句。二十歳年少の芭蕉は掲句を踏まえて詠んだのかもしれない。

芭蕉は若い頃、故郷・伊賀上野の侍大将藤堂新七郎家に台所番として仕え、同家の嫡男・良忠（俳号・蟬吟《せんぎん》）とともに季吟門となり俳諧修業した。季吟の嫡男・湖春が編んだ俳諧撰集『続山井』には蟬吟の発句が二十九句、芭蕉（当時は宗房）の発句も二十八句収められている。蟬吟なくば高名な季吟に弟子入りすることはかなわなかっただろう。芭蕉は蟬吟亡き後の三十一歳の時、季吟から俳諧作法の秘伝書『誹諧埋木《うもれぎ》』の伝授を受けている。

季吟は元禄二（一六八九）年、六十六歳で江戸に下り幕府歌学方となった。折しも芭蕉が『おくのほそ道』の旅に出た年。季吟の句境は、掲句のような貞門調を超えてゆくことはなかったが、芭蕉没後まで生きて世俗的な栄達を極め八十二歳の天寿をまっとうした。

# がら声になくはたでくふ虫候か　西山宗因《そういん》

（一六〇五～八二年）『ゆめみ草』

秋の虫と言えば、鈴虫や松虫、美しい声の草雲雀《くさひばり》などが思い浮かぶ。ところが掲句は「がら声になく」と言う。しわがれた声で鳴く虫とはどんな虫なのか。作者はそれを「たでくふ虫でございますか」と慣用句をからめて茶化しているわけだ。まだ若書きの理屈っぽさがある。

『ゆめみ草』は明暦二（一六五六）年に刊行された俳諧撰集。貞門の総帥・貞徳がこの三年前に亡くなっているが、依然俳壇は貞門中心に動いていた時期。だが同書には貞徳の句が一句もなく、談林の総帥・宗因（当時は一幽）の句が七句収められており、掲句はその一つ。この頃から俳壇の風向きが変わり始めたのだろうか。

貞門の句も駄洒落、言葉遊び中心の句が大半だったが、それでもわずかに和歌、連歌の雰囲気を引き継いでいた。ところが宗因の句は掲句のように「がら声」と打ち出し、伝統的な虫の声の本意本情を完全に無視している。和歌→連歌→貞門の伝統をばっさり断ち切ろうという宗因の批判精神が垣間見える。同書にはほかに「連歌座に打越《うちこし》嫌ふ礒哉《きぬた》」という句もある。「打越」とは連歌や連句で付句が前々句に似ていることで禁則だが、布を打ちやわらげる「礒哉」で伝統に固まった貞門を皮肉っている。

# 南無あみだ我身ひとつの空の月　宗因

『西山宗因千句』

宗因は戦国の武将・加藤清正の家臣の子として肥後（熊本）に生まれた。十代で八代城主・加藤正方の側近となり、ともに和歌連歌を学んだ。寛永九（一六三二）年、加藤家が改易となり、宗因は正方とともに浪人の身となり京都に隠棲《いんせい》した。当時二十八歳。以後十五年にわたり不遇の時を過ごした。正方が亡くなったのを機に、四十三歳で大坂天満宮の連歌所宗匠に迎えられている。後半生は連歌師、談林の総師として全国を飛び歩いたが、晩年は妻子に先立たれ、世をはかなみ剃髪出家している。数奇な人生を歩んだ人だった。

掲句は「南無あみだ」と念仏を上五に置いて「我身ひとつ」と詠んでいる。俗世のさまざまな欲望や虚飾を拭い去った我が身一つを、皓々と照らす月の下に投げ出しているという句意に取れる。冷やかで透徹した心持ちが感じられる。

「我身ひとつ」には『古今和歌集』の在原業平の恋歌「月やあらぬ春やむかしの春ならぬ我身ひとつはもとの身にして」の面影もあるが、掲句は業平の歌のような春夜の艶めいた抒情性はそぎ落とされ、数奇な運命に翻弄された宗因の境涯が透ける。彼の俳諧は人生の諦念の行き着いた果てのものだったと思う。

# 丸山の春も暮《くれ》たりいざもどろ　宗因

『西山宗因千句』

和歌や連歌のしきたりをまったく無視して自由に詠む談林俳諧を、旧来の貞門の人々は「阿蘭陀流《おらんだりゅう》」「軽口《かるくち》」などと揶揄した。貞門と談林の一番の違いは何か。貞門の言葉遊びは駄洒落や掛詞によってそこに重層的な意味をもたせようとする俳諧だった。対する談林、とりわけ宗因の俳諧は何か意味を持たせること自体を否定しようとする詠み方といえる。俳諧の専門用語では「無心所着《むしんしょぢゃく》」という。要するに意味不明、荒唐無稽の俳諧ということ。

掲句は「西国にて」という百吟の中の一句。「丸山」は長崎の遊廓で江戸の吉原、京の島原などと並び称された。「いざもどろ」とはどこに戻ろうというのか。春も暮れたので遊女が廓に戻ろうということか、あるいは客が馴染みの女がいる廓に戻ろうというのか。おそらく後者ではないかと思うが、ここではそういった意味よりも口語的な軽い言い回しが春宵の雰囲気に合う。

『西山宗因千句』には謡曲や和歌を踏まえた句もあるにはあるが、むしろ印象深いのは「秋もたゞ日まぜにものやおもふらん」「折かざす右往左往の花の枝」「ほつこりと朝食過に春は来て」「やくわんやも心してきけほと、ぎす」などの句。芭蕉の「かるみ（無作為）」にもつながると思う。

# 蚊柱は大鋸屑《おがくづ》さそふゆふべ哉　宗因

『蚊柱百句』

『蚊柱百句』は宗因の独吟百句で古希の記念に出版されたらしい。掲句はその発句。当時は蚊除けに「大鋸屑」をいぶしたというから、それをおどけて蚊柱が大鋸屑を誘ったと見立てているのだろう。たわいもない戯言だが、宗因は序文に「一宵のあだ事たれか見るべき。みたらば大事か、わらはゞ大事か、大事もない事」と諧謔風に書いている。一世を風靡した談林俳諧とは要するに前に書いた「無心所着」だと言いたいのだろう。

『蚊柱百句』に対して貞門系の人が『しぶうちわ』という本で「さすがに誹諧といふも和歌の一躰ならずや」と荒唐無稽を批判。さらにこれに対して宗因の弟子が反論するという泥仕合の観を呈した。当の宗因は嫌気がさしたのか、最晩年には連歌に回帰したという。

七十八歳で宗因が亡くなると談林は熱が冷めるようにたちまち下火になってゆく。しかし和歌・連歌のくびきにつながれた俳諧を自由にした宗因の功績は小さくない。後に芭蕉は「上に宗因なくんば、我々が俳諧今以て貞徳が涎をねぶるべし。宗因はこの道の中興開山なり」（『去来抄』）と語ったという。芭蕉の「不易流行《ふえきりゅうこう》（永遠の俳諧と流行の俳諧とは基は一つであるという蕉門の教え）」も宗因あったればこそ生まれた。

## 大晦日《おほみそか》定めなき世のさだめ哉　井原西鶴《さいかく》

（一六四二〜九三年）『西鶴句集』

西鶴といえば『好色一代男』『日本永代蔵』『世間胸算用』などの浮世草子作者として有名だが、浮世草子の執筆は彼の五十二年の人生の最後の十年余りに過ぎない。それもエネルギッシュだが、十代から三十代の三十年間は俳人として精力的に俳諧を詠んだ。彼は大坂の商家の出と思われるが、詳しい家系などは分からない。十代に俳諧に手を染めたらしいが、だれについて学んだのかも不明。しかし二十一歳で点者として独立したというから天賦の文才に恵まれていたのだろう。常識的で分別臭いことが大嫌いだったようだ。

三十二歳の時に西鶴（当時は鶴永）は貞門に対抗するため、処女撰集として談林俳人を糾合した『生玉万句《いくだままんく》』を出版した。その序文に「数寄《すき》にはかる口の句作、そしらば誹《そし》れわんざくれ」と書いた。「わんざくれ（どうとでもなれ）」と宣戦布告のような激しい口吻《こうふん》。

彼は「矢数《やかず》俳諧」という、矢を次々と射るような即吟を得意とした。非凡な文才ゆえだろう。残念ながら余韻の感じられない駄句《だく》が多いが、そんな中で掲句は余韻がある。「定めなき世のさだめ哉」には時の過ぎゆくことをもどかしく感じるおかしみとあわれがある。

# 見つくして暦《こよみ》に花もなかりけり　西鶴

『西鶴句集』

西鶴は大人になってもやんちゃで負けず嫌いで自己顕示欲の強い少年のような男だったのではないか。三十四歳の時、亡くなった妻の追善のため『独吟一日千句』を出版したのを皮切りに、数年刻みで記録を伸ばしてゆく。証人となってもらうため大勢の人々の前で詠んだというから念が入っている。今ならギネスブックに挑戦するような話。対抗する俳人が現れたことも彼の闘争心に火をつけたようだ。四十三歳の時、ついに一昼夜で二万三千五百句を詠み、「二万翁」と名乗った。あまりの即吟に記録が追い付かなかったそうだ。ちなみに西鶴は芭蕉よりも二歳年上で亡くなったのもわずか一年違い。ともに五十余年の人生をものすごいスピードで駆け抜け大きな仕事を成し遂げたことが共通している。しかし芭蕉は西鶴の矢数俳諧やその書くもの、その生きざまを冷やかに見つめていたという。

掲句は『西鶴句集』では前の「大晦日」の句と並んで置かれている。この句も才人・西鶴の心の奥底の虚しさを垣間見るようで読み手のこちらもやるせない。宗因の死をきっかけに彼は俳諧を離れてゆく。同句集には「射て見たが何の根もない大矢數」という自虐的な句もある。

# 涼しさは錫《すず》の色なり水茶碗　伊藤信徳《しんとく》

（一六三三〜九八年）『信徳十百韻』

銀白色で光沢のある錫は錆びにくいため、古くから酒器などに用いられてきた。掲句は水を入れた錫茶碗を見て詠んでいるのだろうが、「涼しさは錫の色なり」と詠んだことによって涼しさそのものの色が錫の色だと感じさせるところが眼目。「涼しさ」「錫の色」と「すず」の音を重ねているのも巧みだ。掲句を口ずさんでいるだけで涼しくなってきそうだ。

信徳は京都の裕福な商家の出で、若い頃から俳諧に親しんだ。最初は貞門の貞室や季吟らに学んだというが、『信徳十百韻』刊行の延宝三（一六七五）年頃から談林に傾斜していった。仕事で江戸に行く機会もあり、延宝五（一六七七）年から翌年にかけて、同じ談林の桃青《とうせい》（松尾芭蕉）や信章（山口素堂）と百韻三巻を巻き『江戸三吟』を刊行した。延宝の頃は桃青と名乗っていた芭蕉は「あら何ともなやきのふは過てふくと汁」（『江戸三吟』）や「阿蘭陀も花に来にけり馬に鞍」（『誹諧江戸蛇之鮓』）などの句を詠んでいた。

信徳も桃青も談林に属しながらも、次の新風を模索していた。二人は互いに刺激し合い、影響し合っていたに違いない。この約十年の後、芭蕉は「古池や蛙飛こむ水のおと」の蕉風《しょうふう》開眼の句を得た。

# 名月や今宵《こよひ》生《うま》るる子もあらん　信徳

『浪花置炬燵』

信徳と桃青（芭蕉）は延宝から貞享期（一六七〇〜八〇年代）にかけ、互いに切磋琢磨しながら俳人として成長していった。京に信徳、江戸には桃青あり、と謳われた。晩年の元禄期（一六八〇〜九〇年代）に至り、芭蕉となった桃青はついに蕉風を興し歴史に大きな名を刻むことになった。一方の信徳は京俳壇でゆるぎない地位を築いたとはいえ芭蕉のように新風を樹立するまでに至らず歴史のかなたに消えていった。この違いはなぜなのだろう。

掲句は皓々と照る名月を仰いで、ふと「今宵生まれる子どももいるのだろうなあ」と感じたことを言葉にしたのだろう。前の「涼しさ」の句には作為が見えた。作為を感じさせない点では掲句のほうが一歩先を行っている。作為が丸見えの貞門、作為を消すため「無心所着（荒唐無稽）」で意味を消した談林。信徳は掲句でその先を行こうとしている。

しかし芭蕉が俳諧を自らの生き方の問題と考え、「さび（閑寂）」「ほそみ（優美）」「しをり（余情）」、最後は「かるみ（無作為）」（いずれも蕉門の句作の教え）と内省的に深めていったのに対して、富商であった信徳は俳諧をあくまでも実人生と切り離した感性や言葉の問題と考えたのではないか。人生を賭けた芭蕉には及ばなかった。

# 白魚《しらうを》やさながらうごく水の色　小西来山《こにしらいざん》

（一六五四〜一七一六年）『続今宮草』

「白魚」は体長十センチほどの半透明の小魚で、春先に汽水域の砂地に集まって産卵するので俳句では春の季語。食材としててんぷらや三杯酢、卵とじなどにすると美味で、昔は遡上した群れを夜篝を焚いて網で掬った。歌舞伎でよく掛かる河竹黙阿弥《かわたけもくあみ》作の『三人吉三』の冒頭「大川端庚申塚の場」でお嬢吉三の名台詞〈月も朧に白魚の篝も霞む春の空〉にも出てくる。江戸時代には大川（隅田川）でも捕れたのだろう。今は数が激減している。

掲句はその白魚が水の中を泳いでいる様子を「さながらうごく水の色」と詠んでいる。半透明の体に水の青が透けているのを水の色が動いていると見立てたところが手柄だろう。別の書には下五を「水の魂」としている句形もあるが、これでは観念的でつまらなくなる。

来山は大坂の商家の出で幼いころから俳諧の非凡な才を見せ、宗因の直弟子となり十八歳で宗匠になったという。同時代に上方で活躍した西鶴や上嶋鬼貫らとも付き合った。宗因の弟子とはいえ、来山の句には談林調の荒唐無稽さは見られない。句集には掲句のほかにも「春雨や火燵のそとへ足を出し」「やはらかな水に角琢《と》ぐ田螺かな」など蕉門調の句が多い。

# 我《わが》寝たを首上げて見る寒さ哉　来山

『十萬堂来山句集』

能の大成者・世阿弥《ぜあみ》は、その著『花鏡』で「離見《りけん》の見《けん》」ということを言っている。これは舞台で舞う自分の姿を、自分を離れて前後左右、後ろ姿まで見る心の目のことをいう。俳句でも自分の姿を、外から別の自分が見て詠む場合がある。正岡子規が亡くなる直前に詠んだ「糸瓜咲て痰のつまりし仏かな」もそうだろう。だが、掲句はもう少し込み入っている。

夜、床で眠っていた自分がふいに目覚めて、枕から首を上げて足元を見たのだろう。なぜそんな行為に出たのか。おそらく悪い夢でも見たのだろう。たとえば地獄に堕ちた自分が鬼に八つ裂きにされる瞬間とか。反射的に五体を確かめたのかもしれない。下五の「寒さ哉」は脂汗をかいた首筋に感じた夜気の寒さだろうが、それだけではあるまい。自分の体を離れた自分の目が、そういうあわれな自分の所為を見て感じた心の寒さだろう。

来山は俳人としての名声とは裏腹に、家庭的には恵まれなかった。九歳で父を亡くし母に育てられた。妻を持ったのは五十歳頃と遅く、しかも妻子に先立たれた。五十九歳で子を亡くし「春の夢氣の違はぬが恨しい」と詠んだ。掲句にも人生の寂しさが漂っている。

# 凩《こがらし》の果《はて》はありけり海の音　池西言水《ごんすい》

（一六五〇〜一七二二年）『新撰都曲』

「凩」は「木枯らし」とも書く。文字通り木の葉を大方落として枯木にしてしまう冬の初めの強い北風のこと。気象庁が「木枯らし1号が吹いた」と発表すれば、いよいよ本格的な冬が到来したと気もそぞろに防寒の備えにとりかかり、家の明かりや人恋しさも募る。凩を詠んだ句には古今よく知られた句が多い。向井去来の「凩の地にもおとさぬしぐれ哉」（『去来抄』）や山口誓子の「海に出て木枯帰るところなし」（『遠星』）などが思い浮かぶが、筆頭と言えば掲句だろう。大きな評判となり、作者は以後「凩の言水」と呼ばれたという。「凩の果」とは吹き着いた先ということ。どこだとは言わないが下五に「海の音」とあるから海上であるのは明らかだ。「ありけり」は無尽に吹く凩といえども果があるのだと無常を言い留めている。誓子の句は言水の句を否定形で分かりやすく言い換えた。

言水は奈良の出で、初め貞門に学んだが、後に江戸に出て談林に移った。彼の編んだ撰集『誹諧江戸蛇之鮓《じゃのすし》』『誹諧東日記』を見ると、桃青（芭蕉）や宝井其角、杉山杉風《さんぷう》などの蕉門俳人や内藤風虎《ふうこ》（大名）・露沾《ろせん》親子、椎本才麿《さいまろ》などの句が見える。各地の俳人と交わり新風を模索した。

# 春《はる》雨《さめ》のなま夕ぐれや置《おき》火燵《ごたつ》　椎本才麿《さいまろ》

（一六五六〜一七三八年）『柏原集』

春になっても寒の強い日はあり、朝夕の冷えた手足をさっと温めるには重宝だから、春半ばまでは火燵を残しておく家も多いだろう。むろん真冬のように熱くするということはなく、生温かい。いつの間にか存在さえ忘れてしまうのが春火燵の本意ではないか。そこに当たっている人も時の流れに置き去られたようでもあり、なんとなくもの哀しさが漂う。

掲句はその春火燵が置かれた家。「なま夕ぐれ」とは夕暮れになりかけた頃で、外は音もなく春雨が降り、まだ明るさは残っているものの、家の内はうす暗い状態。「なま」が火燵の生温かさにも掛かり、火燵に当たる人（作者か）の憂鬱、倦怠までも連想させる。

才麿は大和・宇陀の武家出身だが、浪人となり、その後仏門に入り、やがて還俗したという。俳諧は初め、貞門の西武《さいむ》につき、大坂に出て談林の宗因や西鶴とも交流した。二十代初めに江戸に下り、間もなく処女撰集『誹諧坂東太郎』を出版。同書には言水や風虎・露沾親子、桃青（芭蕉）、其角らの句も入っており、才麿の活発な交際を思わせる。三十代初めに再び大坂に戻り、以後は上方を拠点に門戸を広げた。八十三歳で没した。

# 猫の子に嗅《かが》れてゐるや蝸牛《かたつむり》　才麿

『才麿発句抜萃』

子猫の様子を眺めながら詠んだ句だろう。子猫は動くものに何でも反応してじゃれついてゆく。蝸牛は目の役割を持つ一対の長い触角を出したり引っ込めたりするが、動きは極めて鈍い。しかし子猫はわずかな動きに鋭く気づき、鼻を近づけて嗅いでいるのである。

掲句の第一の眼目は動の「猫の子」と静の「蝸牛」という意外な二つを取り合わせたことだろう。第二は「猫の子の嗅いでゐるなり蝸牛」とは詠まず、「嗅れてゐるや」と受動態にして蝸牛に焦点を当てたことだろう。したがって句の季語は子猫（春）でなく蝸牛（夏）。蝸牛が主体になったことで読み手の視点も自ずと蝸牛の触角のある低いアングルとなる。それが子猫を巨大化し、読み手自身がぐっと鼻を近づけられたような気になる。

才麿も来山や言水、桃青時代の芭蕉と同じく、新風を模索した俳人の一人。掲句のほかにも「笹折て白魚のたえ〴〵青し」「しら雲を吹盡《ふきつく》したる新樹かな」など佳句が少なくない。ちなみに歌舞伎の初代市川團十郎は才麿に弟子入りして「才牛」の俳号をもらった。これが代々の團十郎の多くが俳諧俳句を詠み、歌舞伎役者が俳号を持つ嚆矢《こうし》になったとされている。

# 春の水ところぐ〳〵に見ゆる哉　上嶋鬼貫《うえじまおにつら》

（一六六一〜一七三八年）『鬼貫句選』

「春の水」にはきらきらとした明るさがある。冬がようやく過ぎ去り、陽光があたたかく照り映える水面を眺めていれば、誰もが喜びを感じるはず。掲句はそんな春の水がところどころに見えるというから、春の野山を歩きながら、草木の途切れ途切れにぱっと明るい水面が目に飛び込んでくるのだろう。そのたびに作者の心は浮き立ち、喜びがわき上がるのだと思う。『鬼貫句選』の掲句の前には「近江にも立つや湖水の春霞」の句が置かれ、その前書に「旅行」とあるから、掲句もあるいは琵琶湖を周遊しながらの景かもしれない。

鬼貫は摂津・伊丹の酒造家に生まれた。遠祖は藤原秀郷や奥州藤原氏にもつながるという。後に医術を学び、医師としていくつかの藩に仕えた。俳諧は幼少から始め、重頼や宗因ら貞門、談林の宗匠たちに学んだというから非凡な才があったのだろう。二十五歳の時に「まことのほかに俳諧なし」と悟ったと自著に記し、新風へ歩を進めている。

彼の句は「草麦や雲雀があがるあれ下がる」「そよりともせいで秋立つことかいの」「によつぽりと秋の空なる冨士の山」など言葉を飾らず口語的な言い回しで詠んだものが多い。

# 又一つ花につれゆく命かな　鬼貫

『鬼貫句選』

「花」はいうまでもなく古来、歌人たちが和歌に詠んできた最大の季語であり、その本意は「はかなさ」だろう。そこに人の世の無常を仮託してきた。業平の「世の中に絶えて桜のなかりせば春の心はのどけからまし」（『古今和歌集』）も、小町の「花の色はうつりにけりないたづらに我が身世にふるながめせしまに」（同）もみな無常を嘆いている。

俳諧はどうか。和歌の世界を踏襲するのではその存在価値はない。いかに俳諧らしさを出すかを俳人たちは模索してきた。貞門が駄洒落、おかしみを詠み込んだのはその一つだろう。しかしいつ死ぬとも知れない戦乱の時代が過ぎ去り、平和な徳川の時代となり、俳人たちの趣向は変わってゆく。刹那的な笑いを詠むのではなく、もう少し心の世界に分け入りたい。鬼貫が「まことのほかに俳諧なし」と自得したのもそういうことではないか。

掲句には「散花」と前書がある。鬼貫は和歌のように人の命が失われてゆくことを嘆くのではなく、散る花とともに人の命は「つれゆく」と詠んでいる。もちろん哀しいことだが、花が次の春にまた咲くように、人の命もまたいつか再生するという希望も感じさせる。

# 飛ぶ鮎の底に雲行く流《ながれ》かな　鬼貫

『鬼貫句選』

水面を鮎が飛び、そこには真っ白な夏の雲が映っているのだろう。「底に雲行く」と見立てたことで、鮎が空の上を飛んでいるようだ。鮎と雲と水の流れ、この組み合わせは多くの俳人が数限りなく詠んできたはずだ。しかし「飛ぶ鮎」「雲行く」と動詞を畳みかけるように連ねたことで句に動きが生まれ、読み手に空にいるような涼しさを感じさせる。

掲句のほかにも『鬼貫句選』の「夏之部」には「鵜とともに心は水を潜りゆく」「涼風や虚空にみちて松の聲」など佳句が並んでいる。「心」「虚空」という言葉は下手をすれば観念に陥る危険もあるが、「鵜とともに」「松の聲」という具体的な言葉を配したことで風格のある句に仕上がった。鬼貫の手腕の高さがこれらの句を見るだけでうかがえる。

『鬼貫句選』を校訂したのは天明期の炭太祇《たん》。彼は序文の中で「わが芭蕉翁に此翁を東西に左右し」と鬼貫を芭蕉に匹敵する存在と見た。また跋文では蕪村が「五子の風韻を知らざる者には、ともに俳諧語るべからず」と書いた。五子とは「其角、嵐雪、素堂、去来、鬼貫」のこと。鬼貫は芭蕉と同時代を生きている。当然、お互いに意識していただろう。

# つくづくと物の始まる火燵哉　鬼貫

『鬼貫句選』

広辞苑によると「つくづく」は「熟」という漢字を当てるそうだ。意味は「念を入れて、見たり考えたりするさま」「物思いに沈むさま」「深く感ずるさま」などで、同義語に「つらつら」「よくよく」が挙げられている。自分が日常使っている場面を想像すると、あまり肯定的には使っていない気がする。たとえば「あの人にはつくづく嫌気がさした」「つくづく自分が嫌になった」などと使う。こうした否定的な場面では「つらつら」「よくよく」は使わないのではないか。いずれにしても「つくづく」の方が語調が強い感じがする。

掲句は「つくづくと」と切り出し、物が始まるのが火燵だと詠んでいる。火燵は手足を温める道具だが、人々がそこに集まって語り合う場でもある。おそらく作者は誰かと火燵に当たり何事かを話し合っているのだろう。その結果、それまで滞《とどこお》っていた問題が解決して物事が前に進んだのかもしれない。酒造家に生まれ、医師として藩に仕えた鬼貫にとって人との交渉事は多かったはずだ。そう考えればただ日常的なことを詠んでいるだけかもしれないが、「つくづくと物の始まる」と言ったことで句柄は大きく、火燵から世界が始まるような感じがする。

# 目には青葉山郭公《ほととぎす》はつ鰹　山口素堂《そどう》

（一六四二〜一七一六年）『山口素堂句集』

俳諧俳句で「三段切れ」と呼ばれる句がある。名詞を三つ並べた句のことで、ぶつ切りのような感じで、あまり推奨されない。三段切れの代表句が掲句。しかも「青葉」「山郭公」「はつ鰹」と夏の季語を三つ連ねている。季重ねにうるさい俳人なら採らない句だろうし、名句といってよいか評価の分かれる句かもしれないが、俳句を詠まない人にもよく知られている。「鎌倉一見の頃」と前書がある。青葉も郭公も初鰹も鎌倉の名物とされた。

掲句が並みの三段切れの句と違うのは、三つの季語が視覚、聴覚、味覚と絶妙に配され、語呂よく並べられていることだろう。上五の字余りでリズムに変化を持たせたのも心憎い。鎌倉沖で獲れる初鰹を金に飽かして買い求めた江戸っ子は、掲句に鎌倉の夏そのものを感じたにちがいない。

素堂は甲斐の裕福な酒造家の出。江戸や京都で経学、和歌、書、茶道などを修め、俳諧は季吟についた。江戸で談林に転じ、同門の芭蕉の敬愛する友人だった。延宝四（一六七六）年に二人で『江戸両吟集』を刊行している。芭蕉が蕉風を打ち立てるうえで素堂の影響も大きかったのではないか。彼はまた芭蕉と同じく治水の技術にも長けていた。

# 淋しさを裸にしたり須磨の月　素堂

『山口素堂句集』

「目には青葉」もそうだが、素堂の句には彼独特の感性、表現の句が多いと思う。たとえば「わすれ草もしわすれなば百合の花」「不二筑波二夜の月を一夜哉」などの句がそうだが、掲句も「淋しさを裸にしたり」という措辞は余人にはなかなか出てこないのではないか。須磨は光源氏や在原行平（業平の兄）の流謫《るたく》の地であり、月の歌枕。淋しさがひとしおに感じられるのは誰しも同じだが、「裸にしたり」とはいかにも大胆で俳諧味がある。

素堂は芭蕉と『江戸両吟集』を出版するなど親しかったが、蕉門の系列には数えない。彼も芭蕉同様、常に新風を模索してやまなかった。『去来抄』の末尾には、芭蕉の没後、素堂が京の去来あてに伝言して「蕉翁の遺風天下に満ちて、漸くまた変ずべき時いたれり。吾子（君）志あらば、我も共に吟会して、一つの新風を興行せん」と求めたことが書かれていることでもそれが分かる。去来は高齢多忙を理由にこの申し出に添えないと返答したが、素堂を「先師（芭蕉）の古友、博覧賢才の人なり」と書いている。

素堂は葛飾に住み、後に「葛飾派」と呼ばれる一派の祖となった。七十年後には小林一茶がこの葛飾派から出た。

## 春やこし年や行けん小晦日《こつごもり》　松尾芭蕉

（一六四四～九四年）『千宜理記』

現在判明する芭蕉最古の句。寛文二（一六六二）年、十九歳の暮れに詠まれたという。「廿九日立春ナレバ」と前書があるから、旧暦十二月二十九日（小晦日）に立春が巡ってきたということ。旧暦（太陰太陽暦）では正月と立春がほぼ重なったが、閏月《うるうづき》が入るため年内立春ということも多かった。掲句の句意は「春が来て、年は行ってしまったのだろうか。忙しない小晦日であることよ」と真率であっけらかんとしている。『古今和歌集』の春歌「年の内に春はきにけりひととせをこぞとやいはんことしとやいはん」を踏まえて詠んだのだろう。

芭蕉は伊賀上野の松尾家の次男に生まれた。松尾家は昔は地元の有力豪族だったというが、藤堂藩が治める江戸期になると、無足人《むそくにん》という無給の身分に置かれて生活は楽ではなかった。父が早く亡くなり兄が家を継いだ後、芭蕉は掲句を詠んだ十九歳の年、伊賀上野の侍大将・藤堂新七郎家の嫡子・良忠の台所番として仕えた。人生最初の転機となった。良忠は芭蕉より二歳年長で、俳号・蟬吟《せんぎん》を名乗り、貞門の季吟について俳諧に熱心だった。芭蕉も蟬吟とともに季吟について学び、最初は本名・宗房《そうぼう》を名乗った。掲句も貞門調の句。

# 雲とへだつ友かや雁のいきわかれ　芭蕉

『蕉翁全伝』

蟬吟とともに貞門の季吟について俳諧の道に入った芭蕉（当時は宗房）だったが、寛文六（一六六六）年、蟬吟が二十五歳で病死してしまう。これ以降、二十代前半の芭蕉の足跡は謎に包まれているが、不遇だったことは想像に難くない。兄の家に身を寄せながら、時折は京の季吟を訪ねたらしい。後に季吟から秘伝書とされる『誹諧埋木《うもれぎ》』を伝授されたことからも、両者の関係は続いていたと思う。寛文七年に出版された季吟の息子・湖春編の『続山井』には「上野・宗房」の名で「うかれける人や初瀬の山桜」など発句が二十八句採られている。蟬吟が二十九句だから力量は近かったのだろうが、見るほどの句はない。

芭蕉は寛文十二（一六七二）年、二十九歳の時、処女作の発句合『貝おほひ』を上野の天満宮に奉納し、江戸に下った。同書には談林調の句が目立ち、貞門には見切りをつけていたようだ。

掲句はこの年に詠んだ句。前書に「かくて蟬吟早世の後、寛文十二子の春二十九才仕官を辞して甚七ト改メ、東武に赴く時、友だちの許へ留別」とある。雲を隔てて別れたのは故郷の友であり、亡き蟬吟でもある。満を持しての江戸行きだったのだろう。

# 命なりわづかの笠の下涼み　芭蕉

『江戸広小路』

かんかんと照りつける夏日の下をゆく旅の途次だろう。長い道を歩いてきて全身汗みどろ、笠をかぶった顔も例外ではない。それでも笠の下陰でわずかに涼しさを感じるという句意。上五の「命なり」と切り出した倒置法によって「これも生きている証なのだなあ」という感慨が強調されている。

「佐夜中山にて」と前書がある。現在の静岡県掛川市にある峠で東海道の難所の一つ。西行が古希を前にみちのくへ二度目の旅に出た折、「年たけて又こゆべしと思ひきやいのちなりけりさ夜の中山」（『新古今和歌集』）と詠んだ歌枕である。延宝四（一六七六）年、芭蕉三十三歳の伊賀上野への帰省の道すがらの吟という。芭蕉は江戸に出て談林俳人に転向した。三年目の延宝三年には、俳号を桃青と改めている。

俳諧誕生から芭蕉が現れるまでざっと百五十年。この間、俗な言葉遊びで笑いをとる貞門や荒唐無稽な談林が生まれた。戦国の硝煙匂う時代には刹那的な笑いが求められたが、平和な江戸期に入ると人心は落ち着き、武士や裕福な商人らは西行の風雅風狂に憧れた。蕉門が貞門や談林に取って代わったのにはそんな時代背景もあろう。だが掲句はまだ談林時代。

# あら何ともなやきのふは過《すぎ》てふくと汁　芭蕉

『江戸三吟』

延宝五（一六七七）年、三十四歳の作。芭蕉（当時は桃青）はこの年、日本橋で宗匠として立机《りっき》した。河豚汁を喰い毒にあたるのではと心配したが、一夜明ければ何のことはない無事だったという句意。

談林俳人はしばしば謡曲（能）の詞章を句に詠み込んだ。掲句の「あら何ともなや」もよく使われる詞章だ。世阿弥作の「蘆刈」では、京で高貴な人の乳母となった元妻が、難波の元夫に会いに来る。お付きの者が地元の男から元夫が貧しく落ちぶれたと聞かされ「あらなにともなや候」と語る。この場面では失望や戸惑いの意味。掲句では死ぬかもしれないと不安だったがなんでもなかったと拍子抜けの意味で笑いを誘う。

『江戸三吟』は京の信徳と、延宝四年に共同で『江戸両吟集』を出版した信章（素堂）との三吟百韻三巻で延宝六年に出版された。京と江戸の談林のエース三人の共同作品だけに大いに注目された。この頃芭蕉は宗匠のかたわら神田上水の工事事務にも携わり大勢の人夫を差配していた。実入りも多く河豚《ふぐ》を食べたり贅沢な生活を送っていたのだろう。延宝七年には同じく謡曲「鞍馬天狗」の詞章を詠み込んだ「阿蘭陀も花に来にけり馬に鞍」という華やかな句を詠んでいる。

# 枯枝に烏のとまりたるや秋の暮　芭蕉

『東日記』

談林派の宗匠として日本橋に門戸を張った芭蕉（当時は桃青）だったが、三年余り後の延宝八（一六八〇）年、三十七歳で深川の草庵に隠棲してしまう。繁華な日本橋から辺鄙な深川へ、宗匠としての羽振りのよい生活も捨てることになった。門人から芭蕉の株を贈られ、草庵を芭蕉庵と命名、自身の俳号も芭蕉と改める。芭蕉にいかなる変化があったのか。この頃から仏頂和尚《ぶっちょうおしょう》について座禅も始めた。おそらく談林調の句に行き詰まりを感じたのだと思う。

掲句が収められた『東日記』は言水編で才麿が序文を書いている。その中に「三度風躰をかへて三たび古し」と新風を求める言水の思いが語られている。俳諧に群がる人々は飽きっぽい。芭蕉だけでなく言水も才麿もみな新風を貪欲に模索していたのだろう。

秋の暮、枯枝に止まる烏という掲句の構図は寂び寂びとしている。後年の風雅風狂の境地に近いともいえるが、後に芭蕉七部集の一つ『阿羅野《あらの》』に収めた句形は「かれ朶《えだ》に烏のとまりけり秋の暮」と推敲された。「とまりたるや」にはまだ生硬な感じがある。この頃は「芭蕉野分して盥に雨を聞《きく》夜哉」「雪の朝獨リ干鮭を噛《かみ》得タリ」「夜ル竊《ひそか》ニ虫は月下の栗を穿《うが》ツ」など漢語調で字余りの句も多い。

## あさがほに我は食《めし》くふおを《を》とこ哉　芭蕉

『虚栗』

芭蕉の筆頭弟子といえば誰もが宝井其角を挙げるだろう。芭蕉に入門したのは延宝初年というから、芭蕉が江戸に出て間もない桃青時代。其角は当時十四、五歳だったという。二十歳の頃には言水編の『東日記』に芭蕉とともに多くの句が取り上げられている。其角は天和三（一六八三）年、二十三歳の時に俳諧撰集『虚栗《みなしぐり》』を出版した。芭蕉が跋を書いた。早熟の人だったのは間違いない。掲句は『虚栗』にある其角の句「草の戸に我は蓼《たで》くふほたる哉」に唱和して詠まれた。其角の句が「蓼食う虫も好き好き」を踏まえて草庵に住まいながら夜毎蛍のように遊興に耽る生活ぶりを詠んだのに対して、芭蕉の句は対照的に品行方正な生活ぶりを詠んでいる。酒好きな弟子の不摂生をたしなめているのだろう。

後年、芭蕉が不易流行、かるみへ向かい作為を消す閑寂な句を詠んだのに対して、其角は師に反逆するように作為を凝らした洒落風の句へと突き進んだ。其角の「切られたる夢は誠か蚤の跡」という大袈裟な句について、『去来抄』で芭蕉が「かれは定家の卿なり」と評するくだりがある。自分とは異なる句境を開いた天才肌の弟子を愛していたのだ。

# 馬ぼくぼく我をゑに見る夏野哉　芭蕉

『水の友』

談林調に見切りをつけ深川の草庵に隠棲した芭蕉の中には、身辺の環境を変えることによって何とか新風を確立できないかという思いがあったはずだ。仏頂和尚について座禅を組み、中国の古典、とりわけ荘子《そうし》や杜甫《とほ》などに傾倒して漢語調の句を試みたのもみなその表れだろう。この頃詠んだ「世にふるもさらに宗祇のやどり哉」という句は、旅に生き旅に死んだ室町末期の連歌師・宗祇の句「世にふるも更に時雨の宿りかな」に唱和している。

掲句もまた同じ頃の句で、絵を見て詠んだ「画讃」と前書がある。笠を着け馬に乗った坊主の絵に芭蕉が「何をむさぼり歩くのか」と問うと、絵の持ち主が「これはあなたの旅の姿を写したものだ」と答えたという。「三界流浪のもも尻が馬からころげないように」と自戒を込めている。

掲句の初案は「夏馬ぼくぼく我を絵に見るこころ哉」で、こちらには「甲斐の郡内といふ處に到る途中の苦吟」と前書がある。天和二（一六八二）年暮れの江戸大火で芭蕉庵も焼け、弟子を頼り翌年の五月まで甲斐で過ごした。この旅の途次に詠まれたのだろう。この頃から芭蕉の中で旅が大きなウエイトを占めるようになってゆく。

# 野ざらしを心に風のしむ身哉　芭蕉

『野ざらし紀行』

旅に生き旅に死んだ芭蕉にとって最初の長旅が、四十一歳の『野ざらし紀行（甲子吟行とも）』の旅。貞享元（一六八四）年八月に江戸を発ち、翌年四月に江戸に戻るまで九ヶ月。後年の『笈の小文』や『おくのほそ道』の旅よりも長い。前年亡くなった母の墓参に帰郷するのが第一目的だったというが、江戸で模索した新風を旅で試みたいと考えたはずだ。『野ざらし紀行』の最初に置かれたのが掲句。「野ざらし」とはしゃれこうべ（どくろ）のこと。句の前の地の文には「千里に旅立て、路粮《みちかて》をつゝまず、『三更月下無何に入《さんこうげつかむかにいる》』と云けむ、むかしの人の杖にすがりて」とある。「長旅に食糧を携えず、深夜の月下、無何有の理想郷に入ると言った荘子の杖を頼り」という意味だろう。野ざらしになるかもしれないわが心を秋の冷たい風が吹きすぎると詠んでいる。新風確立への悲壮な覚悟が見える。

掲句によって芭蕉がアピールしようとしたのは、風雅風狂の世界だろう。後に弟子の森川許六《きょりく》に送った『柴門ノ辞《さいもんのじ》』の中で芭蕉は「予が風雅は夏炉冬扇のごとし。衆にさかひて用る所なし（私の俳諧は世間には無用のものだ）」と言った。掲句でも大衆が心の中で憧れつつ真似はできない生き方を示した。

# 猿を聞《きく》人捨《すて》子《ご》に秋の風いかに　芭蕉

『野ざらし紀行』

『野ざらし紀行』の掲句の前には以下のような地の文が置かれている。「富士川のほとりに出た時、三歳くらいの捨て子が泣いているのに出くわした。気の毒だが、私自身が野ざらし覚悟で行く旅なのだから、助けてやることはできない。この子の命は今宵か明日には露のようにはかなく尽きるであろう。私は袂から出した喰い物を投げ与えて通り過ぎた」

古来、猿の声は腸を裂かれるようなあわれを誘うものとして漢詩に詠まれてきた。掲句で芭蕉はまずそれを踏まえて「猿の声を聞く人よ」と呼びかけている。そして「秋風に吹かれながら泣くこの捨て子をあなたならいかに詠むだろうか」と問い掛けている。

さらに掲句に続く地の文で芭蕉は、捨て子に対して「お前を捨てた父や母を憎んではいけない。お前自身の不運を泣け」と非情にも突き放している。なぜこんなことを書いたのだろうか。談林時代の芭蕉であったら古典を踏まえた「秋風の中の猿の声」を詠むだけで済ませたかもしれない。しかし新風模索の旅に出た彼にとって古典を超越した素材こそ詠まなければならないものと考えたはずだ。それが捨て子であり、それを自問している。

## 明《あけ》ぼのやしら魚《うを》しろきこと一寸《いっすん》　芭蕉

『野ざらし紀行』

小西来山のところで書いたように「しら魚」は体長十センチほどの半透明の小魚で、春先に河口付近で産卵する。一年ほどのはかない命だ。掲句は『野ざらし紀行』の桑名（三重県）での吟。前書に「草の枕に寝あきて、まだほのぐらきうちに、浜のかたに出て」とある。実際に白魚を見ての句ではなかろう。ぶらりと春浅い浜辺に佇んでいたら、ふと白魚の姿が思い浮かんだのだと思う。自然と小唄のフレーズのような「しら魚しろきこと一寸」が口をついて出てきたのではなかろうか。

上五に「明ぼのや」と置くまでには時間を要したようだ。弟子の服部土芳著『三冊子』に、はじめは「雪薄し」と置いたことが記され、芭蕉が「無念の事なり」と語ったとある。「しら魚しろき」と口をついたので、上五に「雪」を持ってきて句を白一色に染めようと考えたのかもしれない。しかしこれでは上から下まで「地」の言葉となってしまう。作為にとらわれたことを「無念の事」と言ったのではないか。

それにひきかえ「明ぼのや」という茫洋とした「天」の営みを取り合わせたことで作為は消え、句柄はがぜん大きくなった。『野ざらし紀行』には依然、生硬な句もある一方で、掲句のような句も現れる。

# 狂句こがらしの身は竹斎《ちくさい》に似たる哉　芭蕉

『冬の日』

芭蕉は『野ざらし紀行』の旅の途次、名古屋に立ち寄り、地元の連衆と歌仙を巻いた。掲句はその発句。芭蕉七部集の最初の撰集『冬の日』に収められた。連衆には『冬の日』の編者となった医師の山本荷兮《かけい》をはじめ、呉服商の岡田野水《やすい》、材木商の加藤重五《じゅうご》、そして後に『笈の小文』の旅で芭蕉と共に吉野山などを巡ることになる米穀商の坪井杜国《とこく》ら裕福な商人たちが名を連ねた。名古屋は昔から俳諧が盛んで貞門、談林に学んだ手練が多かった。荷兮は元貞門の俳人で「芭蕉とはどれほどの俳人か」と値踏みする気持ちもあったようだ。

掲句には「笠は長途の雨にほころび、紙衣はとまりとまりのあらしにもめたり。侘つくしたるわび人、我さへあはれにおぼえける」などと前書がある。芭蕉は狂歌の才子・竹斎に自らをなぞらえた。裕福な商人たちが内心憧れながら、踏み込めない風狂の姿を示して度肝を抜いた。

連衆たちは芭蕉に入門、荷兮は『冬の日』に続いて七部集の『春の日』『阿羅野』の編者も務め、名古屋蕉門の中心的存在となった。七部集を評釈した評論家の安東次男は芭蕉を織田信長にたとえたが、『野ざらし紀行』はまさに諸国制覇への旅だった。

# 海くれて鴨のこゑほのかに白し　芭蕉

『野ざらし紀行』

熱田（名古屋）での吟という。「海辺に日暮して」と前書がある。冬の夕暮れ、海辺に佇んでいるとふいに鴨の声が聞えてきた。姿は薄墨色に紛れてはっきりと見えないのだろう。声がほのかに白いと感じられた。なぜ白いと感じたのか。ねぐらに帰る鴨の声に、一所不住の我が身の寂び寂びとした様がいっそう際立って感じられたからだと思う。「白し」と感じたのは鴨の声であると同時に、孤独が身に染みる芭蕉自身の心の色ともいえるのではないか。

この句は中七下五が破調となっている。『野ざらし紀行』には「芋洗ふ女西行ならば歌よまむ」「露とくとく心みに浮世すゝがばや」など字余りの句も多いから、破調があっても不思議はないが、仮に掲句を定型に収めるため中七下五の順序を入れ替えて「海くれてほのかに白し鴨のこゑ」としたらどうだろうか。水が流れるような句の調子は失われてしまう。

芭蕉にとって俳諧とは風狂の生き様そのものだった。それを示すのが『野ざらし紀行』の旅だったのだろう。この点で言葉遊びに終わった貞門、荒唐無稽な談林とはっきりと一線を画した。掲句を破調にしたのは言葉遊びではない、生き様を一句に込める思いがそうさせた。

# 山路《やまぢ》来て何やらゆかしすみれ草《ぐさ》　芭蕉

『野ざらし紀行』

「大津に出る道、山路をこえて」と前書がある。山の道の辺にすみれ草が咲いているのを見つけて、何となく心惹かれる感じがしたという句意。この句形になる前は「白鳥山」という前書で「何とはなしになにやら床し菫草」（『皺筥物語』）だったという。弟子の土芳の『三冊子』には「はじめは『何となく何やらゆかし』」だったとも書かれている。こうした記述から、芭蕉は上五をどう置くか何度も推敲したようだ。完成形に「山路来て」と置いたのは、春まだ浅い山路で、けなげに咲く濃紫のすみれ草を見かけたとき、心にぽっと温かみがさした感じをそのまま伝えたかったからだろう。

掲句からはいろは歌の「わが世誰ぞ常ならむ、有為の奥山けふこえて浅き夢見じ酔ひもせず」のフレーズが浮かぶ。深い山中を歩みながら、芭蕉の心に強い無常の思いが湧きおこったのではなかろうか。そんなときに偶然見かけたけなげなすみれ草になんとも言いようのない「ゆかしさ」がこみ上げたのだと思う。

去来の『去来抄』に季吟の息子・湖春が「菫《すみれ》は山によまず」と歌学の知識のないことを批判したとあるが、芭蕉は和歌や連歌の式目からいかに離れるかを考えて詠んだのだろう。

# 辛崎《からさき》の松は花より朧《おぼろ》にて　芭蕉

『野ざらし紀行』

「湖水の眺望」と前書がある。近江・辛崎の松は王朝時代から詠まれてきた歌枕。柿本人麻呂は「さざなみの志賀の唐崎幸《さき》くあれど大宮人の舟待ちかねつ」（『万葉集』）と詠み、天智天皇の大津京を偲んだ。また近江といえば花も愛でられてきた。平忠度《たいらのただのり》の「さざ波や志賀の都は荒れにしを昔ながらの山桜かな」は人麻呂に唱和している。朝敵となったゆえ『千載和歌集』に「よみ人知らず」として収められた。その口惜しさを世阿弥は修羅能「忠度」に仕立てた。芭蕉はこうした古典を踏まえて松と花を一句に詠み込んだのだろう。

この句の眼目は「にて」止めだろう。芭蕉は当然、歌仙（三十六句の連句）の発句として詠んだはずだから、ふつうなら切れ字の「かな」止めとするところだ。これについて『去来抄』で去来や其角がそれぞれ持論を述べ合っている。其角は「かなだと、句切れがせわしくなるからだろう」と言い、去来は「即興感偶」と見た。芭蕉自身は理屈を戒め、「我はただ花より松の朧にて、おもしろかりしのみ」と語ったとある。

おそらく「かな」止めとすれば、松が花に勝る印象が強くなりすぎると感じたからではないか。芭蕉は歌枕の松と花を同じように愛でたかったのだろう。

## 命二つの中に生《いき》たる桜哉　芭蕉

『野ざらし紀行』

かけがえのない命と命、その二つの命が末永く大切な思い出を共有し合う、という句意だろう。「桜哉」とあるが、ここではたんに花見の思い出というのではなく、大切な思い出をシンボリックに桜と言っているのだと思う。掲句には「水口にて二十年を経て、故人に逢ふ」と前書がある。この「故人」とは亡くなった人ではなく、古くからの友人のことで、芭蕉の故郷・伊賀上野の門人である服部土芳《どほう》を指す。土芳は芭蕉より十三歳年下だが、幼いころから親交があったらしい。伊賀蕉門の中心人物となり、芭蕉の教えを伝える『三冊子』を書き残した。

芭蕉は旅の途中、近江・水口で二十年ぶりに土芳に再会したことを喜んで詠んだのだが、こう詠まれた土芳の感激は芭蕉以上だったと思う。かつて「親子は一世、夫婦は二世、師弟（主従）は三世」と言われた。芭蕉と土芳にも強い師弟の絆があったはずだ。

それにしても芭蕉が身分や年齢を超えて多くの門人から慕われたのは、句作（歌仙）の力は言うに及ばず、門人に対してこういう句をさりげなく詠む気配りゆえではないか。去来は『去来抄』で「先師（芭蕉）は門人に教えるのに相手の気性や口癖に応じて言い方を変える」と書いている。気配りの程が分かる。

# 古池や蛙飛《とび》こむ水のおと　芭蕉

『春の日』

貞享三（一六八六）年春、深川の芭蕉庵で詠まれたという。万人に知られている句だが、句意は古池に蛙の飛びこむ水音がしたというだけ。閑寂にして単純明快だ。

六年後の元禄五（一六九二）年、門人の各務支考《かがみしこう》が出版した俳論書『葛の松原』に掲句ができた経緯が記されている。最初に中七下五ができ、上五を思案していた。そばにいた其角が「山吹や」ではどうですかと言うと、芭蕉は「古池や」と置いたという。支考が芭蕉に入門したのは掲句が詠まれた四年後だから、この記述は又聞きだろう。だが『葛の松原』出版当時は芭蕉も其角も健在だから、でたらめとは考えられない。後年「蕉風開眼の句」とされたが、芭蕉自身は果たしてそう思ったのだろうか。

掲句を詠んだ前年、芭蕉は新風を模索する『野ざらし紀行』の旅から江戸に帰った。旅で風狂を強調する句を多く詠んだが、満足はできなかったのだろう。「もっと自然の営みを巧まず詠めないか」と思ったのではないか。そんな時、茫然とした気分の中で蛙が水に飛びこむ音を聞いた（あるいは着想した）。蛙の鳴き声や、蛙と山吹の取り合わせはすでに古典に山のようにある。「蛙飛こむ水のおと」という新しい着想に取り合わせるためには、上五は寂び寂びとした「古池や」でなければならなかった。

# 旅人と我名《わが》よばれん初しぐれ　芭蕉

『笈の小文』

芭蕉は「古池」の句によって、今後詠むべき句の方向性を何となくつかんだと思われる。世間に対して挑発的とも見える風狂を漢語調で生硬に詠んだ『野ざらし紀行』までの句は影を潜めて、閑寂にして簡素に自然を詠む句が増えてゆく。たとえば「古池」の句の翌年の貞享四（一六八七）年に其角が編纂した『続虚栗』に収められた「よくみれば薺《なづな》花さく垣ねかな」「簑虫の音を聞《きき》に来よ草の庵」「花の雲鐘は上野か浅草か」などの句だ。

同年八月には筑波の月を見ようと『鹿島紀行』の旅に出、秋には帰郷を兼ね、翌年春にかけて須磨・明石まで及ぶ『笈の小文』の長旅に出た。掲句はその最初に置かれている。

前文には自らを「風羅坊《ふうらぼう》」と呼び「無能無芸にして只此一筋に繋がる。西行の和歌における、宗祇の連歌における、雪舟の絵における、利休の茶における、其貫道する物は一なり」と書き、『野ざらし紀行』に似た気負いも感じられる。だが、続けて「造化（自然）にしたがひて四時（四季）を友とす」と自然観照の心持ちも示している。「旅人と我名よばれん」とは「呼ばれたい」という願望。まだ気負いはあるが、「初しぐれ」には静穏《せいおん》が漂う。

## 鷹一つ見付《みつけ》てうれしいらご崎　芭蕉

『笈の小文』

『笈の小文』の旅の大きな目的は、帰郷とともに、門人の杜国《とこく》と落ち合って二人きりで旅をすることだった。杜国は三年前の貞享元（一六八四）年に『野ざらし紀行』の旅の途次、名古屋で出会い、七部集の『冬の日』歌仙を巻いた時の連衆の一人。当時、杜国は米穀商を営んでいたが、その後、空米売買の罪で名古屋を追放され、渥美半島の保美《ほび》という地に住んでいた。杜国はまだ二十代の美男子だったようだ。美男子好みの芭蕉は出会った時から杜国に心引かれ、再会するため名古屋からわざわざ逆戻りする形で保美を訪ねた。

杜国と会った後、芭蕉は渥美半島先端の伊良湖岬を訪れた。ここは古来、鷹の渡りで知られる歌枕。掲句の前文に「南の海のはてにて、鷹のはじめて渡る所といへり。いらご鷹など歌にもよめりけりとおもへば、猶あはれなる折ふし」と書いた。「猶あはれ」とは流謫の杜国との再会に加え、歌枕を訪ねたことを言っている。鷹を杜国に重ねて詠んでいる。

芭蕉は杜国といったんここで別れるが、故郷・伊賀上野で越年の後、三月に伊勢で落ち合うことを約束していた。杜国は「万菊丸」と名を変え、二人で吉野山などを巡っている。

# さまざまの事おもひ出す桜哉　芭蕉

『笈の小文』

一所不住の人生を送った芭蕉だが、故郷の伊賀上野は終生、大事な場所だった。風光を愛し永遠の眠りについた近江・湖南、江戸・深川、そして故郷。芭蕉の旅のルートは多くこの三カ所を結んでいるように見える。『笈の小文』の旅の年の暮れ、故郷に帰って生家を継いでいる兄らと再会。亡き父母の面影を慕い「旧里や臍《へそ》の緒に泣としの暮」と詠んだ。掲句も、故郷でかつて仕え、ともに俳諧を学んだ藤堂蟬吟の遺子が家督を継いでいる邸で開かれた花見の宴に招かれた折に詠まれた。「さまざまの事おもひ出す」という措辞に万感の思いが込められている。蟬吟に仕えなければ、俳諧に生きることもなかった。ともに学んだ時のことなど、花を見ているうち胸中に蟬吟との思い出が去来したのだろう。

『野ざらし紀行』では故郷の門人・土芳と二十年ぶりに再会した折に「命二つの中に生たる桜哉」と詠んだ。『笈の小文』でも二十数年ぶりに訪れた旧主の邸で掲句を詠んだ。いずれも下五に「桜哉」と置いている。なぜならここに置くべき季語は「桜」のほかにないからだろう。芭蕉にとって「桜」という大きな季語に見合うのが、故郷の思い出だった。

# 蛸壺やはかなき夢を夏の月　芭蕉

『笈の小文』

『笈の小文』の旅で芭蕉は須磨・明石まで足を伸ばした。後年、九州・長崎あたりまで旅することを考えていたようだが果たせなかったので、この須磨・明石が生涯でもっとも西への旅となった。掲句は『笈の小文』の最後に置かれており「明石夜泊」と前書がある。須磨・明石は『源氏物語』の巻名であり、光源氏の流謫地。さらにさかのぼれば在原行平（業平の兄）の流謫地でもある。行平と土地の汐汲《しおくみ》女・松風、村雨姉妹の悲恋は能や歌舞伎で知られる。『源氏物語』には「松島のあまの苫屋《とまや》もいかならむ須磨の浦人しほたるゝ頃」の侘びた歌もある。そうした古典を思いつつ、夏に訪れた芭蕉は地の文で「此浦《このうら》の実《まこと》は秋をむねとするべし」と書き、秋ならそれなりの句が詠めるのにとこぼしている。

ただその後で、源平の一の谷合戦にも触れ、「千歳のかなしび此浦にとゞまり」と結んでいる。掲句は夜、海底に沈められた「蛸壺」に入って短夜のはかない夢をみる蛸（翌朝には引き上げられてしまう）をあわれんでいる。王朝時代の汐汲女ではなく、海の藻屑と果てた源平の兵を蛸に重ねつつ「蛸壺」という俗な言葉で古典を乗り越える一句に仕立てた。

# おもしろうてやがてかなしき鵜舟《うぶね》哉　芭蕉

『阿羅野』

岐阜・長良川の鵜飼いは千三百年の歴史があるといわれる。鵜匠《うしょう》が篝火を焚いた舟上で何本もの手縄の先の鵜を操り、潜らせて鮎を捕る。五月十一日から十月十五日まで、中秋の名月の放生会以外は毎晩続けられる。大勢の観光客が屋形船に乗り込んでその様子を楽しむ。

芭蕉も見物したのだろう。『阿羅野』には「岐阜にて」の前書のある貞室の句「おもしろうさうしさばくる鵜縄哉」に続いて置かれ「おなじ所にて」の前書がある。貞室は鵜匠の巧みな縄さばきを「おもしろう」と見た。芭蕉も同じ措辞を踏襲したが、掲句の手柄は「やがてかなしき」と続けたことだろう。古作に世阿弥が手を入れたとされる能「鵜飼」には「鵜使ふことの面白さに、殺生をするはかなさよ」とシテの詞章がある。芭蕉は談林時代に盛んに能の詞章を取り込んだ句を詠んでいるから、掲句も目の前の鵜飼いの光景に加えて能「鵜飼」の詞章も踏まえながら「やがてかなしき」という措辞を得たのかもしれない。

私も何度か鵜飼いを見た。鵜匠は野生の鵜を捕らえて仕込む。先輩の鵜（兄鵜）と一組で鵜籠に入れられる。日中、鵜匠の家を覗くと鵜は疲れた様子で静かに出番を待っていた。

## 草の戸も住替《すみかは》る代ぞひなの家　芭蕉

『おくのほそ道』

『おくのほそ道』は芭蕉四十六歳の元禄二（一六八九）年三月二十七日（太陽暦五月十六日）、江戸・千住を発ち八月下旬（同十月初め）に大垣に到着、九月六日に伊勢遷宮を見るため大垣を去るまでを記している。行程二千四百キロ、五ヶ月余りの旅を基にしながらも、単なる紀行ではなく虚実織り交ぜて推敲を重ねた末、五年後に完成した文学作品だ。

『野ざらし紀行』『笈の小文』の旅が、里帰りや各地の連衆と歌仙を巻き新たな弟子を獲得することを主目的にしていたのとは大きく異なる。冒頭「松嶋の月先《まず》心にかゝりて」とあるように西行や能因ら古人が詠んだみちのくの歌枕を巡りつつ、未知の地でさらなる新風を模索する旅だった。

掲句は『ほそ道』の第一句。旅に出るため深川の芭蕉庵を人に譲り杉山杉風の別墅《べっしょ》（採茶庵《さいたあん》）に移ったことを記した後に置かれている。侘びた自分の草庵も、やがて別の誰かが住んで娘のために雛を飾っていることだろうと想像している。『ほそ道』は「月日は百代《はくたい》の過客《かかく》にして、行《ゆき》かふ年も又旅人也《なり》」という書き出しにあるように、歳月も人もこの世の森羅万象すべてが生々流転してゆくことを強調している。掲句もまた世の無常を言い留めている。

# 田一枚植《うゑ》て立《たち》去る柳かな　芭蕉

『おくのほそ道』

みちのくは古来、都に住む王朝の人々にとって簡単には訪ねることのかなわない未知の遠国だった。それでも時折訪ねる人があり、王朝の歌人たちはもたらされた希少な情報を基に想像をたくましくしてさまざまな歌枕をつくり上げ、盛んに歌に詠んだ。平安末から鎌倉初めの時代を生きた歌人・西行はそんなみちのくを若い頃と七十歳を前にしての二回訪ねている。芭蕉は西行を敬愛していたから、『おくのほそ道』の旅も、西行のたどった跡をたどった。

掲句も西行が立ち寄った栃木・蘆野の歌枕・遊行柳での吟。西行はここで「道の辺に清水流るゝ柳蔭しばしとてこそ立ちどまりつれ」（『新古今和歌集』）と詠んだ。芭蕉は掲句の前文に「清水ながるゝの柳は、蘆野の里にありて、田の畔に残る」と書いている。

上五中七の「田一枚植て立去る」が下五の「柳かな」に掛かるとみれば、田植えをして立ち去った主体は「柳」となる。謡曲（能）の「遊行柳」には柳の精の翁が登場するから、謡曲好きの芭蕉が柳を擬人化した句と解釈できる。ただ実際は、田の畔で芭蕉が柳の精や西行のことを空想している間に、早乙女《さおとめ》が植えて立ち去ったのだろう。「柳かな」と詠んだとき、芭蕉の心は柳の精や西行と一体化していたはずだ。

## 夏草や兵《つはもの》どもが夢の跡　芭蕉

『おくのほそ道』

芭蕉は現実のみちのくを旅しながら、同時に失われた空想の歌枕を旅している。福島では半ば土に埋もれたもじ摺り石や源義経の盾となって死んだ佐藤継信・忠信兄弟を偲び、宮城に入っては陸奥守に左遷され客死した藤原実方の塚があるという五月雨のぬかり道の彼方に思いをはせた。「山崩、川流て、道あらたまり、石は埋て土にかくれ」と歌枕が失われていることを嘆き、「壺碑《つぼのいしぶみ》」（実は多賀城碑）では「疑なき千歳の記念」に出会えたことを喜んだ。

掲句は岩手・平泉高館《たかだち》での吟だが、ここでも芭蕉が見ているのは現実の平泉と同時に、五百年前の義経主従や三代にわたって栄華を誇った奥州藤原氏の壮絶な最期。「さても義臣すぐつて此城にこもり、功名一時の叢《くさむら》となる。国破れて山河あり、城春にして草青みたり」と杜甫の詩を踏まえた流れるような美文に続いて置かれている。

「兵どもが夢」とは義経や奥州藤原氏が見た栄華の夢だろう。壇ノ浦で平家を滅ぼし凱旋将軍となるはずだった義経だが兄・頼朝の不興を買い、藤原氏も頼朝に屈して義経を殺したが結局は鎌倉方に討滅される。この世のすべては生々流転してゆく無常に抗えないということを詠んでいる。

# 閑《しづか》さや岩にしみ入《いる》蟬の声　芭蕉

『おくのほそ道』

尿前《しとまえ》の関を越えて陸奥（岩手）から出羽の国（山形）に入った芭蕉は尾花沢を経て立石寺（山寺）を訪ねる。掲句の前の地の文で「殊に清閑の地也。一見すべきよし、人々のすゝむるに依て」とある。尾花沢から羽黒山や象潟《きさかた》方面へ向かう行程からは寄り道になるため、当初は予定になかったような書きぶりだが、結果的にここで『ほそ道』屈指の一句を得た。『曾良《そら》書留』によると未《ひつじ》の下刻（午後三時頃）に着いたらしい。『ほそ道』の地の文でも日暮れ少し前に着いて宿を決め、あのごつごつとした岩山を急ぎ登った様子だ。蟬声が岩々に響いているほかは「岩上の院々扉を閉て、物の音きこえず」とあるから静けさに包まれていたのだろう。『書留』にある初案の句形は「山寺や石にしみつく蟬の声」だった。

初案は見たまま聞いたままだが、その後推敲して掲句を得た。蟬声の岩に響く様子をどう表現するか、上五をどう置くかに心を砕いたのだろう。「さびしさや岩にしみ込《こむ》蟬のこゑ」「淋しさの岩にしみ込せみの声」という別案も伝わるが、「さびしさや」では芭蕉の心情にとどまる。「閑さや」と置いたことで、宇宙の静寂につながる不朽の名句となった。

## 荒海や佐渡によこたふ天河《あまのがは》　芭蕉

『おくのほそ道』

出羽から越後（新潟）にかけて芭蕉は太陽や月を題材にしたスケールの大きな句を立て続けに詠んだ。挙げれば「雲の峰幾つ崩《くづれ》て月の山」（月山）、「暑き日を海にいれたり最上川」（酒田）、そして極め付きが出雲崎での掲句だ。前の地の文で「北陸道の雲に望《のぞむ》。遙々のおもひ、胸をいたましめて（中略）此間九日、暑湿の労に神をなやまし」と書いている。旅はいよいよ後半にさしかかって疲労の色は濃い。掲句と並べて「文月や六日も常の夜には似ず」という七夕の句も詠んだ。この時芭蕉の心は朦朧として空に遊んでいたのだろう。

後に弟子の去来は「故翁奥羽の行脚より都へ越えたまひける、当門のはい諧すでに一変す（芭蕉翁が『おくのほそ道』の旅を終えて、蕉門の俳諧は一変した）」（『贈晋氏其角書』）と書いた。何が一変したのか。芭蕉は『ほそ道』の冒頭でこの世の生々流転について書いたが、旅の後半で感得したのは無常の世でも変わるものと変わらぬものがあるということ、すなわち「不易流行」の真理だった。そして変わるもの（流行）と変わらぬもの（永遠）とは基は一つであるということを悟った。それを一句でいかに詠むかと心を砕いて掲句ができた。流人の島・佐渡の上に静かに横たわる天の川が見えたのだろう。

## 蛤《はまぐり》のふたみにわかれ行《ゆく》秋ぞ　芭蕉

『おくのほそ道』

連句を一人で詠み切ることを独吟という。芭蕉は生涯、独吟をしなかったようだ。「発句は同門の中、予にを（お）とらぬ句する人多し。俳諧においては老翁が骨髄」と言ったと弟子の許六らの俳論書『宇陀法師《うだのほうし》』にある。要するに、芭蕉は自分の持ち味が発句や独吟でより、連衆たちとの連句の中でこそ発揮されると考えていた。

ただし『おくのほそ道』という作品を一巻の連句と見なせば、芭蕉唯一の独吟ともいえるかもしれない（曾良の句もあるにはあるが）。そう思える点がいくつかある。まず冒頭の「草の戸」の句に続けて「面《おもて》八句を庵の柱に懸置《かけおく》」と書いている。「面八句」とは百韻連句の初表八句のこと。陸奥から出羽、越後と旅が進む中で句は次々に趣向を変え、市振の関では「一家《ひとつや》に遊女もねたり萩と月」と恋の句もある。いかにも連句のようだ。

大垣に八月下旬に到着した芭蕉は、翌九月六日には「伊勢の遷宮お（を）がまんと、又舟にのりて」と書き、掲句を『ほそ道』の最後に置いた。旅の冒頭、舟で千住に上がり詠んだ句「行春《ゆくはる》や鳥啼魚《とりなきうを》の目は泪《なみだ》」と絶妙に呼応している。「蛤のふたみにわかれ」とは「（蛤が）蓋と身に分かれ」と「（蛤で名高い伊勢の）二見浦を見るために（人々と）別れ」を掛けている。後戻りすることなく常に前へ進む連句を詠むように芭蕉は旅を続けた。

# 初しぐれ猿も小蓑《こみの》をほしげ也《なり》　芭蕉

『猿蓑』

『おくのほそ道』の旅を終えた芭蕉は、以後二年にわたり江戸に帰らず、京や近江、故郷の伊賀上野を行き来しながら過ごした。この間、彼が精力的に進めた大きな仕事の一つは『ほそ道』の旅で感得した「不易流行（永遠と流行は基は一つ）」を当地の弟子たちに説いて回ったこと、もう一つは芭蕉七部集の中で最高傑作となる『猿蓑』を編集したこと。この編集は京の去来、凡兆が担ったが、実際は芭蕉が嵯峨の去来の別荘・落柿舎《らくししゃ》や凡兆宅に滞在しながら細かく指示した。

掲句は元禄四（一六九一）年七月に出版されたその『猿蓑』の巻頭に置かれている。初冬の頃、伊賀上野へ帰る山越えで詠んだという。かつて『野ざらし紀行』で詠んだ「猿を聞人捨子に秋の風いかに」では伝統的な猿の鳴き声を詠んだが、掲句の猿は人間のように蓑を欲しげだと詠んでいる。伝統を断ち切った新しさは「古池や蛙飛こむ水のおと」の水に飛びこむ蛙と同様であり、伝統的な季語「初しぐれ」を取り合わせることで「不易流行」を示した。俳諧の命である滑稽も含んでいる。『猿蓑』の序で其角は「猿に小蓑を着せて、俳諧の神を入たまひければ、たちまち断腸のおもひを叫びけむ、あたに懼《おそ》るべき幻術なり」と絶賛した。

# 木のもとに汁も鱠《なます》も桜かな　芭蕉

『ひさご』

『おくのほそ道』の旅を終えてから江戸に帰るまでの元禄三〜四（一六九〇〜九一）年の間、芭蕉は『猿蓑』の編集を見届ける一方、隠者のようにふるまった。近江山中の幻住庵にこもって『幻住庵記』を書き、京の落柿舎では清閑を楽しみ『嵯峨日記』を書いた。

句作においては「かるみ」に思い至った。掲句は元禄三年春、芭蕉七部集の一つ『ひさご』の三吟歌仙の発句として詠まれた。芭蕉は『三冊子』の中で掲句について「花見の句のかかりを少し心得て、軽みをしたり」と語ったとある。「かかり」はここでは風情・趣といった意味だろう。

「桜（花）」はいうまでもなく和歌・連歌の最大の季語であり、古典で数限りなく詠まれてきた。それを俳諧ではいかに新鮮に転じるかが芭蕉の積年の目標であることは「古池」の句のところなどで書いた。「かるみ」とはいわば和歌・連歌の伝統のくびきを断ち切る考え方として打ち出されたのだろう。「汁」も「鱠」も大衆が花見で浮かれ騒ぐために持ち込む料理。それを桜が散りかかるもの、花と一体のものとして無作為に取り合わせたところが新しみであると芭蕉は考えたに違いない。「軽みをしたり」とはそういうことだろう。

# 行春《ゆく》を近江の人とおしみける《を》　芭蕉

『猿蓑』

「風狂」から「不易流行」「かるみ」へと芭蕉が飽くことなく新風を探ることに執念を燃やしたのはなぜだろうか。おそらく貞門や談林が一時的に人気を博しながら、さらなる新風を探らず一つところに澱んだ途端に勢いを失ったことを目の当たりにしたからだろう。『去来抄』の中で貞門や談林について「風を変ずる事をしらず」「時々変ずべき道をしらず」と語っている。亡くなった年（元禄七年）には「五、七年も過ぎ侍らば、また変あらん」と予言している。だがこうした芭蕉のたゆまぬ変化についてゆけない弟子も少なくなかった。

掲句は元禄三（一六九〇）年春、近江・辛崎で琵琶湖に舟を浮かべながら地元の弟子たちと行く春を惜しんだことを詠んでいる。芭蕉は遺言して近江の義仲寺《ぎちゅうじ》に葬られたことを見ても、湖南の風光をこよなく愛していた。深い惜春の情もあの朦朧とした湖水でなければ浮かばない。

ところが『去来抄』にはほかならぬ近江の古参の弟子・江左尚白《しょうはく》が「近江は丹波にも、行春は行歳にもふるべし（置き換えられる）」と難癖をつけたとある。この話は少し不思議な気もするが、尚白は古参ゆえに変化を続ける芭蕉についてゆくことができなかったのだろうか。

# 京にても京なつかしやほとゝぎす　芭蕉

『小春宛書簡』

『小春宛書簡』は元禄三（一六九〇）年六月二十日付。近江・幻住庵に滞在中の芭蕉は六月初めに京に上り、十九日に庵に帰っている。その翌日に書かれた書簡だから、京での所感を詠んだのだろう。京にいても思い出されるのは懐かしい京のことばかりだと詠み、現実の京になじめない思いがにじんでいるようだ。懐かしい京とは芭蕉が心に抱く京だろう。

芭蕉はそれまでも旅の途中に何度となく京に立ち寄っているし、京には『猿蓑』の編集をゆだねた去来《きょらい》、凡兆《ぼんちょう》という信頼できる弟子もいる。だがそういうこととは別に芭蕉の中には現実の京になにかしっくりこない違和感があり続けたようだ。

芭蕉はこの年の歳旦吟《さいたんぎん》に「こもをきてたれ人ゐ（い）ます花のはる」という句を詠んだ。正月の京の都をみすぼらしい乞食姿で歩いておられるのはもしや高貴な御方ではないかと詠んでいる。四月十日付『此筋・千川宛書簡』で京の俳人たちがこの句を批判したことを「あさましく候」と嘆いている。「五百年来昔、西行の撰集抄に多クの乞食をあげられ候」と書き、西行のような人がいれば身なりに惑わされないのにと、気位ばかり高く風雅を理解しない（貞門などの）京俳壇を皮肉っている。

## 病雁の夜さむに落て旅ね哉　芭蕉

『猿蓑』

「堅田にて」の前書がある。堅田は近江八景の一つ「堅田の落雁」として知られる歌枕。雁は越冬のため晩秋、北方から隊列を組んで渡ってくるが、病んだ雁が飛べなくなって夜寒の地に横たわる様子を「旅ね哉」と詠んでいる。芭蕉は元禄三（一六九〇）年九月二十六日付『茶屋与次兵衛（昌房）宛書簡』に、掲句について「拙者散々風引候而《て》、蜑《あま》のとま屋に旅寝を侘《わび》て」と書いている。風邪を引いた自身を病雁になぞらえたのだろう。「病雁」の読み方に「やむかり」と「びょうがん」二説があるが、ここは「やむかり」がよいと思う。

『去来抄』によれば、掲句と「海士《あま》の屋は小海老にまじるいとゞ哉」の芭蕉の両句いずれを『猿蓑』に載せるべきか、編者の去来と凡兆との間で意見が割れたという。去来は「格の高さ」から「病雁」を、凡兆は「発想の新しさ」から「小海老」を推した。二人の個性が表れて興味深いが、芭蕉は「（両句を）同じごとく論じけり」と笑って両句を載せることに決した。芭蕉の中にはこの頃、「孤心」と「かるみ」が共存していたのだと思う。「病雁」は孤心、「小海老」はかるみ。愛弟子が二つを比較したのがおかしかったのだろう。

# 十六夜《いざよひ》はわづかに闇の初《はじめ》哉　芭蕉

『続猿蓑』

『猿蓑』の完成を見届けた芭蕉は元禄四（一六九一）年十月、二年半ぶりに江戸に帰る。九月には故郷・伊賀上野の弟子に宛てた書簡で「九州四国之方一見残し置申候間、何とぞ来秋中にも又々江戸ヲ出可申覚悟」と西国行脚への思いを打ち明けている。しかし結局、元禄五、六年は江戸で過ごした。六年四月には彦根へ帰る許六に「予が風雅は夏炉冬扇のごとし。衆にさかひて用る所なし」という有名な『柴門ノ辞』を送っている。

掲句は芭蕉七部集最後の『続猿蓑』（元禄七年編集）に収められている。六年の秋に詠まれた。「十六夜」は中秋の名月の次の日で、前日よりすこし月の出が遅くなるため「いざよう（ぐずぐずする）」に由来する。この後月の出はどんどん遅くなり欠けてゆくのだが、名月をわずか一日過ぎた十六夜を「闇の初」と見立てたところに凄みがある。

いたるところに人工の光が溢れる現代の感覚では闇といってもたかが知れているが、江戸時代の闇というのはそれこそ一寸先も見えないような漆黒の闇のことだった。歌舞伎の「鈴ケ森」で雲助たちが闇の中で白井権八を襲う場面があるが、魑魅魍魎の跋扈《ばっこ》する闇夜を当時の人々は怖れた。

# むめがゝにのつと日の出る山路かな　芭蕉

『炭俵』

江戸に帰った芭蕉の中では「かるみ（平易で無作為）」への志向がいっそう強くなる。なぜそうなったのかといえば、俳諧を愛好する人々が次第に支配階級の武士から、商工業や農業を生業とする下層へも広がってゆくのを敏感に感じ取ったからではないか。

戦国の世が終わって平和な江戸時代に入ると、武士たちの間で奈良・平安の王朝時代の古典や李白・杜甫など中国の古典への関心が高まる。芭蕉も旧主・藤堂蟬吟とともに、古典に精通する季吟について学んだことで古典への知識を深めた。しかし俳諧にどっと流れ込んできた大衆は古典を知らない。芭蕉は古典を踏まえた句はやがて俳諧愛好者の中心をなす大衆からそっぽを向かれると考えたのだろう。

掲句を収めた芭蕉七部集の一つ『炭俵』は元禄七（一六九四）年六月に出版された。編者はいずれも越後屋（三越の前身の呉服屋）手代の志太野坡《やば》、小泉孤屋《こおく》、池田利牛《りぎゅう》。早春の山道を歩いてきたら梅の香が漂い、山端から突然、日が昇ってきたという句意だ。眼目は「のつと」というオノマトペ（擬態語）。意味としては「ぬつと」と同じニュアンスだろうが、おそらく当時の大衆は口語的に「のつと」を使っていたのではないか。『炭俵』には掲句をはじめ「かるみ」を意識した句が多く並んでいる。

# 此《この》秋は何《なん》で年よる雲に鳥　芭蕉

『笈日記』

古参の弟子の中には「かるみ」についてゆけず芭蕉から離れる人もいた。その代表が尾張蕉門の荷兮《かけい》や近江蕉門の尚白。代わって『炭俵』編者の野坡や『続猿蓑』編者の支考などが存在感を増した。近江の医師・浜田珍碩《ちんせき》（洒堂）もその一人。彼は元禄六（一六九三）年夏、転居した大坂で門戸を張ろうとしたが、大坂蕉門の槐本之道《しどう》（諷竹）との間に確執が生まれ、翌七年秋、芭蕉は仲裁のため芳しくない体調をおして大坂へ向かった。

江戸を留守にしている間、芭蕉庵に住んでいた尼の寿貞《じゅてい》が亡くなる。彼女は若い頃芭蕉の妾だったらしい。芭蕉は寿貞を偲び旅先で「数ならぬ身となおもひそ玉祭り」と詠んだ。

大坂での仲裁は結局うまくゆかなかった。芭蕉の孤心は深まる。この頃詠んだのが掲句で「旅懐」と前書がある。「どうしてこの秋はこんなにも身の衰えを感じるのだろうか。あの雲間を心細げに飛ぶ鳥のようだ」という句意。『三冊子』には「雲に鳥」と付けるまでに腸を寸々に裂くような苦心をしたとある。同じ頃に「此道や行人なしに秋の暮」「秋深き隣は何をする人ぞ」という句も詠んでいる。

芭蕉にはまだまだやるべき仕事が残っていた。四国・九州への行脚もかねての念願だった。だが体が思うように利かない。

# 旅に病《やん》で夢は枯野をかけ廻《めぐ》る　芭蕉

『笈日記』

芭蕉は元禄七（一六九四）年十月十二日午後四時ごろ、大坂で息を引き取った。支考の『笈日記』によれば、掲句は四日前に詠まれた人生最後の吟。「病中吟」と前書がある。近江の古参の弟子・菅沼曲翠《きょくすい》宛ての九月二十五日付け書簡には「おもしろからぬ旅寝の躰、無益之歩行、悔申計に御座候」と洒堂・之道の確執仲裁のため大坂へ出向いたことを悔やみ、「漸頃日常の持病計に罷成候」と持病の疝気《せんき》（内臓の病気）が悪化してしまったと書いている。

最後の吟だが、辞世の印象はない。曲翠宛て書簡からもうかがえるようにまだ死ぬ気はなく、四国・九州へ旅する意欲を満々と持っていた中での悔やみきれない死であった。『笈日記』で支考は「仏の妄執といましめ給へる」と書いているが、「夢は枯野をかけ廻る」はまさに妄執だろう。

評論家の安東次男は「どうしてまたこんな未練げなことばをつけ加えたものか。（中略）誇高き俳諧師が最後に誇を捨てたのではないか、と思わせかねない異躰の句である」（『枯野の夢』）と評するが、新風を追い求めてやまない希代の俳諧師の心情を察すれば、こう詠むほかなかったのではないか。こう詠んでこそ芭蕉らしい。

# 闇の夜は吉原ばかり月夜哉

宝井其角《たからいきかく》（一六六一〜一七〇七年）『武蔵曲』

「吉原」は言わずと知れた江戸の遊廓。最初は日本橋にあったが、明暦三（一六五七）年の大火で今の台東区千束に移転した。以後を新吉原というが、其角は大火の四年後に生まれているから掲句の吉原はこの新吉原のこと。「助六」をはじめ現代の歌舞伎や日本舞踊などでもこの吉原が舞台の演目はたいへん多い。遊女が客に体を売る苦界《くがい》だが、芝居では桜が咲き誇り眩しいほどの明るい照明に照らされながら傾城《けいせい》と男伊達《おとこだて》の恋物語が展開する。

掲句もそんな芝居の吉原を彷彿とさせる。前にも書いたが江戸時代の「闇」は本当に一寸先も見えないような真の闇。そんな闇夜でも吉原だけは月明かりが差していると詠んでいる。この月とはまことの月ではなく、男たちを誘う誘蛾灯のような人工の明かりだ。

其角らしい諧謔を利かせた句。彼は医師の子として江戸に生まれ、十代半ばに俳諧の頭角を現した天才少年だった。芭蕉がまだ談林俳人として桃青と号していた頃に其角もすでに談林の撰集に句が採られていた。掲句を収めた『武蔵曲』が出版された年は二十一歳。「十五から酒をのみ出てけふの月」という句もあるから、すでに吉原にも出入りしていたのだろうか。

# 切られたる夢は誠《まこと》か蚤《のみ》の跡　其角

『五元集』

芭蕉も其角も江戸で談林派として出発した。芭蕉は前に書いたように旅を通じて風雅風狂、不易流行、かるみへと転じた。新風を追い求めてやまない芭蕉の求道的な姿勢を其角は敬愛していただろう。しかし芭蕉の変化にはついてゆかなかった。ついてゆきたくともついてゆけなかった弟子もいたが、其角の場合は自分の句世界に執着したのだろう。其角の真骨頂は作為を凝らして洒落を利かせ、都会的で洗練された言葉遣いにある。

掲句もそんな其角らしい句。夢で武士にばっさりと斬られた。はっと目覚めて斬られたあたりに触れると蚤に食われた跡があったという句意。江戸時代は士農工商の身分制度の下で武士に楯突いた庶民は無礼討ちに遭うこともあった。其角には武士の弟子も大勢いたから機嫌を損じることがあったのかもしれない。不安な思いが夢に現れたのか。受け取りようによっては反体制的な匂いもする句だが、「蚤の跡」という諧謔で笑いに収めている。

『去来抄』に芭蕉がこの句について「かれは定家の卿《けい》なり。さしてもなき事を、ことごとしくいひつらね侍る」と評したとある。こんな句は自分には詠めないということだろう。

## 声かれて猿の歯白し岑《みね》の月　其角

『句兄弟』

悲しみの深いことを「断腸の思い」と言う。中国の詩人たちが子を亡くした母猿の声が腸を断つようだと詠んだことに由来する。中国の古典にも通じていた其角だから、掲句の猿の枯れた声とは腸を断つような声なのだろう。しかしそれでは句に新味は出ない。猿の断腸の声を容貌に転じて「歯白し」と詠むことで読み手の度肝を抜いた。「岑の月」が照らす猿の歯など誰も見たことはないだろうが、「白い」と言われれば誰もが合点感心する。其角自身、『句兄弟』で「山猿叫んで山月落つ」と作りなせる物すごき巴峡（中国の山峡）の猿によせて、「冬の月」でなく「岑の月」と申したるなりと自讃している。

掲句のような句作りが其角の真骨頂といえるだろう。「其角の句はいつも一座の連衆の気を引き感心させる」（『三冊子』）と芭蕉がそのあたりをいみじくも指摘している。対する芭蕉は「自分の句は後で評判になる」と言う。つまり鬼面人《きめん》を驚かすような句が其角で、芭蕉の句は後でじわりと効いてくる。掲句に当てて芭蕉は「塩鯛の歯ぐきも寒し魚の棚」と詠んだ。『三冊子』で芭蕉は「歯ぐき」「魚の棚」が自分の持ち味だと言っている。

# 越後屋に衣さく音や更衣《ころもがへ》　其角

『五元集』

芭蕉が大坂で亡くなった時、其角はたまたま上方を旅行中で、師の臨終に間に合った。葬儀には去来、丈草《じょうそう》、支考などおもだった弟子たちが顔をそろえたが、筆頭弟子として其角が葬儀を取り仕切った。初七日の追善に「なきがらを笠に隠すや枯尾花」と詠んだ。旅に生き旅に死んだ芭蕉のなきがらを使い古した笠に隠したというのだ。「枯尾花」が芭蕉最後の句「旅に病で夢は枯野をかけ廻る」の「枯野」に呼応する。芭蕉に愛された其角らしい。

芭蕉が亡くなると蕉門はたちまち空中分解するように弟子たちは思い思いの方へ進んだ。晩年の芭蕉に秘書のように寄り添っていた支考は芭蕉の教えを自分なりに脚色して広め、地方を中心に美濃派という大勢力を築いた。一方の其角は江戸を中心に其角座という点取り俳諧の大勢力の祖となった。点取り俳諧は俳諧に親しむ大衆の句に宗匠連中が点数を付けてその多さを競う遊びで、現代まで続く俳句大衆化時代のさきがけとなった。

其角の句には大衆には分からない古典を踏まえた難解な句も多いが、掲句のように分かりやすい句もある。越後屋は三越の前身。風俗を取り込んだこういう句が大衆を惹きつけたのだろう。

# ゆふだちや田も三巡《みめぐ》りの神ならば　其角

『五元集』

歌舞伎の人気演目に「松浦の太鼓」がある。高浜虚子の弟子で俳句に親しんだ初代中村吉右衛門が主人公の松浦の殿様を得意とした。あらすじはこうだ。ある年の暮れ、江戸・両国橋で其角が赤穂義士の大高源吾に会う。源吾は「子葉《しよう》」の俳号を持ち其角の弟子。笹竹売りに身をやつしていた。其角が「年の瀬や水の流れも人の身も」と上の句を詠むと、源吾は下の句に「明日待たるゝその宝船」と付けた。翌日、其角が源吾の様子を報告すると松浦の殿様は最初は不機嫌だったが、下の句を聞き何か悟った様子。殿様はひそかに吉良への仇討ちを期待していたのだ。その時、隣の吉良邸から討ち入りの陣太鼓の音が聞こえ殿様は大喜びする。

芝居はフィクションの部分もあるが、源吾は本当に其角の弟子だった。赤穂義士の討ち入りは元禄十五（一七〇二）年十二月十四日。生粋の江戸っ子気質で人情に厚い其角は快哉を叫んだだろう。翌春の義士切腹の知らせに接して「うぐひすにこの芥子酢は涙かな」と詠んで涙した。江戸っ子はこういう其角の気質を愛した。掲句は向島の三囲神社に句碑がある。旱続きのため地元の人たちに頼まれて詠んだ雨乞いの句。「田も三巡りの神」で「三囲神社の神」を掛けている。詠んだ翌日、本当に雨が降ったという。

## 立出《たちいで》てうしろ歩《あるき》や秋のくれ　服部嵐雪《らんせつ》

（一六五四〜一七〇七年）『玄峰集』

まだ日のあるものと戸外に出てみたら、はや薄暗くなっていて愕然としてよろめくように後ろ歩きをした、という句意だろう。秋の日暮れの早さを詠んでいるだけなのかもしれないが、人生の短さへの口惜しさをも感じさせる。なにか現代人の憂愁を思わせる。

掲句だけでなく嵐雪には秋の句に佳吟が多いようだ。思うままにいくつか挙げれば「秋風の心うごきぬ縄すだれ」「松むしのりんともいはず黒茶碗」「寝て起きて又寝て見ても秋の暮」「舟炙るとまやの秋の夕かな」など。どれも巧みがなくしんと心に染みる。

嵐雪は下級武士の子として江戸に生まれ、いくつかの大名家に仕えたという。芭蕉に入門したのは延宝三（一六七五）年の頃というからまだ二十代の初め。其角と並ぶ古参の弟子だ。三十代の初めに武士を辞し俳諧師となった。

芭蕉は後に「両の手に桃とさくらや草の餅」と詠み、「草庵に桃桜あり。門人にキ角嵐雪有」と江戸筆頭の弟子として其角と併称した。芭蕉の代表的な弟子を「蕉門十哲」と呼び、其角、嵐雪が筆頭に挙げられるのもそういう事情からだが、才気煥発の其角に比べると影が薄いのは否めないだろう。

# ふとん着て寝たる姿や東山　嵐雪

『玄峰集』

前書に「京にて」とある。「東山」は言わずと知れた洛中の東に屏風のように連なる山々で、比叡山や大文字焼きで有名な如意ヶ岳など三十六峰ある。冬でも緑濃くうねうねと続く様子を「ふとん着て寝たる姿」と形容したのはいかにも江戸っ子らしい見方だ。

嵐雪は芭蕉没後まもなく上方を訪れた。『玄峰集』の「冬之部」には、芭蕉が眠る近江・義仲寺を訪れて詠んだ「此下にかくねむるらむ雪ぼとけ」や「四七日　翁の三物に題す」と前書のある「木がらしの猿も馴染か蓑と笠」、「初月忌」と置いた「泣く中に寒菊ひとり耐《こた》へたり」、一周忌の「夢人の裾を摑めば納豆哉」など追悼句が並ぶ。

其角もそうだが、嵐雪も晩年の芭蕉が唱えた「かるみ」には同調しなかった。芭蕉没年の元禄七年に杉風や子珊《しさん》らが出版したかるみの撰集『別座鋪《べつざしき》』に嵐雪が難癖をつけたと杉風が手紙で芭蕉に訴えている。芭蕉はこれに「お構いなさるな」とたしなめている。嵐雪に限らず古参の弟子ほどかるみにはなじめなかったようだが、掲句などはかるみの句ではないか。難癖は芭蕉が高く評価した『別座鋪』へのやっかみに過ぎなかったのだろう。

## むめ一輪一りんほどのあたゝかさ　嵐雪

『玄峰集』

「寒梅」と冬季の前書が付いた出典もあるが、早春の頃の句と見たい。『玄峰集』には「春之部」に収められている。句を素直に読めば、まだ冷え冷えとしているが明るい日ざしの中に、梅が一輪だけ咲き出している景だろう。その香をかいでいると春の暖かさがほのかに感じられるというのだ。「むめ一輪一りん」と続けて読むと花がぽつぽつと咲き出している感じになるが、上五の「むめ一輪」のところで句は切れている。その「一りん」が香っているのだ。「輪」と「りん」の書き分けの妙。嵐雪のとくに知られた句。

江戸蕉門の双璧たる其角と嵐雪。其角の句も多彩だが、嵐雪も多彩だ。若い頃は其角と同じく遊び人で「酒くさき人にからまるこてふ哉」のような句があるし、「はぜつるや水村山郭酒旗の風」のような杜牧（晩唐の詩人）の漢詩の一節を取り込んだ句も其角に似る。一方で先に挙げた「立出てうしろ歩や秋のくれ」のような句も詠んだ。

芭蕉没後は黄檗宗《おうばくしゅう》の禅に傾倒して僧体となった。没年は其角と同じ。辞世は「一葉散る咄《とつ》ひとはちる風の上」。彼を祖とする一門は「雪門」と呼ばれ、其角座と並ぶ大勢力となった。

# 螢火や吹とばされて鳰《にほ》のやみ　向井去来《きょらい》

（一六五一～一七〇四年）『猿蓑』

掲句には「膳所曲水之楼にて」の前書がある。近江・膳所《ぜぜ》の曲水（曲翠）邸での螢見の吟だろう。琵琶湖は「鳰の海」ともいう。湖面を舞っていたたくさんの螢が一陣の夜風に吹き流され、ほの明るかった湖面がたちまち真っ暗闇となってしまった。その一瞬の変化をとらえた。

去来は長崎の医師の家に生まれ、若い頃に武芸百般を身に付けた。京に出た後は医師の兄を助け、堂上家にも出入りした。芭蕉に弟子入りしたのは貞享元（一六八四）年。当時三十代初めで、其角が十代、嵐雪が二十代で入門したのに比べるとはるかに遅かった。しかし元禄期に入ってから頭角を現し、芭蕉が『おくのほそ道』の旅の後、上方に滞在する間によく謦咳に接した。凡兆とともに『猿蓑』を編集し、掲句など二十七句が収められた。

芭蕉が亡くなると箍《たが》が外れたように弟子たちはおのおの道を歩み始め、蕉門は空中分解する。生真面目な人柄から芭蕉の信任の特に厚かった去来は、蕉門筆頭の弟子・其角が師の「不易流行」を実践しようとせず洒落風に泥んでいることが不満で『贈晋氏其角書』で難詰した。千二百字ほどの短い書簡だが、芭蕉の教えを墨守しようとする去来の真摯な思いが伝わる。

## 花守《はなもり》や白き頭をつきあはせ　去来

『去来発句集』

「白き頭をつきあはせ」とあるから、白髪の花の番人が二人で頭を寄せ合って花の事を相談しているのだろうか。桜の満開の頃は、かえって花守の仕事は閑散としたものではないか。だからまったくとりとめもない雑談をしているだけかもしれない。そちらのほうがおもしろい。

花守が老人であるとは限らないのだが、この句の味わいは「白き頭」でなければ出ない。花の色と見紛う白髪によって「もののあはれ」が感じられる。『去来抄』には芭蕉がこの句を「さび色よくあらはれ」と言ったとある。花の句はたいがい華やかなものだが、そうではないところに目を付けて詠んだことを「さび色」と褒めたのだろう。

其角の句などは意味のよく分からない句がきわめて多いのだが、去来にはそういう句はまずない。どれも意味明瞭であり、かつ句として格が高い。掲句もそうだし、「秋風やしらきの弓に弦はらん」「湖の水まさりけり五月雨」「あら磯やはしり馴たる友鵆《ちどり》」「しぐるるやもみの小袖を吹かへし」などもそうだ。俳風と俳人の性格とは必ずしも一致するものでないが、去来に限ればその実直で高潔な人柄が彼の俳風にまっすぐ反映している。

# 稲妻のかきまぜて行《ゆく》やみよかな　去来

『菊の香』

去来の最大の功績は『去来抄』を書き残したことだろう。芭蕉が弟子たちの句を批評した「先師評」、弟子同士の「同門評」など四章から成る。土芳の『三冊子』とともに後世への恩恵は計り知れない。去来没後七十年の安永四（一七七五）年に上梓された。芭蕉が亡くなると、其角は師の教えを忘れたかのように洒落風を強め、支考は師の教えに自分の考えを混ぜ合わせた著作を自派拡大に使った。こうした風潮に去来は危機感を強めたにちがいない。「自分が師の正統の教えを書き残さなければ」との思いにかられたのだと思う。

去来には「闇夜」を詠んだ佳句が多いことに気づいた。「螢火や」も掲句もそうだ。秋の初め、空中放電によって走る電光が「稲妻」で、夏の雷のような音はなく稲の実りを促すと信じられた。稲妻を龍のように見立てた「かきまぜて行」が眼目で、闇夜の匂うような生々しさが感じられる。この句について『去来抄』の「同門評」で丈草と支考が「闇夜は過ぎたり。田づらなどがよい」と言ったが、去来は「これは稲妻の後の闇夜を詠んだ句なのだ」と語った。ほかにも「うのはなの絶間たゝかん闇の門」「兄弟の顔見るやみや郭公《ほととぎす》」などの句もある。

# 雁がねの竿《さを》になる時尚さびし　去来

『去来発句集』

芭蕉が亡くなって四年後の元禄十一（一六九八）年、去来は故郷の長崎に帰って、一年ほど滞在した。芭蕉の三回忌も過ぎて、すこし心に余裕も生まれたのかもしれない。

掲句は帰郷した折に詠んだ。雁は晩秋の頃、北方から日本へ渡ってくる。「雁の棹（竿）」などと呼ばれて、隊列を組み鳴き交わし飛ぶ様は寂しげだが、「竿になる時尚さびし」と見たところが去来らしい。

掲句を見ると、芭蕉の「病雁の夜さむに落て旅ね哉」を思う。『猿蓑』編纂の時、芭蕉の二句のいずれを入集するか凡兆と意見が分かれた。去来は「病雁は格高く趣かすかにして」と推したことが『去来抄』にある。芭蕉の裁定で凡兆の推した「海士の屋は小海老にまじるいとゞ哉」とともに入集するのだが、掲句を詠んだ折にも去来の胸中には「格高く趣かすか」な師の病雁の句があったのではないか。

掲句を詠んだ六年後の宝永元（一七〇四）年の春、去来が蕉門の同士の中で志を同じくし最も親しんだ丈草が亡くなる。去来は友を惜しみ「丈草を哭す」と付して「なき名きく春や三とせの生別《いきわかれ》」と詠んだ。そしてその年の秋には去来も世を去る。享年五十四。

# 上行《ゆく》と下くる雲や秋の天　野沢凡兆《ぼんちょう》

（？〜一七一四年）『猿蓑』

「女心と秋の空」という。両方とも移ろいやすいという意味だが、複雑な秋の空模様を凡兆は「上行と下くる雲」とまことに単純明快に描いてみせた。この句を見るまで雲はみんな同じ方向へ流れてゆくものと思っていた。高浜虚子は「芭蕉時代の作家で、印象明瞭な句を作る人は凡兆が一番である」（『俳句はかく解しかく味う』）と語った。ほかにも「呼かへす鮒売見えぬあられ哉」「ながながと川一筋や雪の原」「鶯や下駄の歯につく小田の土」「市中は物のにほひや夏の月」などあの時代には珍しく写生的な句を詠んだ。

加賀金沢の生まれで、京に出て医師を生業としたらしい。芭蕉には元禄元（一六八八）年の頃に京で会ったというが、本格的に交流が始まったのは芭蕉が『おくのほそ道』の旅を終えて上方に滞在していた元禄二年以降。同四年上梓の『猿蓑』編集に抜擢されて、収められた句は師よりも多い四十一句にのぼった。どの句も虚子が語ったように印象明瞭な浮世絵を見るようだ。芭蕉が凡兆の句を高く評価したのは大衆にわかりやすく「かるみ」にも通じると考えたからだろう。しかし残念ながら罪を得て入獄し、師の没後は精彩を欠いた。

# 灰汁《あく》桶の雫やみけりきりぎす　凡兆

『猿蓑』

「灰汁」は灰を水に浸して取る上澄み水のこと。汚れを落とすため洗濯や染色に利用した。桶の穴から滴り落ちる雫の音がやんだとあるが、「けり」は詠嘆・過去の助動詞だから、きりぎりす（こおろぎ）の声が聞こえて初めて、雫の音がやんでいたのだなあと気づいた軽い詠嘆の意味になる。古今を問わず多くの句は、刻々と過ぎゆく時間をある時点で止めてその時点を詠むが、掲句は時間の推移を一句の中に詠み込んだことが斬新。

芭蕉が本格的に交流を始めて日の浅い凡兆を『猿蓑』の編集に抜擢したのは、ほかの門弟にない掲句のような斬新な句作り、「髪剃や一夜に金情《さび》て五月雨」のような切れ味の鋭い句作りを高く評価したからに違いない。だが『猿蓑』上梓後は、芭蕉から離反し、芭蕉の葬儀にも顔を見せなかった。原因はいろいろあったのだろう。

尾張蕉門の越智越人《えつじん》が書いた『猪の早太』には「凡兆は剛毅《ごうき》」とある。『去来抄』や凡兆宛ての芭蕉の書簡を読むと、自信家でややおおざっぱな性格だったように思える。芭蕉は凡兆の句作に対し「一字もおろそかに置くな」と忠告したという。師との性格の不一致だったのだろうか。

# 春雨やぬけ出たまゝの夜着の穴　内藤丈草《じょうそう》

（一六六二〜一七〇四年）『丈草発句集』

春雨のそぼ降る朝、自分が起き出た蒲団《ふとん》をふと見ると、自分の体の抜け出たところがそのまま穴になっていた。蒲団を上げることもない男のやもめ暮らし。侘しいといえば侘しいが、屈託なく詠んでいるところに俳諧としての味わいがある。

丈草には掲句のほかにも「隙明《ひまあき》や蚤の出て行耳の穴」「草庵の火燵の下や古狸」「寐がへりの方になじむやきり〴〵す」など身辺のささいな事々を詠んだ句がいくつもある。似たような詠み方は後年、小林一茶もしているが、一茶の場合は「寝返りをするぞそこのけきりぎりす」「涼風の曲りくねつて来りけり」などひねったところがある。丈草の句は巧みがなく淡々としている。

芭蕉は「予が風雅は夏炉冬扇のごとし。衆にさかひて用る所なし」と言った。ここで言う「風雅」とは世を渡る上で用を成さない俳諧のことだ。数多い門弟の中でも夏炉冬扇の如き風雅を最も深く我が物としたのは丈草ではないか。たとえば丈草の「黒みけり沖の時雨の行ところ」「水底の岩に落ちつく木の葉哉」などの句には、芭蕉の「しぐるゝや田の新株の黒むほど」「先《まづ》たのむ椎の木も有夏木立」などの句の影響を強く感じる。

# うづくまる薬の下の寒さかな　丈草

『丈草発句集』

「ばせを翁の病床に侍りて」と前書がある句。芭蕉は亡くなる前、病床に侍る門弟たちに夜伽《よとぎ》の句を求めた。「私は死んだものと思って、一字の相談もするな」と言い渡した。門弟たちは各々詠んだが、芭蕉は掲句だけを「丈草、出来たり」と褒めたという。

なぜ芭蕉は掲句だけを褒めたのか。たとえば去来は「病中の余りすするや冬籠」と詠んだ。支考は「叱られて次の間へ出る寒さ哉」と、水田正秀は「思ひよる夜伽もしたし冬籠」と、河合乙州《おとくに》は「皆子なり蓑虫寒く鳴き尽くす」と、それぞれ思いは籠っているのだが、逆に作者の主情が強く出過ぎているため芭蕉は褒めなかったのではないだろうか。

掲句も「うづくまる」のは丈草自身であり、むろんそこに主情はにじむのだが、同時にうづくまっているのが「寒さ」でもあるように読める。自分を寒さに置き換えているともいえようか。おのれを消す詠み方は若いころから禅に傾倒してきた影響だろうか。丈草とタイプは違うが、『猿蓑』で写生句を多く詠んだ凡兆も主情に傾き過ぎない夜伽句を詠んだかもしれない。残念ながら凡兆はこの頃芭蕉と疎遠となり姿を見せなかった。

# 淋しさの底ぬけて降る霙《みぞれ》哉　丈草

『丈草発句集』

芭蕉の門弟には譜代の大藩・彦根藩士の許六や幕府御用達で芭蕉のパトロンでもあった魚問屋の杉風など社会のエリート層もいることはいたが、社会の常識や規範に順応して生きてゆくことに窮屈さ、違和感を感じてドロップアウトした人も多かったようだ。

丈草もそんな一人。尾張・犬山藩士の長男として生まれた。十四歳で出仕したが、二十七歳で仕官を辞した。病気が理由だったというが、その後の生き方を見れば窮屈さに耐えられなくなったのではないか。元禄二（一六八九）年、京都・落柿舎にいた芭蕉に入門。漢学や禅を修めた人なのですぐに頭角を現し、『猿蓑』では漢文で跋を書いた。

芭蕉没後は墓のある義仲寺・無名庵《むみょうあん》で三年の喪に服し、その後も近くに仏幻庵《ぶつげんあん》を結び、清貧を貫いた。掲句はそんなある冬の日の吟だろう。「霙」は雪交じりの冷たい雨。「淋しさの底ぬけて降る」に、師亡き後の丈草の深い孤独と突き抜けた諦念が感じられる。

丈草に似た境遇の門弟に広瀬惟然《いぜん》がいる。丈草の庵を訪れた折、頭の病で硬い枕が苦手な惟然を詠んだ丈草の句「木枕のあかや伊吹にのこる雪」には、似た者同士ゆえの深い愛憐がある。

# 藍壺にきれを失ふ寒さかな　丈草

『桃の杖』

きれ（布）を藍染しようと藍壺に浸していたら、うっかり手を離れて藍壺の底に沈んでしまったのだ。「藍」に「寒さ」（白や黒のイメージ）を取り合わせている色彩的な感性が鋭い。許六は『俳諧問答』で芭蕉が「発句は畢竟取合物《ひっきょうとりあわせもの》とおもひ侍るべし」と言ったと書いている。芭蕉にはむろん一物仕立ての名句もあるから、たまたま言葉の綾でそう言ったのだろう。許六は我が意を得たりと自讃して、他の門弟が一物仕立てにこだわるため類想に陥りやすいと戒めているのだが、丈草の掲句などは取り合わせの名品だ。

掲句の季語は「寒さ」だが、丈草にはほかにも時候や天文の季語を絶妙に取り合わせた句がある。「やねふきの海をねぢむく時雨哉」「あら猫のかけ出す軒や冬の月」「蚊屋を出て又障子あり夏の月」など。屋根葺きをしていたら、時雨が降り出してきた。咄嗟に海を見た「ねぢむく」の表現に心情が如実に表れる。「あら猫」は気性の荒々しい雄猫。それが駆け出した軒にかかる「冬の月」が盤石に置かれる。「蚊屋を出て又障子あり」は家の中の様子だが、歌舞伎など芝居の舞台を連想させる。「夏の月」が涼しげである。

# 一竿は死装束や土用ぼし　森川許六《きょりく》

（一六五六〜一七一五年）『韻塞』

「土用干し」は「虫干し」などともいい、衣服や書画を夏場に陰干しして黴《かび》や虫に食われるのを防ぐこと。掲句は干している衣服の中に「死装束」が交じっているというのだ。死装束とは死に臨むときの装束で武士の場合は切腹の装束。緊張感の伝わる句だ。

許六の仕えた彦根藩は徳川譜代の大藩で、藩主の井伊氏は幕末に出た直弼をはじめ多くが大老職に就いている。西国の外様大名ににらみを利かせ合戦が起きれば先鋒を務める立場だから、藩士たちも日頃から身を律し、失態を犯せば腹を切る覚悟で死装束を用意していたのだろう。掲句の前書に「八十に余る老祖父、子孫の栄ゆくにつけて、はやく死たしとばかり、願はれける」とある。武門の家の隠居の悲壮な覚悟が感じられる。

そんな家の許六なので、芭蕉に会いたいと願っていたのだが彦根を離れることはままならず、藩主の参勤に従い江戸に下って芭蕉に面会したのは元禄五（一六九二）年。芭蕉が亡くなる二年前だが、一年足らずの江戸滞在中に芭蕉と濃密な時間を過ごしたようだ。許六への送別の書『柴門《さいもん》ノ辞《じ》』に芭蕉は「予が風雅は夏炉冬扇のごとし」と記した。

# 酢味噌あらば春の野守となり果ん　許六

『白陀羅尼』

芭蕉没後、高弟たちはそれぞれに独自色を強めてゆく。江戸の其角は都会的な理知、洒落風を強め、美濃の支考は地方へ勢力を広げつつ、分かりやすい平俗な俳諧へ大衆を先導した。許六も彦根を拠点に芭蕉からの教えを彼なりに咀嚼し、継承者を自任した。

許六の主張は去来と交わした往復書簡『俳諧問答』によく表れている。去来が「不易流行」の重要性を説いたのに対し、許六は「芭蕉の血脈を相続する」重要性を説いた。「血脈」というと大袈裟だが、要は「不易とか流行とか理屈を言ってもよい句は詠めない。大事なのは芭蕉の教えを感性で受け止めること」と言いたいのだろう。さらに芭蕉から「発句は畢竟取合物」と教えられたとして、独自の取り合わせ法を説いている。

許六が芭蕉にも褒められたと自讃する「十団子も小粒になりぬ秋の風」や推敲を重ねたという「梅が香や客の鼻には浅黄わん」など取り合わせの句もむろん悪くはないのだが、やや理知が勝っている感じもする。むしろ好きな酢味噌和えへの素朴な思いがあふれ出ている掲句や、前の死装束の句のほうが許六の境涯を感じさせて味わい深いと思う。

# 馬の耳すぼめて寒し梨の花　各務支考《かがみしこう》

（一六六五～一七三一年）『葛の松原』

小さく冷たい印象の梨の白花と春寒で耳をすぼめた馬の黒い巨体を取り合わせた手柄。去来は『去来抄』で「馬の耳すぼめて寒しとは私も詠めるが、梨の花と付けたのは見事」と褒めた。蕉門一の理論家だった支考には「哥書よりも軍書にかなし芳野山」などの理屈っぽい句が多いが、掲句や「桃咲て石にかどなき山家かな」など取り合わせの佳吟もある。

支考は美濃（岐阜）に生まれ、若い頃は寺で修行。十九歳で寺を離れ、元禄三（一六九〇）年、二十六歳で芭蕉に入門し芭蕉が亡くなるまで近侍して師の教えを書き留めた。蕉風開眼とされる句「古池や蛙飛こむ水のおと」成立経緯を明かした『葛の松原』（元禄五年刊）は有名だが、芭蕉没後は大衆の支持獲得のため師の教えを自己流にアレンジした『二十五箇條』『俳諧十論』などを出版。芭蕉晩年の「かるみ」も大衆向け平俗俳諧として広めた。ほかの直弟子たちには恨まれたが、全国に自派（美濃派）の勢力を拡大した。

芭蕉は生前、去来宛て書簡（元禄五年五月七日付）で、支考について「こいつは役に立やつに而無御座候。其角を初連中皆々悪立《にくみたて》候へば、無是非候。尤《もつとも》なげぶし（小唄）何とやらをどりなどで、酒さへ呑ば馬鹿盡《つく》し候へば…」と書いている。あまり評価はしていなかったようだ。

# 一夜づゝ淋しさ替る時雨哉　早野巴人《はじん》

（一六七六〜一七四二年）『夜半亭発句帖』

「時雨」は初冬に降る冷たい雨。元来は山に囲まれた京の降りみ降らずみの雨を指し、そこに世の無常や恋人の心変わりを重ねて、古来多くの歌人俳人が詠んできた。宗祇は「世にふるも更に時雨の宿りかな」と詠み、芭蕉は「世にふるもさらに宗祇のやどり哉」と唱和した。掲句もおそらく、宗祇や芭蕉の句に唱和して詠まれたのだろう。定めのない時雨を見ているうちに、作者の淋しさも一夜ずつ様変わりしてゆくというのだ。

芭蕉と主な直弟子が亡くなった後の享保期（一七一六〜三六年）の俳諧というのは、俯瞰すれば、江戸や京の都市部では其角の系譜を継いだ洒落風が、地方では支考の系譜を継いだ平俗の句がもてはやされた。さまざまな俳人が現れたが、目に留まる句は多くない。

巴人も享保期の一人。下野（栃木）・那須烏山の出身で江戸に出て其角や嵐雪に学んだ。五十歳の頃に京に上り十年ほど上方の俳人たちと交わった後、江戸に帰り、日本橋に夜半亭として門戸を張った。ここに入門したのが後に夜半亭を継ぐ蕪村。巴人には「広庭を淋しくまはる一葉かな」の佳吟もあるが、蕪村は「広庭のぼたんや天の一方に」と大きく唱和した。

# 初秋やそろりと顔へ蚊屋の脚　仙石廬元坊《ろげんぼう》

（一六八八〜一七四七年）『文月往来』

網戸のない江戸時代、蚊帳は蚊の猛襲を防ぎ安眠する必需品だった。歌舞伎の「東海道四谷怪談」で伊右衛門がお岩の「子どものために」という懇願を無視して質草に蚊帳をむしり取ってゆくシーンに、江戸の人々は現代人には分からない残酷さを痛感したのだと思う。

掲句はそんな蚊帳で寝ていると、「脚（裾）」が顔に触れたというのだ。風に吹かれて揺れたのだろうが、「そろりと」という形容が実に巧みで「初秋や」もよく利いている。『古今和歌集』の名歌「秋来ぬと目にはさやかに見えねども風の音にぞおどろかれぬる」（藤原敏行）を、「そろりと」「蚊屋の脚」という卑近な表現で俳諧に転じている。

廬元坊は美濃（岐阜）の人で同郷の支考の弟子。支考は師の芭蕉の言説を平俗にアレンジして大衆に広め、地方を行脚して自派（美濃派）の地盤を広げた。廬元坊も支考にならって行脚を繰り返し支考の教えを広めた。享保十四（一七二九）年、美濃派三世を継いだ。

彼にはよく知られた「鶯のいくつも捨て初音かな」という句もある。鶯が美声で鳴くまでに努力していると詠んだのだが、こちらは「いくつも捨て」が説明的で理に落ちている。

## 我が家に居所捜すあつさかな　望月宋屋《そうおく》

（一六八八〜一七六六年）『瓢簞集』

吉田兼好の『徒然草』五十五段に「家の作りやうは、夏をむねとすべし。冬はいかなる所にも住まる。暑き比わろき住居は、堪へがたき事なり」とある。兼好の暮らした京都は山に囲まれた盆地だから、とりわけ夏の暑さは堪えがたい。彼は「深き水は涼しげなし。浅くてながれたる、遥かにすずし」とも続けている。浅い水が流れるように家の中を風が通りやすくするための工夫を凝らしたのだろう。七月の祇園祭の宵山に公開されている京の町家を訪ねたことがあるが、鰻の寝床のようでまさに風が「浅くてながれたる」だった。

宋屋も京の人だから、暑さは堪えたのだろう。掲句からは少しでも涼しい場所に身を置こうとおそらくさして広くもない我が家の中を右往左往している様子が目に見えるようだ。巧まず平明に詠んだところがいい。

宋屋は巴人が京在住の折に入門、頭角を現した。江戸に帰った巴人が寛保二（一七四二）年に死去の後、還暦を機に宋屋を名乗り、芭蕉の『おくのほそ道』の跡をたどってみちのくを行脚している。宋屋と同時代の京や江戸では、芭蕉より其角の洒落風俳諧が主流だったが、巴人の系譜は宋屋も蕪村も芭蕉に私淑している。

# やぶ入《いり》の寝るやひとりの親の側

炭《たん》太祇《たいぎ》

（一七〇九〜七一年）『太祇句選』

「やぶ入」は旧暦正月十六日に店の奉公人が一日休みをもらって親元に帰省すること。旧暦七月十六日に帰省するのは「後のやぶ入」という。たった一日とはいえ、現代の都会の勤め人が盆暮れ正月にいっせいに田舎へ帰省するのと同じで大きな楽しみだった。掲句はそのやぶ入で帰った実家で夜、「ひとりの親の側」で寝たと詠んでいる。両親でないのはどちらかの親が亡くなっているからだろうが、それがいっそう句を切なくしている。

太祇は蕪村の七つ年長だが、親交の深かったほぼ同時代の俳人。江戸の生まれといい、若い頃は「水語」と号し江戸座（其角系の洒落風俳諧）の師匠ついて学び頭角を現した。蕪村とも江戸で知り合ったとみられる。四十代の頃から太祇と号し、みちのくや九州を行脚した後、京都に居を定めた。最初は大徳寺で脱俗生活を送るが、性に合わなかったと見え、門弟で妓楼主人・呑獅《どんし》の援助により遊廓・島原に庵を結び、遊女らに俳諧を教えながら句作にふけった。友人の多い社交家だったようだ。

『太祇句選』は太祇没後、呑獅の発起で蕪村らが選句を担当した。蕪村は俳体詩「春風馬堤曲」の最後に掲句を置いている。

# 草の戸や巨《こ》燵《たつ》の中も風の行《ゆく》　太祇

『太祇句選』

太祇は酒好き、役者好きで誰からも好かれる円満な人柄だったようだが、こと句作への情熱は周囲も舌を巻くほどだったらしい。蕪村は『太祇句選』序文で「佛を拝むにもほ句し、神にぬかづくにも発句せり。されば祇が句集の艸稿《そうこう》をうちかさね見るにあなおびたゞし、人の彳《たたず》める肩ばかりにくらべおぼゆ（中略）撰者も眼つかれ心まどひて、まめやかにえらび得べうもあらじかし」と膨大な句の選の苦労を書いている。選ばれた『句選』を見ると意味の取りづらい句はほとんどなく言葉が簡潔明瞭、それでいて余韻のある句が多い。

掲句は「巨燵」の句が四句並んでいるうちの最後の一句。「巨燵の中も風の行」はすき間の多い草庵ゆえなのだろうが、そういうことより庵にあっても心は常に旅の空にあるような一所不住を思わせる。芭蕉の「住つかぬ旅のこゝろや置火燵」をほうふつとさせる。太祇は芭蕉を慕っていた。

ほかにも「つる草や蔓の先なる秋の風」「薬掘蝮《まむし》も提げてもどりけり」「行く秋や抱けば身にそふ膝頭」「なつかしや枯野にひとり立つ心」など佳吟がいくつもある。酒好きが高じて脳溢血で亡くなったらしいが、最期まで句作三昧を貫いた。

# まだ青い西瓜《すいくわ》流るゝ夕立かな　堀　麦水《ばくすい》

（一七一八〜八三年）『樗庵麦水発句集』

芭蕉が亡くなって後、俳壇勢力は大きく、江戸や大坂、京都など都市を基盤とする技巧的な洒落風・遊戯風の俳諧と、地方を基盤とし大衆にも分かりやすい俗談平話を掲げる俳諧に二分されていった。前者は其角系の江戸座や嵐雪系の雪門、後者は支考の美濃派や中川乙由《おつゆう》（麦林舎《ばくりんしゃ》）の伊勢派（併せて支麦《しばく》派ともいう）が主導した。

だが芭蕉の主な直弟子がほぼ亡くなった芭蕉五十回忌（一七四三年）あたりから俳諧の堕落を嘆く俳人たちが「芭蕉に帰れ」と声を上げ、蕉風《しょうふう》復興運動が盛んになってゆく。麦水もそんな俳人の一人だった。彼は加賀金沢の出で、初めは支麦派に学んで、その関係で麦水と号した。しかし江戸や京など各地を旅し五十代の頃から芭蕉四十歳の頃の『虚栗《みなしぐり》』（其角編）に傾倒し新虚栗調を唱えたという。虚栗時代の芭蕉は漢語調の詰屈な句が多かったとはいえ、支麦派の俗談平話を否定して芭蕉へ回帰しようという先駆けとなった。その後長崎などへも旅している。

掲句は畑の西瓜が夕立の雨で流れだしている景。白々とした雨脚に青々とした西瓜を取り合わせた近代的な感覚の句だ。ほかに「もゆる時はつと涼しき蚊遣哉」も感覚的に鋭い。

# 三椀の雑煮かゆるや長者ぶり　与謝蕪村

（一七一六〜八三年）『蕪村句集』

十八世紀半ばから「芭蕉に帰れ」という蕉風復興運動が盛んになると、都市の遊戯俳諧、地方の平俗俳諧に覆われ停滞していた俳壇に新たな風が吹き始める。そこに彗星の如く登場したのが蕪村だ。彼が蕉風復興を唱えた天明俳壇のほかの俳人たちに抜きん出ているのは、芭蕉の句に学びながら芭蕉が詠まなかった新たな句境を切り開いたことだろう。後に子規は『俳人蕪村』で両者の句を詳細に比較し、たとえば「芭蕉は俳句は簡単ならざるべからずと断定して自ら美の区域を狭く劃《かぎ》りたる者なり。（中略）蕪村は複雑的美を捉へ来りて俳句に新生命を与へたり」と書いている。蕪村が美の奥行きを一層深めたと見たのだろう。

掲句は新春のある家の食卓の風景を詠んでいる。家といっても大名や豪商のような特別な家ではなく、ごく庶民的な家ではないか。そこの主人が家族に囲まれながら雑煮を三椀お代わりしたという句意だろう。これだけならなんということもない平凡な食卓風景を詠んだに過ぎないが、眼目は下五の「長者ぶり」。この言葉によって主人のすこやかな様子、家族との円満な関係、この家の一年の安泰が目に見えるようだ。一語が実に格高く置かれている。

# 遅き日のつもりて遠きむかしかな　蕪村

『蕪村句集』

蕪村は俳体詩「春風馬堤曲」の舞台、淀川沿いの摂津毛馬村（現在の大阪市都島区毛馬町）の生まれ。どんな家庭で育ったのかはよく分からないが、安永六（一七七七）年、六十二歳の時の書簡に「余幼童之時、春色清和の日には、必友どちと此堤上にのぼりて遊び候。（中略）実は愚老懐旧のやるかたなきよりうめき出たる実情にて候」とある。「馬堤曲」は故郷への懐旧の情を託した作品ということだ。蕪村は故郷に強い愛着を持っていたのだろう。掲句にも「懐旧」と前書がある。春の日永の時間がたゆたうようにゆっくりと流れてゆく印象がある。言葉も流れるような調べ。「つもりて」の後で句は軽く切れ、時間がせき止められるように作者の思い出の数々もせき止められ、茫々とした「遠きむかし」への感懐に浸る。蕪村のよく分からない子ども時代を考え合わせれば、霞がかかったような句だ。

蕪村にはほかにも懐旧を思わせる春の句が多い。「日暮〳〵春やむかしのおもひ哉」という掲句に似た句もある。「馬堤曲」や「ゆく春やおもたき琵琶の抱ごゝろ」「いかのぼりきのふの空のありどころ」などの句を見れば、春は蕪村が故郷への懐旧を募らせる何かがあったのかもしれない。

# 春の海終日《ひねもす》のたりく哉　蕪村

『蕪村句集』

俳句ではしばしばオノマトペ（擬態語）が使われる。ありきたりでは詰まらないし、突飛すぎれば読み手の共感は得られない。掲句の「のたり」はゆるやかにうねる様子を表すオノマトペ。広辞苑には「のたる」という動詞もあり、こちらは「はって行く」「ぶらぶら歩く」「遊び歩く」という意味が出ている。のたりはのたるを名詞化したものだろうか。

春ののどかな海原の様子を形容するオノマトペとしてのたりを繰り返し、蕪村の代表句の一つになった。この句を何度も口ずさむと、のたりの上に置いた「終日」がのたりと絶妙な相乗効果を発揮して春のアンニュイな気分を醸していることに気づく。「ひねもすのたり」の各母音は「イ・エ・オ・ウ・オ・ア・イ」とばらけている。これがてんでに小刻みにうねる波、また作者のふわふわした気分も表しているようだ。

蕪村の時代、蕉風復興運動が盛んになり、芭蕉の神格化が進んでゆく。一方、蕪村は没後次第に忘れられるが、明治になって子規が芭蕉神格化を批判し、『俳人蕪村』で「蕪村の俳句は芭蕉に匹敵すべく、あるいはこれに凌駕する」と高く評価して歴史の表舞台に引き上げた。

# 菜の花や月は東に日は西に　蕪村

『蕪村句集』

『俳人蕪村』で子規は「積極的美」「客観的美」という二つの基準を持ち出し、この二つの美の表現において蕪村が芭蕉を凌駕していたと説く。子規によれば積極的美とは壮大、雄渾で、対語の消極的美とは古雅、幽玄という。蕪村の句は壮大で、芭蕉の句は幽玄であるというわけだ。客観的美については対語として主観的美を挙げ、前者は蕪村の句、後者は芭蕉の句に顕著という。かなり図式的で「写生」を唱えた子規の我田引水の感じもするが、両者の特徴は捉えている。

蕪村の代表句の一つである掲句は、絵画の大作を見るようだ。子規の基準に従うなら積極的美、客観的美を表現した句ということになるのだろうか。蕪村を歴史の表舞台に引き上げた子規の功績は認めるが、「写生」を喧伝するために蕪村を利用した面もあるだろう。詩人の萩原朔太郎は『蕪村の俳句について』の中で、子規が蕪村を「写生・客観的な俳人」と定義づけたことに異議を唱え、蕪村こそは近代的な真の抒情詩人だったと主張する。朔太郎は掲句を「明るい近代的の俳句」と表現している。確かにこの明るさは南仏の眩しい陽光を描いた西洋画にも似ている。鎖国下の日本で蕪村が掲句を詠んだ不思議を思う。

# 御《お》手《て》討《うち》の夫婦《めをと》なりしを更衣　蕪村

『蕪村句集』

掲句を読むと、歌舞伎の名作「熊谷陣屋」の熊谷直実と妻・相模を連想する。後白河院に仕えていた相模は警護役の熊谷と不義を犯し御手討ちとなるところを、院の側女・藤の方のとりなしで助命される。芝居では熊谷はこの後、院と藤の方の落胤（平敦盛）の身代わりに我が子（小次郎）の首を打つ悲劇が待つのだが、掲句の夫婦は助命された後、市井に隠れ住んでいるという情景。「更衣」に夫婦の安堵の暮らしぶりが感じられる。

蕪村にはこうした物語性のある句や「更衣母なん藤原氏也けり」など王朝趣味の句、また「易水にねぶか流るゝ寒かな」など中国の古典を面影にしている句もある。蕪村の幼少時の生い立ちはよく分からないが、二十代の初めに江戸に下って、巴人（夜半亭）に入門。ここで俳諧の基本を学んだ。古典の知識も巴人の下で蓄えていったのだろう。しかし蕪村の句の多彩な趣向がすべて巴人の影響によるものかといえばそうではない。

巴人三十三回忌追善集『むかしを今』の序で蕪村は生前の巴人から「師の句法に泥むべからず。時に変じ時に化し」てゆくべきだと教えられ、「やゝはいかいの自在を知れり」と回想している。心に閃くものがあったのだ。修業の末に自得した趣向なのだろう。

# 閻王の口や牡丹を吐《はか》んとす　蕪村

『蕪村句集』

萩原朔太郎は『蕪村の俳句について』の中で、芭蕉の名句が多く秋と冬の部に属するのに対して、蕪村の名句は多く春と夏に属すると指摘する（ただし続けて、蕪村の本質は冬の詩人だ、とも言うのだが）。確かにそういう感じはする。その大きな要因の一つは掲句をはじめ「牡丹」の名句が多いからだと思う。牡丹は中国原産で「花王」とも呼ばれる。姿も香りも王の名にふさわしい。蕪村は画家だったから画題としても惹かれたのかもしれない。

掲句には「波翻舌本吐紅蓮」と前書がある。「長い舌を波のように翻しながら、閻王《えんおう》の亡者断罪の弁舌は紅蓮の炎を吐くようだ」という意味だろうか。蕪村はそれを炎でなく緋牡丹を吐くようであると見立てた。閻王の憤怒の形相を一転、美しさに転じた。想像力の生んだ一句だが、句集には「牡丹散て打かさなりぬ二三片」「地車のとゞろとひゞく牡丹かな」という写生的な句や「牡丹切て気のおとろひし夕かな」など感覚的な句もある。

朔太郎は「地車」の句を「夏の炎熱の沈黙の中で、地球の廻転する時劫の音を、牡丹の幻覚から聴いてる」と解釈して掲句より優っているというが、やや深読みではないか。

# 鮒ずしや彦根が城に雲かゝる　蕪村

『蕪村句集』

掲句の「鮒ずし（鮨）」は近江の馴れ鮨。鮮魚が腐りやすい夏場、琵琶湖産のニゴロブナなどを塩漬けにして、腹に飯を詰め桶に入れて重石で圧し、数カ月以上かけて自然発酵させる。酸味と臭みが強い。今でこそ高級食品だが、蕪村の時代は家庭的な保存食だった。句は日常的な食べ物の鮒ずしに、琵琶湖東岸の名城（天守は国宝）彦根城にかかる夏雲を取り合わせている。同城は井伊家が西国の外様大名へ睨みを利かせたシンボルで屋根の漆黒が際立ち豪壮。彦根城と夏雲という大景、鮒ずしという小景が絶妙に引き立て合う。

だが、蕪村は弟子の吉分大魯宛て書簡（安永六年五月十七日付）で掲句を「解すべく解すべからざるものに候。とかく聞得る人まれにて、只几董のみ微笑いたし候」と書いている。弟子の高井几董だけがこの句を味わい得たということだ。蕪村は親交の深かった黒柳召波の遺句集『春泥句集』序で「俳諧は俗語を用ひて俗を離るゝを尚ぶ」と語っている。芭蕉の「高く心を悟りて、俗に帰るべし」（『三冊子』）に近い意味だろう。「鮒ずし」はいわば俗語だが「俗語を用ひて俗を離るゝ」趣向がある。ほかの俳人たちにはそれが分からなかった。

# 戸をたゝく狸と秋をお《を》しみけり　蕪村

『蕪村遺稿』

師の巴人が亡くなった寛保二（一七四二）年、当時二十七歳だった蕪村は江戸を去り、その後十年間、北関東や東北を遊歴し俳諧と絵画の修業を続けた。巴人が下野・那須烏山の出身でこちらの方面に門人が多かった。下総・結城の砂岡雁宕《がんとう》のもとに身を寄せ、同地の早見晋我《しんが》（蕪村の『北寿老仙をいたむ』は晋我の死を悼んだ詩）、下館の中村風篁ら同門の俳人たちと交遊した。彼の句文集『新花摘』には、この遊歴中のさまざまなエピソードが収められている。

その中に蕪村をばかしていた狸が殺されて、ばかされることがなくなった話が出てくる。「（狸を）にくしとこそおもへ、此ほど旅のわび寝のさびしきをとひよりたるかれが心のいとあはれに」感じ、僧に頼んで念仏を唱え菩提を弔ったという。ここで「秋のくれ仏に化る狸かな」という句を詠んでいる。彼の心優しさと遊び心が表れていて興味深い。

掲句も似た趣向の句。秋の寂しさは人間も狸も同じ、それならば一緒に行く秋を惜しもうではないかという。これも遊び心に満ちている。『蕪村遺稿』にはほかにも「化さうな傘かす寺の時雨かな」などの句がある。北関東遊歴での体験が基になっているのだろうか。

# 月天心貧しき町を通りけり　蕪村

『蕪村句集』

蕪村は宝暦元（一七五一）年、三十六歳で北関東での遊歴を終えて京に移り住んだ。しかし二年後には、丹後宮津（現在の京都府宮津市）の見性寺に三年滞在してさらに画業修業を続けた。京に戻ったのは四十二歳で、この後結婚して一人娘（くの）をもうけるが、五十代になっても讃岐（香川県）に一年間、画業のため単身で出掛けている。五十五歳になり夜半亭二世を継承して後、やっと京に落ち着いたようだ。一所不住の芭蕉に対して、蕪村は「家籠り」の俳人と見られるが、それは六十八年の人生の最後の十数年にすぎなかった。

修業時代の蕪村は貧しさと隣り合わせだったことは想像に難くない。掲句は五十代初めの作とされている。俳人、画家としての名声が高まったこの頃には生活も少しは楽になっただろうが、通り過ぎた「貧しき町」とはかつて自分が貧しさにあえぎながら修業していた町ではないか。月を仰いでほろ苦い記憶がよみがえったのだ。

六十代になっても「みのむしや秋ひだるしと鳴なめり」などわびしげな句を詠んでいる。経済的安楽とは生涯無縁だったと思う。晩年の書簡には「いつもとは申ながら、此節季かねほしやと思ふことに候」と書いている。

## 稲づまや浪もてゆへる秋つしま　蕪村

『蕪村遺稿』

「稲づま（妻）」は空中放電で火花が空に閃く自然現象。夏の雷は大音響や激しい雨を伴うが、秋の季語である稲妻は音や雨を伴わず、昔から稲の実りをもたらすと信じられてきた。掲句は稲妻が閃いた瞬間、白波が日本列島の海岸線を結うように見えたという句意。

五十代の初め、画業のため讃岐（香川県）に滞在していた頃の作という。現代人なら飛行機に乗って高空から眺めれば掲句のような光景は実際に見られるだろう。だが蕪村の時代はむろんそんなことは不可能。とするとこれは蕪村の想像力が詠ませた句ということになる。画家の蕪村が晩年に描いた傑作「夜色楼台雪万家図」（国宝）も雪の夜の洛中の家並みを空から眺めたような構図だ。俳人としても画家としても彼の想像力は時代を超越していた。

蕪村は召波の遺句集『春泥句集』序にこう書いた。「俳諧に門戸なし。只是俳諧門といふを以て門とす。又是画論に曰く、諸名家門を分ち戸を立てず、門戸自ずから其中に在りと。俳諧又かくのごとし。諸流を尽してこれを一嚢中に貯へ、みづから其よきものを撰び、用に随ひて出す」。俳諧も絵画も広く学び、独自に思索を尽くして至った境地なのだろう。

# 門を出れば我も行人《ゆくひと》秋のくれ　蕪村

『蕪村句集』

掲句は、芭蕉の句「此道や行人なしに秋の暮」に唱和している。『芭蕉翁付合集』序で蕪村は「三日、翁の句を唱へざれば、口むばら（茨）を生ずべし」と書いている。芭蕉神格化が進む中で、真摯に芭蕉の句から学ぼうとする彼の姿勢がうかがえる。芭蕉の句の「此道」とはむろん風雅風狂に徹する道であり、俳諧の新風を求め続ける道。蕪村はその道を自分も追い求めるのだと詠んだ。しかしそう詠みながらも俗世のしがらみから逃れきれない自分を省みて「蕉翁去りて蕉翁なし、とし又去るや又来るや」（『歳末弁』）と嘆いてもいる。

安永六（一七七七）年、洛東・金福寺に芭蕉の墓が建立され、蕪村は「我も死して碑に辺せん枯尾花」と詠んだ。句集には「門を出て故人に逢ぬ秋のくれ」「芭蕉去てそのゝちいまだ年くれず」などの芭蕉敬慕の句もある。天明三（一七八三）年三月、同寺で芭蕉百回忌取越追善俳諧興行が行われ、蕪村も出座した。この年十二月に彼は亡くなるが、その四か月ほど前、弟子に宛てた書簡で「近年蕉門といふてやかましき輩、いづれもまぎらかしの句のみいたし候て、片はらいたき事」と書いている。彼は口先だけの芭蕉神格化の風潮に批判的だった。

# 涼しさや鐘をはなるゝかねの声　蕪村

『蕪村句集』

現代の我々は、安永・天明期（一七七〇～八〇年代）の俳壇は蕪村をもって語られると考えがちだが、明治になって子規が『俳人蕪村』で「蕪村の俳句は芭蕉に匹敵すべく、あるいはこれに凌駕する」と書くまでは、俳人としてより画家として知られていた。蕪村の句集が入手できず子規門の内藤鳴雪が「蕪村集を得来りし者には賞を与へん」と語ったほどだ。

蕪村と同時代の俳人には江戸に大島蓼太や加舎白雄、名古屋には加藤暁台がおり、京の蕪村を凌ぐ大衆の支持を得ていた。みな「芭蕉に帰れ」と叫んで蕉風復興運動を進めていたが、作風はそれぞれ異なり、内実は「われこそ蕉風の本家」と自負して自派勢力を伸ばすことに躍起だった。蕪村は前にも書いたようにほかの俳人たちが詠む句に納得いかなかった。弟子の几董宛て書簡で「さてもなごやのはいかい、けしからぬ物に相成候。みなしぐりの出来損ひにて、いやみの第一むねの悪き事にて、一句も句をなしたるものは無之候」と手厳しい。

「いやみの第一」と見たのはどの句も理屈に陥っていたからではないか。蕪村が別の書簡で「流行の調にては無之候」と断って詠んだのが掲句と「さみだれや大河を前に家二軒」だった。「鐘をはなるゝかねの声」が直感的で卓抜だ。

# 朝がほや一輪深き渕のいろ　蕪村

『蕪村句集』

蕪村の書簡を丹念に読んでゆくと、彼の性格が浮かび上がってくる。画家が生業だからということもあるのかもしれないが、芸術家ゆえの自尊心の高さ、やや偏屈なところが垣間見える。顧客に注文されていた絵画が完成して送った書簡にこんなくだりがある。

「京の金持ちたちが値を上げて欲しいと言ってきますが、お約束した作品ですから、あなた様にお納めしたいと思います。ただもし、こちらの示した金額が高過ぎるとお考えならすぐお返しください。少しも気にかけませんから」。自作への強い自負があるのだろうが、客にすれば嫌味な感じだ。

画家・蕪村のライバルだった池大雅についてては別の書簡でこんなことを言っている。大雅作とされる二作品について「贋作ですが、本物と言えばまたそうとも言えます。なぜなら大雅の作品にはこの程度のものが多くありますから、本物と言っても大丈夫。同時に、大雅の贋作者にはこのレベルの作品に仕上げる者が二、三人いますから、贋作と言えば贋作になります。ともかく二作とも贋作です」。大雅が聞いたら怒りそうな皮肉な言い草だ。

一方、句作を見れば掲句のような澄みわたった句を詠む。芸術家とはそんなものかもしれないが、蕪村というのは複雑で不思議な芸術家だ。

# 桃源の路次の細さよ冬ごもり　蕪村

『蕪村遺稿』

若い頃から中年までの長かった遊歴の苦労の後、蕪村は京の町に安住した。比較文学者の芳賀徹はその著『與謝蕪村の小さな世界』の中で、蕪村を「京の市井の籠居の詩人」と呼んだ。掲句は芳賀の言う「籠居の詩人」にまさにふさわしい句ではないだろうか。京の冬の寒さは格別だが、冬籠りの我が家を中国の詩人・陶淵明の『桃花源記』の、あの漁夫が迷い込んだ桃源郷になぞらえている。蕪村がいかに晩年の籠居を愉しんでいたかが分かる。

我が家にこだわった理由は、四十代に入ってもうけた一人娘・くのを溺愛していたことも大きいのではないか。蕪村が俳人たちとやりとりした書簡を読むと、端々でくののことに触れている。弟子の大魯宛て安永三（一七七四）年の書簡には「毎々乍御面倒《ごめんどうながら》、又例之革足袋ほしく御座候。娘も手習に参候故、はかせ申度候」と娘のために足袋を求めている。

同五年にくのが結婚するが、わずか半年で離婚。同六年の書簡には嫁ぎ先でくのが病気になり居ても立ってもいられず我が家に引き戻したこと、良縁と思って嫁がせたのに「先方爺々《じじい》専ら金もふけの事にのみにて、しほらしき志し薄く、愚意に齟齬《そご》いたし」などと恨み言を並べている。

# しら梅に明《あく》る夜ばかりとなりにけり　蕪村

『から檜葉』

蕪村の辞世三句の一つ。彼が亡くなったのは天明三（一七八三）年十二月二十五日未明という。薄れゆく意識の中で「しら梅」が咲き出している情景を見ていたのだろうか。旧暦では正月と春はほぼ同時にやって来たから、すでに梅の莟も膨らんでいた頃ではないか。ほかの二句は「冬鶯むかし王維が垣根哉」「うぐひすや何ごそつかす藪の霜」。最期をみとった弟子の几董の『夜半翁終焉記』によれば「初春と題を置べし」と言い残したという。芭蕉の病中吟「旅に病で夢は枯野をかけ廻る」の妄執に比べれば、安らかな心境を感じる。

蕪村は生前「発句集は出さずともあれなど覚ゆれ。句集出でてのち、すべて日来の声誉を減ずるもの也」（『新花摘』）と語っていた。ただ晩年、弟子（寺村百池）宛て書簡に「春に至り愚老句集、佳棠世話にて急々出版いたし申つもり候故、句帳とも引合せゑらみ申度候」と書いている。厳選のうえ自選句集を準備していた。残念ながらその前に亡くなり、「自筆句帳」は娘くのの嫁入り資金に充てるため頒布され散逸してしまった。ただ近年、未知の句が見つかっており、いずれ蕪村自選句集が日の目を見るかもしれない。

# 水渺々河骨《かうほね》茎をかくしけり

黒柳召波《しょうは》

（一七二七〜七一年）『春泥句集』

「河骨」はスイレン科の多年草で、夏に水上に茎を伸ばし黄色い五弁花を一輪だけ付ける。文字通り骨のような茎はぐいと突き立っている。葉が大きいので、花は隠れて目立たないが、水の上に一輪そっと咲く姿は可憐でいかにも涼しげ。

掲句は「水渺々《びょうびょう》」で軽く切れる。渺々というから広々とした湖水だろう。遠望している作者の目に河骨の茎は葉に隠れて見えない。その先の濃い黄色の花だけがぽつぽつと浮かんでいるように見えるのだろう。河骨の句といえば、蕪村の「河骨の二もとさくや雨の中」のように花に焦点を絞った句がほとんどだが、掲句は視野をワイドにして「茎をかくしけり」とだけ言って花を暗示しているのが異色だ。

召波は京の人だが、若い頃に江戸に下って漢詩を学び、江戸滞在時に蕪村と最初に出会ったらしい。同じく漢詩に素養の深かった蕪村と意気投合、京に帰ってから太祇も交じえて三人で俳諧の交流を続けた。蕪村より十一歳若かったが、病を得て先立つこと十二年、四十五歳で亡くなった。七回忌に息子の手でまとめられた『春泥句集』は実質的に蕪村が編んだらしい。序文を彼が書いているが、そこには召波と蕪村の実に真摯な対話が記されている。

# 憂きことを海月《くらげ》に語る海鼠《なまこ》哉　召波

『春泥句集』

四十五年の短い生涯の最後の五年、召波は蕪村の助言を受けながら猛烈に俳諧に打ち込んだという。『春泥句集』序文によると、蕪村が「俳諧は俗語を用ひて俗を離るゝを尚ぶ」と語ったのに対して、召波が「俗を離れるための近道はないか」と問う。蕪村は「あなたが得意とする漢詩を学ぶのがよい」と教えた。またある時蕪村が「俳諧に門戸はない。よき俳諧の先達から学んで、各々よきところを取り入れるべきだ」と言うと、召波は「よき先達には誰がいるか」と問うた。蕪村は「其角、嵐雪、素堂、鬼貫から学ぶのがよい」と教えた。

召波は「句を吐くこと数千、最も麦林、支考を非斥す」とある。麦林は伊勢派の乙由で、美濃派の支考とともに俗談平話の俳諧を先導し、大衆の支持を集めた。召波はこの「支麦派」を嫌っていた。蕪村が「支麦派の句は低俗だが、人情世態を学ぶ一助にはなる」と諭しても、召波は「支麦派は俳魔だ」と言って聞かなかった。

さて掲句、尾頭定かではない海鼠が恋の悩みを海月に語っている場面。召波はそんなつもりで詠んではいないだろうが、一途な思いを語る召波を蕪村が「まあまあ」と諭しているようでもある。

# 湖の水かたぶけて田植かな　高井几董《きとう》

（一七四一～八九年）『井華集』

夏の田植えと秋の稲刈りは農家の最大行事。機械化されていなかった江戸時代は一家総出は当然、集落で人手を融通し合いながらしのいだ。田んぼに水を絶やさないことが必要で、干ばつにより湖や川から引く水量が減れば死活問題となる。水争いが起きたし、水番を置いて水盗人《みずぬすびと》を見張った。掲句はそんな田植えの様子を詠んでいるが、「湖の水かたぶけて」という表現で、大量の水が引かれていることが目に見えるような大柄な句となった。『井華集《せいか》』の掲句の前後には「堀川百首にゆひもやとはで早苗とりてむとあるに」と前書を付して「雇はれて老なるゆひが田歌かな」「玉苗やけふ手よごしの二三反」の二句も置かれている。「堀川百首」は平安後期に堀川天皇側近の歌人らが詠んだ歌集で「ゆひ(結)」とは田植えの互助制度のこと。几董が田植えの集落の様子を連作していることが分かる。

彼は京の人で、巴人の弟子だった几圭の子。若い頃から父の影響で俳諧に親しんだが、二十歳の時に父と死別。明和七（一七七〇）年に蕪村が巴人の跡を継いで夜半亭二世を襲号した時、兄弟子だった几圭に配慮し、入門させた几董に将来三世を譲ることを条件にした。

# やはらかに人分けゆくや勝角力《かちずまふ》　几董

『井華集』

蕪村が几董に宛てた書簡を読むと、蕪村がいかに几董という弟子を信頼していたかがよく分かる。几董の句を添削し、自分の句への感想も求めているほか、日頃の体調や娘の近況を知らせたり、好きな芝居の感想やほかの俳人に対する忌憚ない評価なども語っている。

蕪村は親交のあった但馬出石（兵庫）の俳人・芦田霞夫に宛てた書簡の中で、「どふみても我家之几董ほどの才子はなきものにて候」と几董を褒めている。さらに名古屋の著名な俳人・暁台からの書簡に「几董ほどの曲せもの（手練）に出あはず候。行行蕉門の風格を定め可被申人と、不堪驚嘆候。かゝる人を門人にもたれたるは、うら山しき事に候」と書いてきたことも紹介し、いかに几董が当代随一の俳人であるかを強調している。

蕪村が大袈裟にも見えるほど几董を褒めたのは、几董の実力を買っていたのはもちろんだろうが、同時にいずれ後継者となる几董を守り立てて彼の評判を高めたい、巴人から続く夜半亭を末永く繁栄させたい、という強い願いがあったからに違いない。

掲句は「やはらかに」という表現で勝力士のしなやかな体つき、心の余裕までもが見えてくる。蕪村が期待してやまなかった几董だが、夜半亭三世襲号からわずか四年後（蕪村没後六年）、四十九歳で急逝する。

# 海も帆に埋《うも》れて春の夕《ゆふべ》かな

吉分大魯《よしわけたいろ》

（一七三〇？〜七八年）『蘆陰句選』

「海も帆に埋れて」というのだから、遊舟か漁舟が数多く海上に漂っている景だろう。白い帆が海を埋め尽くしているという見立てはやや大袈裟にも思えるが、作者にはそう感じられたのだ。春の永い一日がようやく暮れ染めてきた頃の気怠くもの憂げな感じもある。

蕪村門の中で、不良の弟子の一人がこの大魯。元徳島藩の二百石取りの武士だったが、大坂の遊女に入れ揚げ、脱藩駆け落ちしたという。歌舞伎狂言を地でゆくような話だ。その後、蕪村に入門したが、狷介な性格で周囲と衝突し、師も手を焼いた。蕪村は灘の酒造家宛て書簡（天明三年）でほかの弟子を紹介するのに「大魯・月居がごときの無頼者にては無御座候」とわざわざ断っている。だがその句は高く評価していた。

句集には掲句以外にも「物おもふ人のみ春の巨燵哉」「耕や世を捨人の軒端まで」など佳吟が多い。病のため京で客死。大魯の最期の様子を蕪村は別の書簡に「こつちものとは見え不申候」と憐れんでいる。

ちなみにもう一人の不良の弟子が江森月居。蕪村は几董宛て書簡（天明二年）でも「おもひの外之不埒《ふらち》もの、絶言語」と呆れている。だが蕪村没後は、二条家から「花の本宗匠」の称号を受けるなど、世間的には名声を得た。

# 第二部

# 俳諧から俳句へ

「さび」や「かるみ」を唱え俳諧を高みに導いた松尾芭蕉が亡くなると、蕉門は分裂します。直弟子たちは洒落風の都市系俳諧、平俗な地方系俳諧を主導し互いに勢力を競います。芭蕉七〇回忌が過ぎた一七七〇年代、与謝蕪村や同時代の俳人たちが「芭蕉に帰れ」と唱え、「蕉風復興運動」が盛んになりますが、百回忌を迎える頃から芭蕉の神格化が強まります。

大衆の間では俳諧の宗匠に点をもらい競う点取り俳諧が流行します。この間、小林一茶が近現代にも通じる庶民感覚の句を詠み、独自の世界を開きますが、彼を継ぐ俳人は現れず、幕末にかけ俳諧は月並み（平俗）化していきます。

明治に入り俳諧の月並み化はいっそう進みますが、そこに現れたのが正岡子規です。子規は句作に西洋画の技法を持ち込んで「写生」を唱えます。俳諧を「俳句」と呼び変え、連句から切り離した一句独立の「個人の文学」と定義しました。

子規の後継者の高浜虚子は有望な弟子を育て、女性も呼び込み俳句のすそ野を広げます。虚子の結社「ホトトギス」は「客観写生」「花鳥諷詠」という二大スローガンを掲げ、隆盛します。

*

# 人ちかき命になりぬきりぐす

大島蓼太《りょうた》

（一七一八〜八七年）『蓼太句集』

「人ちかき」は広辞苑によれば、「近くに人がいる」「人に馴れている」の意。句意は、以前は人から遠いところ（草叢のあちこち）で鳴いていた「きりぐす」が、秋が深まり夜寒が身に染みるのか、人に近いところ（縁側や風呂場の辺り）で鳴くようになったということだろう。この句がもし「人ちかき所で鳴きぬ」だったら只の凡句だが、「人ちかき命になりぬ」としたことで、冬が迫る虫の心細げな命、あわれさが際立つ句になった。

蓼太の代表句というと「世の中は三日見ぬ間に桜かな」「むつとしてもどれば庭に柳かな」「夏痩のわがほねさぐる寝覚かな」などが知られるが、どれも俗っぽい。

天明期の江戸俳壇は、其角の流れをくむ「江戸座（其角座）」、嵐雪の流れをくむ「雪門（雪中庵）」、素堂の流れをくむ「葛飾派」と大きく三派に分かれ、大衆の支持を得るべく覇を競った。

蓼太は三十歳の頃に雪中庵三世を襲号した人で、門人三千人、大名家にも出入りする羽振りで、移動はいつも駕籠《かご》だったという。生まれは信州伊那で、江戸に出て幕府御用の縫物師を生業にしたが、雪中庵二世の桜井吏登に入門、たちまち頭角を現した。

# 秋風にしら波つかむみさご哉

高桑闌更《らんこう》

（一七二六～九八年）『半化坊発句集』

「みさご」は鷹の仲間の猛禽。よく話題に上る米軍輸送機「オスプレイ」は英語でみさごのこと。飛行機のように高速飛行しヘリコプターのように垂直離着陸、空中停止もできることから、みさごと名づけられたのだろうが、事故が多いと懸念もされている。本物のみさごの方は海上を急降下して魚を捕らえることに長けている。掲句はみさごの両足が白波をつかんだと詠んだ。秋風で白波立つ荒々しい海と猛禽のみさごの取り合わせが絶妙だ。

闌更は加賀金沢の商家の出という。三十代半ばから俳諧活動を活発化させ、「芭蕉に帰れ」という蕉風復興運動を推進した中心人物。さまざまな芭蕉関連書籍を復刻出版した。四十代で江戸に下り、五十代には京に移り住み、医業を営むかたわら多くの門人を育てた。「枯蘆の日に〳〵折て流れけり」の句がよく知られ「枯蘆の翁」と称されたという。句集にはほかにも「大木を見てもどりけり夏の山」「後の月水を束ねしごときかな」「声立《たて》て氷を走る千鳥哉」など対象を独特の感性でとらえた、平明大柄で印象鮮明な佳句が少なくない。芭蕉百回忌の寛政五（一七九三）年には二条家から「花の本宗匠」の称号を受けた。

# さうぶ湯やさうぶ寄《より》くる乳《ち》のあたり

加舎白雄《かやしらお》

（一七三八〜九一年）『しら雄句集』

白雄は信州・上田藩士の次男として江戸の藩邸で生まれたが、早くに父母を亡くした。十代から三十代は各地を流浪して俳諧修業、職業俳人として門人獲得を図った。かなり苦労したようだが、安永九（一七八〇）年、四十二歳の時に江戸・日本橋に春秋庵を構えた。

彼も蓼太と同じように門人三千人いわれるほどの羽振りを見せたが、性格的には狷介で生涯妻を持たず、酒好きの清貧生活を送ったらしい。彼の書いた初心者向け手引書『誹諧寂栞《さびしおり》』（一八一二年刊）の冒頭には、芭蕉の「古池や蛙飛こむ水のおと」「道のべの木槿《むくげ》は馬にくはれけり」の二句を挙げて「この二句は蕉門の奥儀也。つとめてしるべし」とある。芭蕉を慕い「蕉風復興運動」を進めたのは同時代のほかの俳人と同じだった。

掲句は端午の節句の菖蒲湯を詠んでいる。湯に浸かっていたら菖蒲が乳に寄ってきたというそれだけのことだが、寂しげで静かな味わいがある。この平明さが大衆の支持を得たのだろうか。白雄にはこうした微細な事柄を詠んだ句が多い。句集を繰ると「花げしやうしろさびしき階子売《はしごうり》」「夜ながさや所もかえず茶立虫《ちやたてむし》」などの佳吟がある。

# 九月尽遥《はるか》に能登の岬かな　加藤暁台《きょうたい》

（一七三二〜九二年）『暁台句集』

天明俳壇において最も声名の高かったのが暁台だろう。蕪村を凌いでいた。毛並も良かった。尾張藩士の長男に生まれ、十七歳で出仕。二十五歳で江戸藩邸詰めとなるが、俳諧に専念するためだろう、二十七歳で致仕《ちし》した。それ以後は名古屋を拠点に江戸や京を行き来し、蓼太や蕪村と交流した。蕪村は書簡の中で「暁台は尋常の俗俳とは違ひ候て、厚き仕込之ものに候」と褒める一方、別の書簡では「さてもなごやのはいかい、けしからぬ物に相成候。みなしぐりの出来損ひにて、いやみの第一むねの悪き事にて（中略）暁台もいけぬものに候」と批判している。良くも悪くも蕪村は暁台の動向を気に留めていたようだ。

掲句は句集の秋之部の最後に置かれている。「九月尽」は旧暦では秋の終わり。日本海に長く突き出した能登半島の澄んだ空の下、遙かな岬を遠望しながら秋を惜しむ心がある。堂々とした立句（連句の発句にふさわしい格調高い句）で天明俳壇を代表する一句だろう。この一句をもって暁台の評価は定まる。

寛政二（一七九〇）年、二条家から「花の本宗匠」の称号を受けた。二年後に没。その翌年が芭蕉百回忌で時代は文化・文政へ向かい、芭蕉神格化と俳諧の大衆化が一気に進む。

## 牽《ひ》き入れて馬と涼むや川の中　吉川五明《きっかわごめい》

（一七三二〜一八〇三年）『類題大成五明句集』

かんかんと太陽が照りつける夏野だろうか。旅人は馬を連れている。この馬は旅人を乗せるというより荷物を運ぶ駄馬という感じがする。旅人は暑さと草いきれで疲れ果て、川のほとりで一息いれることにした。たくさんの荷を背負った馬の疲労も濃い。半裸になり川の中で涼もうとする旅人は、馬の体も冷やしてやろうと手綱を牽いて川に入れた。上五の「牽き入れて」によって句に動きが生じ、疲れて動きの鈍くなった馬の巨体がゆっくりと川に入る様子が目に見えるようだ。中七の「馬と涼むや」も旅人の馬への愛情を感じさせ、同時に俳諧味もある。

一読して、芭蕉が『おくのほそ道』の旅の那須野ヶ原で詠んだ句「野を横に馬牽《ひき》むけよほとゝぎす」が思い浮かぶ。黒羽から殺生石へ向かう芭蕉が黒羽の城代家老・浄法寺高勝が付けてくれた馬に乗って広大な那須野ヶ原を進んでゆく場面だ。蕉風復興を唱えた五明だから当然この芭蕉の句を踏まえて詠んだはず。五明は秋田の商人。夏野での自らの体験を詠んだのかもしれない。

# 二三尺這うて田螺の日暮《ひぐれ》けり　五明

『佳気悲南多』

芭蕉が元禄七（一六九四）年に亡くなった後、俳諧は次第に面白おかしく詠む遊戯性を強める。「業俳」と呼ばれる職業俳人が宗匠と呼ばれ、金儲けを目的とした点取り俳諧に堕落していった。それは貨幣経済が進み、士農工商の身分制度の上では下位に位置した商人が力を強めてゆく過程と軌を一にしている。

一方、そうした堕落に眉をひそめた俳人たちが「芭蕉に帰れ」と始めたのが蕉風復興運動だった。蕪村、蓼太、蝶夢など天明期の俳人たちが中心となって蕉風志向の著作が刊行され、芭蕉忌（旧暦十月十二日）に合わせた追悼行事が行われた。蕪村より十五歳年下の五明もそんな俳人の一人。五明の父は京都の商人だったが、秋田藩主に招かれ秋田に転居した。五明は同藩の御用商人の養子となった。

『佳気悲南多《かげひなた》』は五明の遺句集。五明の句には静かな句が多い。掲句もその一つで田螺が川底の砂をゆっくり動く様子をじっと眺めている。五明は芭蕉、蕪村を敬愛することが厚かったというが、掲句からは近代的な憂愁も感じられる。

# 何ごとも忘れて涼しねむの花　五明

『佳気悲南多』

芭蕉は『おくのほそ道』の旅で秋田の象潟《きさかた》を訪れた。当時の象潟は松島に似た多島海の広がる景勝地だった。芭蕉は象潟に舟を浮かべ「松嶋は笑ふが如く、象潟はうらむがごとし。寂しさに悲しみをくはへて、地勢魂をなやますに似たり」と書き、「象潟や雨に西施がねぶの花」と詠んだ。雨に煙る象潟に魂を悩ませるような趣を感じとり、濡れた合歓の花を古代中国の傾城の美女西施の憂愁に見立てた。

五明も秋田の人だから当然、芭蕉が見た象潟を見ているだろう。その象潟は文化元（一八〇四）年の地震で地盤が隆起して消えてしまったが、五明が七十三歳で亡くなったのはこの地震のちょうど前年。まだ芭蕉の見た象潟が存在していた。

掲句は芭蕉にならって象潟に舟を浮かべ、芭蕉の句を思い浮かべながら詠まれたような気がする。象潟のほとりに涼しげに咲く合歓の花を眺めていると、この世の憂いなどすべて忘れてしまうようだという。芭蕉の句とは趣を異にして、いかにも恬淡とした詠みぶり。四十八歳で隠居して俳諧に専念した五明の世界がそこにある。

# 水くらく菜の花白く日暮れたり

宮《みや》紫暁《しぎょう》

（生没年不詳）『この時雨』

春の日暮れといえば「日永」「暮れ遅し」と明るさのいつまでも残る景色を詠んだ句が多いが、掲句は明るさの消えた水面を詠んでいる。昼間は底まで見えるほど明るかった水面が暗く帳《とばり》に包まれ、水辺に咲く菜の花だけが白くぽっかりと浮かんで見えるというのだ。「くらく」「白く」という対照的な言葉が十七音の中でリズミカルに働いている。モネの「睡蓮」など西洋印象派の絵を見るようだ。

紫暁は京都の人で蕪村、几董の弟子。几董没後、その号の一つである春夜楼を継いで二世を名乗った。茶屋の主人だったそうだが生没年などは分からない。一八〇四（文化元）年から〇六（同三）年頃に亡くなったらしい。蕪村の絵画的な句「菜の花や月は東に日は西に」や「うた、寝のさむれば春の日くれたり」の影響も感じ取れる。都会人の憂愁、モノトーンでアンニュイな気分が掲句には漂っている。

蕪村の死と几董の死に挟まれた一七八七（天明七）年、江戸では徳川家斉が十一代将軍に就いた。文化・文政の大衆文化爛熟時代がいよいよ幕を開けた。

# 三尺の松みどり也やけのはら

安井大江丸《おおえまる》

（一七二二〜一八〇五年）『俳懺悔』

早春の野焼き、山焼きは害虫を駆除し土地を肥沃にして若草の発育を促すために行う。奈良・若草山の山焼きが有名だ。掲句は焼いた後の野原に三尺（約九十センチ）の小松が伸びている景を詠んでいる。おそらく人が植栽したものだろう。黒々とした焼野に鮮やかな緑の小松。遠くから眺めても目立つのではないか。その色彩的なコントラストが美しく、一読して景がよく見える気持ちの良い句だ。

大江丸は大坂に生まれ、飛脚問屋を営んだ。俳諧は最初談林に傾倒したが、その後蓼太に弟子入り。天明期の蕪村、几董、闌更、暁台らとも親交を結んだ。蕉風復興にも尽力したというが、詠んだ句は掲句のような正風は少なく、貞門・談林調の言葉遊びの句が多い。「秋来ぬと目にさや豆のふとりかな」「むかし男なまこの様におはしけむ」など古典の世界を卑俗に替え、大衆受けするような形で詠んでいる。おそらくこうした面白おかしい世界が性に合っていたのだろう。大衆文化爛熟の文化・文政期の風潮に大坂商人ならではの嗅覚で寄り添ったのではないか。

# 胴炭も置心よし除夜の鐘　川上不白《ふはく》

（一七一八〜一八〇七年）『不白翁句集』

茶道の世界では五月から十月まで「風炉」といって茶の湯を沸かすための特別な炉を開く。防寒の地炉（囲炉裏）の代わりだ。だから「風炉茶」といえば夏の季語。十一月になると風炉を閉じて囲炉裏を開く「炉開き」が行われる。掲句の「胴炭」は炉にくべる心《しん》となる炭。下五に「除夜の鐘」とあるから囲炉裏で点てるその年最後の茶だろう。「置心よし」は胴炭がうまく炉に収まったという意味であると同時に、年を送る作者の心の置きどころも静かに定まったという意味でもあろう。

不白は紀州（和歌山）新宮の出身。茶人として新宮藩に仕え、江戸に出て千家不白流を興した。天皇家や将軍家にも名の知られた高名な茶人だった。京・大徳寺で禅も修め、俳諧は蓼太に学んだ。掲句のように高雅な句が多い。ほかにも茶の湯を詠んだ「淡雪の降《ふる》も茶湯《ちやのゆ》の花香哉」などがある。九十歳の天寿をまっとう。『不白翁句集』は寛政十（一七九八）年に刊行された傘寿の記念集で約二百五十句が四季別に収められている。一周忌にまとめられた『不白句集拾遺』もある。

# 用のない髪とおもへば暑さかな

織本花嬌《かきょう》（?〜一八一〇年）『三韓人』

女性の黒髪は官能的であり恋愛の象徴でもあろう。恋多き歌人といわれた平安朝の和泉式部は「黒髪の乱れも知らずうち臥せばまづかきやりし人ぞ恋しき」（『後拾遺和歌集』）と詠み、近代の歌人与謝野晶子も鉄幹と恋に落ちて「黒髪の千すぢの髪のみだれ髪かつおもひみだれおもひみだるる」（『みだれ髪』）と詠んだ。

花嬌も女性俳人。恋する男のために長く伸ばした髪。何かの事情で男への思いを断ち切らざるを得なくなった。掲句は用のない髪は暑苦しいだけだというのだ。ばっさり切ってしまえばさぞかし涼しかろうが淋しい気持ちもあるのだろう。

花嬌は上総（千葉県）富津の豪商の妻だったが、早くに夫を亡くした。俳諧は夫とともに蓼太に師事。その後一茶について学んだ。四十代で未亡人となった花嬌は美しく、一茶が恋心を抱いたことが一茶を描いた田辺聖子や別所真紀子の小説に出てくる。花嬌が文化七（一八一〇）年に亡くなったとき一茶は四十八歳。三回忌の追善に「目覚《ざま》しのぼたん芍《しゃく》薬《やく》でありしよな」（『七番日記』）とその美しさを惜しんだ。

# 海山を洗ひあげたる月夜哉　井上士朗

（一七四二〜一八一二年）『枇杷園句集』

前書に「雨晴山月高」とある。雨が上がった後の清浄な月夜を愛でている。母音のア音の連なる中七「洗ひあげたる」という語調に明るさがあり、澄み切った夜空の下、月の光に皓々と照らされた海山の大景がくっきりと目に浮かぶ。「あげたる」と連体形で月夜に掛かるので、月光自体が海山を洗ったかのように感じる。

『枇杷園句集』の掲句の前後にもいくつか月の句が並んでいる。「松やまを枕にあて丶月見かな」「秋の夜は明てもしばし月夜哉」など柄が大きく味わい深い句が多い。

士朗は名古屋の医師。城下でも指折りの名医と評判が高かった。俳諧は名古屋の人で天明時代を代表する俳人の一人、暁台に学んだ。京都の蕪村、江戸の鈴木道彦ら各地の俳人と広く交遊し、国学や絵画など多方面にも通じ、人間的にもなかなか徳望の高い人だったようだ。「尾張名古屋は士朗（城を掛けている）で持つ」とまでうたわれたという。琵琶もよくし「枇杷園」とも号した。芭蕉や蕉門高弟の史料を集めた『枇杷園随筆』も残した。七十一歳で死去。

# 大蟻のたゝみをありくあつさ哉　士朗

『枇杷園句集』

江戸時代の住居は現代と違ってずいぶん開放的だったろう。暑い夏場となればなおさらで、部屋の障子を開け放ち風を室内に入れていたに違いない。ふと畳の上を見ると大きな蟻が歩いている。蟻というのは現代の住宅でも屋内に食べ残しなどが散らかっていると、どこからか侵入してたかっているのを見つけることがある。江戸期の家であれば庭から縁側をつたって入ってきたのだろうか。

畳の藺草の上をかさこそと歩く黒い蟻の足音。やけに大きく聞こえたのだろうか、暑さがますます募ったという句意。「蟻」「たゝみ」「ありく」「あつさ」と母音のア音が連続している効果で印象鮮明だ。俳諧は天明期以後次第に月並み化していったといわれる。月並みとは陳腐でありきたりという意味だが、士朗の句にはその弊が薄いようだ。掲句のほかにも「這ふ蟹の横に舟やるすゞみかな」「蟷螂の風に身を置く芒かな」など小動物を凝視して季節を詠み込んだ佳吟が多い。門人と上州や信州などを遊歴したといい、掲句などは旅宿での吟かもしれない。

# こがらしや日に日に鴛鴦《をし》のうつくしき　士朗

『枇杷園句集』

「こがらし（凩、木枯らし）」は冬の初めに吹く強い北風。現代では気象庁が毎秒八メートル以上の北寄りの風と定義し、東京や大阪でこの風が初めて吹くと「木枯らし1号」と発表する。昔なら木の葉を残らず散らす「木を枯らす風」という感覚だろう。

掲句はそのこがらしが吹く頃の池沼の鴛鴦を眺めて詠まれている。鴛鴦はカモ科の水鳥。番《つがい》でいるので「おしどり夫婦」などと仲睦まじい夫婦にたとえられる。雌の羽色は褐色で地味だが、雄は橙や青が交じり鮮やか。毎日のように見ているその鴛鴦の雄の羽がこがらしに磨かれるように日ごと美しくなってゆくように感じられると見たところが眼目だ。鴛鴦を通して清浄な冬の寒気を愛でている。

「枇杷園句集」では「梅間亭」と前書を付け「こがらし」を詠んだ三連作の一句のようだ。梅間は尾張藩士で士朗の門弟。その亭の庭に池があるのだろう。ほかの二句は「ちらちらと日もこがらしの苔の上」「こがらしや海一ぱいに出《いづ》る月」。「ちらちらと」「海一ぱいに」という表現に士朗の巧みな手腕が感じられる。

# 咲満《さきみち》てさくら淋しくなりにけり　常世田長翠《とこよだちょうすい》

（一七五〇〜一八一三年）『あなうれし』

桜の花が満開になった。華やかであるはずだが、掲句は淋しくなってしまったと詠んでいる。この感じ方は日本の詩歌の伝統だろう。花は満開になった瞬間から落花が始まる。花ばかりではない。頂点に達した瞬間から消滅が始まるというのは無常の世の生きとし生けるもの、森羅万象の宿命である。

在原業平は「世の中に絶えて桜のなかりせば春の心はのどけからまし」（『古今和歌集』）と詠み、芭蕉は「十六夜はわづかに闇の初哉」（『続猿蓑』）と詠んだ。掲句もこうした詩歌を踏まえているはずだ。淋しさを感じているのは作者であるが、桜自身とも読める。

長翠は下総（千葉県）匝瑳《そうさ》の出身。江戸に出て、天明俳壇の代表作家である春秋庵・白雄の弟子になった。一時期、破門同様の処分を受けて信濃や相模に住んでいたが、寛政三（一七九一）年に白雄が亡くなると春秋庵を継いだ。しかし同門の鈴木道彦と確執が生じ、三年後に同門の倉田葛三に春秋庵を譲った。やがて出羽・酒田に移住し文化十（一八一三）年、六十四歳で亡くなった。恬淡な人だったようだ。

市売りの鮒《ふな》に柳のちる日かな　長翠

『光丘本・長翠句集』

「鮒」は年中いる魚だからそれだけでは季感がない。歳時記で「寒鮒」といえば脂ののった鮒で冬場の滋養になる。春の「乗込鮒《のっこみぶな》」といえば産卵期に浅瀬に上ってくる鮒でよく釣れる。また「鮒鮓」といえば腐食が進みやすい夏場、塩漬けにして飯と一緒に自然発酵させた食品で琵琶湖産がよく知られている。

掲句の鮒は下に「柳のちる」という秋の季語が置かれているので秋の鮒ということになるが、掲句の場面はまだ暑熱の残るころの市の様子が想像される。江戸時代の市売りだから、釣ってきたばかりの、まだ盥の中で泳いでいる鮒ではないだろうか。泳ぎ回る鮒を覗いていると、緑濃い柳の葉が盥の中に散り込んできたというのだ。

作者は下五を「ちりにけり」とせず「ちる日かな」とした。こう詠むことによってまだ残暑厳しい日ながら、柳の散り葉によって作者が秋の訪れをふいに感じたというニュアンスが強まる。陽光にきらめく銀鮒の体色に張りつくように柳の緑が散り込んでいるという色彩のコントラストも美しい。

## ひやひやと田にはしりこむ清水哉　建部巣兆《たけべそうちょう》

（一七六一〜一八一四年）『曾波可里』

代掻きが終わり田植えを始める前に田に水を引き入れるのが「田水引く」「田水張る」で初夏の季語。何年か前、富士山麓の御殿場で田のほとりを通り、張られた水に触れたことがある。ひやりと冷たかった。富士の湧水だろう。掲句を読むとそのときの記憶がよみがえる。棚田のような高低差のある山麓の田んぼだろう。「ひやひやと」「はしりこむ」で清冽な水が勢いよく流れ込む様子が目に浮かぶ。『曾波可里《そばかり》』には「清水」と前書があり、掲句をはじめ下五が「清水哉」で終わる句が四句並んでいるから連作かもしれない。

巣兆は書家の子として江戸日本橋に生まれた。自身、書や絵も得意とした。酒と旅が好きでみちのくや上方を回ったという。掲句も旅吟かもしれない。同時代の著名な画家で俳句も作った酒井抱一と特に親しかったようだ。『曾波可里』の序文を抱一が書いている。「われゐがけばかれ題し、かれゐがけば我讃す。かれ盃を挙ればわれ餅を喰ふ。其草稿五車に及ぶ」と互いに気を許し合った仲がうかがえる。五十四歳で亡くなった。

# 秋風に向けて飯焚く小舟かな　栗田樗堂《ちょどう》

（一七四九～一八一四年）『萍窓集』

「飯焚く小舟」というから、小舟で日々生活を送る人だろうか。あるいは焚いた飯を舟で売り回る商売の人かもしれない。ともかくその飯を焚く煙が秋風に吹きさらされているという。「秋風に向けて」というがもちろん意図的に秋風に向かって飯を焚いているわけではなく、作者にはそう見えるというのだろう。こう詠んだことで物淋しげに吹く秋風に独り佇む飯焚き人の孤独が伝わってくる。

一読して、放浪の末に揚子江の支流湘江を漂う舟の上で亡くなった中国唐代の詩人・杜甫のことが思い浮かぶし、杜甫を敬愛した芭蕉の『おくのほそ道』の冒頭「舟の上に生涯をうかべ、馬の口とらへて老をむかふる者は、日々旅にして旅を栖《すみか》とす」という一節も連想される。

樗堂は伊予松山（愛媛県）の人。富商の息子に生まれ長く町方大年寄を務めた。俳諧は暁台に学んだ。一茶が三十代で西国行脚した折、手厚くもてなしたことでも知られる。晩年は瀬戸内海の孤島に庵を結び六十六歳で亡くなった。掲句は樗堂自身の自画像のようでもある。

## 館《たち》の火のありありと冬の木立かな　榎本星布尼《えのもとせいふに》

（一七三二〜一八一四年）『星布尼句集』

蕭条《しょうじょう》とした夕暮れの冬木立を歩いていると、木立の切れ間から館で焚く火が見えたというのだ。火は門の篝《かがり》かなにかだろう。「ありありと」という強調的な措辞によってあかあかと燃える火の存在感がぐっと際立ち、周囲の薄暗くシルエットのようになった木立の様子も浮かんでくる。西洋の絵画のような印象鮮明な句だ。作者が女性であることを考えれば、冬木立を歩いてきた孤独感や不安感が、館の火を目にして安堵に変わった気分も「ありありと」に込められているかもしれない。

星布尼は武蔵国八王子の名家に生まれた。十六歳で実母を亡くし、継母の影響で俳諧に手を染めたという。最初は白井鳥酔、後に白雄に入門。婿養子を迎えて一子を産んだが、三十九歳の時に夫を亡くした。還暦で剃髪して八十三歳の天寿をまっとう。

同時代の女性俳人・田上菊舎尼にも印象鮮明な佳句が多いが、星布尼の句は掲句や、ほかにも「海にすむ魚の如身を月涼し」「雉子羽うつて琴の緒きれし夕哉」などの句に主観を強くにじませた近代的な感覚が流れているように思える。

# ふはとぬぐ羽織も月のひかりかな　夏目成美《せいび》

（一七四九〜一八一六年）『成美家集』

「ふはとぬぐ」という上五の措辞から、生絹《すずし》や紗、絽などの薄くて軽い夏用の羽織が思い浮かぶ。白い色合いの羽織なのだろうが、月の光が染み入るようで羽織そのものも月の光であると見立てている。能の名曲「羽衣」で天女が三保の松原（静岡県）の松の枝に掛け漁夫に奪われてしまう美しい羽衣を連想する。

『成美家集』では「草菴」と前書を付けた名月の連作の一句。掲句には夏の感じもあるが、ほかに「名月のひかりばかりぞにぎはしき」「名月を人にも見せずかくれざと」「はや出しわが庭松に月は出し」という句もあり、自分の草庵で独り静かに秋の月を愛でているのだろう。王朝時代の貴族の月見を彷彿とさせる。

成美の本業は江戸蔵前の札差《ふださし》で、通称・井筒屋八郎右衛門。弱冠十六歳で豪商井筒屋の家督を継いだ。家業のかたわら父の感化で若い頃から俳諧に親しんだ。むろん裕福で一茶をはじめ同時代の多くの俳人のパトロン的存在でもあった。晩年は本所に隠棲したという。文化十三（一八一六）年に六十八歳で没している。

## のちの月葡萄に核のくもりかな　成美

『成美家集』

「核《さね》」とは物の中心のこと。この場合、薄皮に包まれた葡萄の実の種のことだろう。そこが曇っているように見えるというのだ。柔らかく匂い立つ葡萄の実の官能的な印象をとらえている。上五は凡手なら「名月の」とでも付けてしまいそうだが、晩秋の「のちの月」と付けたところに成美の抜きんでた感性がある。典雅な句である。

名月を楷書とすれば、のちの月は行書。字体を少しずつ崩してゆく日本人の「型破り」の美意識にも通じるように思う。成美の本業・札差は今でいえば大企業。そのオーナー社長である彼は俳諧に打ち込んだとはいえ、あくまでも本業が第一だったろう。清濁併せ呑んで生きる実業家の成美が夜、独り物思いに耽りながら愛でたのは楷書の月より、冷え冷えとした行書ののちの月だったのかもしれない。あの自信家の一茶も成美にだけは一目置いていたというのもうなずける。

句集の掲句の後には「白雄居士が一周忌に」と前書付きで「后《のち》の月かたりあふほどたのみなや」と詠み、天明俳壇の雄・白雄を偲んでいる句もある。

# 花鳥もおもへば夢の一字かな　成美

『成美家集』

成美は蔵前の札差という豪商の御曹司だが、小さい頃から読書が好きで、温厚篤実な性格。父の感化で始めた俳諧は特定の師にはつかず独学だったという。それゆえ同時代の俳人たちと分け隔てなく付き合った。また芭蕉を慕う思いは格別でその追悼の企てや書籍刊行に積極的に協力した。芭蕉関連をはじめ古書の収集に熱心で『随斎諧話《ずいさいかいわ》』という貴重なエッセイ集も残している。

家督を継いだ二年後の十八歳のとき、痛風を病み右足が不自由になった。三十三歳で虚弱多病を理由に弟に家督を譲ったが、その翌年、弟は急逝。再び家業を背負う羽目になった。思うに任せない浮き世への成美のため息が聞こえそうだ。

掲句もそんな境涯句のひとつだろうか。春となればわが世を謳歌するように花が咲き鳥は囀りその美しさを競うが、それもほんの一時のこと。諸行無常の思いが「夢の一字かな」に表れている。前書には『源氏物語』を借りている間に持ち主が亡くなってしまい、「空庵にかへしつかはすとて」とある。

# 人に遠し宵よりこもる幮《かや》の山　成美

『成美家集』

夏の蚊除けに吊る幮（蚊帳）は江戸時代、人々の生活に欠かせないものだった。成美と同時代の歌舞伎作者・四世鶴屋南北の代表作「東海道四谷怪談」で民谷伊右衛門が、妻のお岩の「子どものためにこれだけは持ってゆかないで」という懇願も聞き入れず、蚊帳を質草にむしり取ってゆく場面は残酷極まりない。

掲句ではその蚊帳を成美は「幮の山」と表現し、夕刻から人界を離れてこもる山中にたとえている。前書に「塵境に身をしたがへて、静なるいとまなし。たゞ日くるれば俗事おのづからしりぞきて、しばらく寸心をやしなふ」とある。弱冠十六歳で家督を継いで札差という家業を切り盛りしてきた成美にとって、日中は心の休まる暇もなかったのではなかろうか。夕刻からこもる蚊帳の中だけが寸心（自分の志）を取り戻す場所だったのだ。彼の孤独感が伝わってくる一句だ。

江戸の大衆文化が隆盛をきわめた文化・文政時代。洒落風の点取り俳諧が幅を利かせていた中にあって、独り成美の心は冷めていたのかもしれない。

# 身ひとつは水汲《くま》ずともくさのつゆ　成美

『成美家集』

成美が生きた時代というのは、政治の世界で大きな変化が起きた。九代将軍徳川家重、十代家治のもとで権力をにぎった田沼意次のいけいけドンドンの重商主義政策で商品経済が大いに発展。半面、賄賂が横行し風紀は乱れ、天明の飢饉で一揆や打ちこわしが多発した。将軍が十一代家斉に代わると田沼は失脚し、代わって老中となった松平定信は質素倹約を旨とする寛政の改革に取り組んだ。

成美が営んだ札差とは旗本や御家人が受け取る年貢米を代わって売りさばき、またその米を担保に金を貸す商売。政治の世界の変化は当然、商売にもさまざまに影響しただろう。不安定な政情におのずと無常感も強まったのではないか。

掲句で成美は、自分の身は草の露のようなものだから水など汲まなくても構わないと詠んでいる。受け取りようによっては虚無的な言い回しにも聞こえるが、世の中や自分のことを冷静に見つめている成美の目がうかがわれる。句集の掲句の前には「我帰る家は見ゆるぞ露の中」という句も置かれている。

# 二日灸僧のはだかはきれいなり　大島完来《かんらい》

（一七四八〜一八一七年）『空華集』

「二日灸」とは旧暦二月二日（新暦では三月初め）に灸を据える風習で春の季語。現代では大方すたれてしまった風習ではないかと思うが、昔は厳しい寒さもこの頃からやわらぎ、庶民の活動が盛んになるに当たって無病息災を願う気持ちで据えたのだろう。

掲句はその二日灸を僧の背中に据えている景だろう。この景にまずおかしみがある。脱俗の僧が仏に祈るのではなく、庶民と同じように灸を据えて無病息災を願うとは仏も苦笑いしているのではないか。さらにその僧のもろ肌ぬいだ裸が「きれい」であるといっている。まだ若い僧なのだろうか。このきれいは、僧の肌が美しく汚れがないということだけでなく、僧の心持ちも無邪気で濁りがないという意味もあるかに思える。掲句にはおかしみがありながら作者の作為や巧みがない。それはきれいという言葉の率直で純な響きがそう感じさせるのだろう。

完来は伊勢（三重県）の津藩士だったが、致仕して江戸に出て蓼太の弟子となった。さらに養子となり蓼太亡き後、雪中庵四世を継承。七十歳で亡くなった。

# 醤油蒸す軒のけぶりや百日紅《さるすべり》　完来

『空華集』

醤油は茹でた大豆に炒った小麦などを混ぜ合わせ、醤油麹を造り、塩水を加えて醸造する。手間ひまがかかるが和食に欠かせない調味料だ。小麦の収穫が夏だし発酵しやすい時季ということで醤油醸造は夏の季語になっている。醤油の名産地にゆくと町中に醤油の濃い香りが漂っている。掲句はそんな町中での景を詠んでいるのではなかろうか。軒に醤油を蒸す煙が上がっているというのだ。句を読むだけでそこに佇んでいるような香りがしてくる。夏の盛り、かたわらには百日紅が花を満開に咲かせている。百日紅には白花もあるが、ここは文字通り紅花であろう。醤油のあの濃い香には真紅の百日紅の花がふさわしいと思う。

『空華集』は完来三回忌に編まれた遺句集。掲句も、前の「僧のはだか」の句もそうだが、絵を描くようにくっきりとした描写力に優れていた人ではないか。句集を繰るとほかにも「草によく咲まじはりてぼたん哉」「舩むしの膝にはふまで月見かな」「秋かぜや芥《あくた》をくゞるかいつぶり」など印象鮮明な句がある。

# おだやかにをりかさなるや夕千鳥

倉田葛三《かっさん》

（一七六二〜一八一八年）『葛三句集』

千鳥は海辺や川辺に群れで棲むチドリ科の鳥の総称。左右の足の踏みどころが違う歩き方をするので、酒に酔ってふらついた人の歩き方を千鳥足にたとえる。冬の季語で、哀愁を帯びたその鳴き声は古来、詩歌に多く詠まれてきた。

掲句は、夕千鳥の群れが舞いながら戯れ合う様子を詠んでいるのだろう。薄暮に浮かぶ白い羽が交錯しているように見えるのを「おだやかにをりかさなるや」と詠んだところが的確で美しい。しかもすべてひらがな書きにして「お」と「を」で韻を踏むことによって音楽のような心地よいリズムを奏でている。

『葛三句集』には掲句の前後にも千鳥の句がいくつか並んでいる。「夜明てはどちらへも飛千鳥哉」「礒千鳥兎角する間に遠き哉」「念頃に夜を行かふや浦千鳥」などだが、掲句同様「どちらへも」「兎角する間に」「念頃に（懇ろに）」が的確な表現だ。

葛三は信濃の人。俳諧は初め地元の師について学んだが、二十代後半に江戸に出て白雄に入門。長翠の後、春秋庵三世を継ぎ、大磯の鴫立庵主にも就いた。

# 秋たつや小石を掃《はら》ふ竹箒　高橋東皐《とうこう》

（一七五二〜一八一九年）『東皐句集』

日常のなにげない行為の中に季節の移り変わりを敏感に探り取る。これをわれわれ日本人は古来繰り返し、繊細な感性を育んできた。『古今和歌集』の秋歌の最初に「秋立つ日よめる」と前書がある「秋来ぬと目にはさやかに見えねども風の音にぞおどろかれぬる」（藤原敏行）はその典型的な例としてよく引かれる。

掲句も秋の訪れを詠んでいる。敏行の歌はまだ残暑厳しいさなか、さっと吹き過ぎた風の音に秋の気配を探り取っているが、東皐の句はおそらく朝、竹箒で庭を掃いていて小石の転がった様子に秋を感じた。なぜそう感じたかといえば、軽々と転がる小石の動きが周囲の澄んだ大気と爽涼とした大地を実感させたからだろう。「竹箒」という言葉も盤石だ。掌に伝わるひんやりとした触感を強く連想させるからだ。

東皐は仙台の人で農業と酒造業を営んでいた。俳諧は蕪村門で春星亭の別号を譲られ、几董にも重んぜられたという。『東皐句集』は几董撰。「麦秋やふたつの乳にふたりの子」「初蝈《かや》に昔の人の匂ひかな」など余情豊かな句が目につく。

## 家ふたつ戸の口見えて秋の山　鈴木道彦

（一七五七〜一八一九年）『蔦本集』

「秋の山」といえば森閑と大気の澄んだ山を連想する。紅葉山なら紅葉狩りの人の姿も浮かぶが、秋の山には人の気配が薄い。掲句はその山に二軒の家の戸口が見えると詠んでいる。二軒は並んでいるようだ。作者は山の中ではなく離れた場所から眺めているらしい。どんな人が住んでいるのか、寂しげな山中にさぞ風狂な人ではないか、などと想像がふくらむ。ここまで読み解けば、おのずと西行の有名な歌「さびしさにたへたる人のまたもあれな庵ならべむ冬の山里」（『新古今和歌集』）が浮かんでくる。

道彦は仙台藩医の家に生まれた。白雄の弟子となり、頭角を現し江戸に定住。「金令舎」と号し、多くの弟子を抱える一大勢力を築いた。田辺聖子は小説『ひねくれ一茶』の中で道彦の羽振りを「道中すべて通し駕籠、全く土ふまずの贅沢さ」と書いている。

傲岸不遜で歯に衣着せぬ批判精神が盛んな人だった。『続蔦本集』で「蕪村は新規をもとめて終に目一つ入道のごとき人間外の形をうめり。白雄坊は国を威すに兵革をそなへてかつて人を和するの玄徳なし」などと、師の白雄を含む天明俳壇の作家をなで斬りにしている。

# 竹の葉の世に美しきさむさ哉　岩間乙二《おつに》

（一七五五〜一八二三年）『松窓乙二発句集』

寒さを感じるのはまず五感の中の触覚によってだろう。肌に触れた空気や水の冷たさに寒いという感覚が生じる。ただし、人間の感性はそれだけではない。たとえば青白く凍てついた滝を前にした時、その荘厳な美しさに目を奪われる。雪をかぶった富士を前にしても美しいと思う。あるいは雪道や霜の道を踏んだ時に発する「キュッキュッ」「ザクザク」という音に面白さを感じる。つまり五感のうち視覚や聴覚によってとらえる寒さは時に美しいものにもなるのではないか。

掲句は竹の葉を見て美しい寒さを感じている。竹の葉はほかの植物が芽吹く春に葉が黄ばみ、夏の初めに落葉する。「竹の秋」といえば春、「竹の春」といえば秋の季語。秋から冬、ほかの植物の多くが枯れ果てた中で青々と葉を茂らせる竹を見て、「世に美しきさむさ」と感じたところが掲句の眼目だろう。

乙二は陸前（宮城県）白石の僧侶。俳諧は父に学んだ。芭蕉や蕪村を慕い、京都や江戸、北は蝦夷地（北海道函館）まで行脚し各地の俳人たちと交流した。

# 命也月見る我をくふ蚊まで　乙二

『松窓乙二発句集』

長生きするということは厄介で骨の折れることではなかろうか。生きている限り健康であり続けたいと思うし、凡夫であれば、生きている限り富や名誉、恋愛などさまざまな欲望にとらわれ続け、それらを満たしたいと思う余り気苦労が絶えない。もちろん長生きしてよかったと思うこともあろうが、思い通りにいかないことのほうが多く、苦しみや悲しみも次々に襲ってくる。死んでしまえばすべてから解放されるのかもしれないが、それでも人は長生きすることを望む。

掲句には「六十に四つをそへたる良夜」と前書がある。凡夫に比べれば、僧侶の身の乙二は欲望にとらわれることは少なく、生きることを達観していたのかもしれない。月見をする我が身を喰う蚊さえ「命也」と仏のような慈愛の目で見つめる。良夜のまどかな心持ちがそうさせるのだろうか。西行の歌「年たけて又こゆべしと思ひきやいのちなりけりさ夜の中山」(『新古今和歌集』)を踏まえているように思われる。西行がみちのくへ二度目の旅に出て東海道の難所でこの歌を詠んだのは六十八歳だった。

# 死ぬとしを枯木のやうに忘《わすれ》けり　乙二

『松窓乙二発句集』

本当の名句というものは鑑賞など許さないのかもしれない。たとえば掲句。一読すれば忘れがたい句だが、自分の齢、寿命を「枯木のやうに」忘れてしまったというのはどういうことか。禅宗の公案のようでもある。前の「命也」の句について「生きることを達観していたのかもしれない」と書いたが、掲句にも似た趣がある。

冬になると落葉樹は葉をすべて落とし、寒々と屹立している。我々人間はそれを「枯木」と呼ぶ。あるいは寿命の尽きかけている老人をたとえて「枯木のようにやせ衰えて」と表現することもある。つまり枯木は死にかけているという見立てなのだろうが、それは間違いではないのか。なぜなら枯木は春になれば再び葉を付け花を咲かせる。冬にもよく見れば若芽を育んでいる。実は枯木はその内部に生気をみなぎらせ、来たるべき春への準備を着々と整えている姿なのだ。

掲句は人間も同じだと言っている。仏道に「輪廻転生」という言葉がある。人間は死んでも再び生まれ変わると説く。乙二はそのことを詠んでいるのだろう。

# 崑崙の夢やうちはを尻にしき　飯田篤老《とくろう》

（一七七八〜一八二六年）『篤老園自撰句帖初編』

「崑崙《こんろん》」とは、中央アジアに実在する崑崙山脈の意味もあるが、ここでは想像上の山のことだろう。中国の古い伝説でははるか西方にあるとされ、そこには仙人が住んでいるという。日本でも古くから流布され、篤老もそれを踏まえて詠んでいる。夏の昼下がり、団扇を仰ぎながら寝入ってしまい、夢の中ではるか崑崙へ旅していたというわけだ。

団扇を尻に敷いているというのだが、そこはもしかしたら、もうひとつの中国の伝説「邯鄲《かんたん》の夢」も踏まえているのではないか。盧生という若者が邯鄲という町の宿屋で仙人から譲られたという枕で一寝入りしたところ、飯が炊けるまでのわずかな時間に人生の栄耀栄華を尽くし、そのはかなさを悟るという話だ。邯鄲を崑崙に、枕を団扇に変えた趣向だが、飄々としたおかしみがある。

篤老は広島の人。広島藩士の家に生まれたが、病がちで十九歳で廃嫡《はいちゃく》。京に上り、闌更に師事した。医者の養子となり大坂で医業を営んだが、三十代半ばに実父から家督相続を勧められ再び武士に戻った。数奇な人生を歩んだ人だった。

# 藻の花にうかべてあそべ夕ごゝろ　篤老

『篤老園自撰句帖初編』

「夕ごゝろ」とはどんな心持ちをいうのか。すぐ思い浮かぶのは芥川龍之介の句「元日や手を洗ひをる夕ごころ」。元日の年始客が帰った後の、ひっそりとした夕暮れの少しもの寂しげな心持ちがうかがわれる。「夕ごゝろ」は使っていないが西行の和歌「心なき身にもあはれは知られけり鴫たつ沢の秋の夕ぐれ」は、秋の夕暮れの殊に深いもの哀しさを詠んでいる。こうした詩歌を踏まえれば、掲句の「夕ごゝろ」もふっとこみ上げてきた夕暮れのもの哀しさに他ならないだろう。

「藻の花」は夏場、池沼に生える藻が付ける小さく目立たない花。その花に「うかべてあそべ」と詠んでいる。「夕ごゝろ」を覚えつつ、それを愉しみ戯れるような作者の心持ちが感じ取れる。『篤老園自撰句帖初編』の自叙伝「千々の悔物語」には、篤老が二十七歳の時、二十二歳の妻を病で亡くし、四歳の息子と二人「きはめて貧しくはかなげなるをのこが、妻にはわかれ乳飲子を抱ていかゞはせん」と途方に暮れるくだりがある。彼の人生は「夕ごゝろ」と隣り合わせだった。

# 山門を出れば日本《にほん》ぞ茶摘うた　田上菊舎尼《たがみきくしゃに》

（一七五三〜一八二六年）『手折菊』

我が国を「日本」と表記する例は、八世紀初めに編纂された『日本書紀』の伊邪那岐、伊邪那美の国生み神話に「大日本豊秋津洲を生む」と出ている。ただし、ここでの「大日本」の読み方は「おほやまと」だ。「にほん」「にっぽん」あるいは「ひのもと」などと読みならわすようになったのは奈良、平安時代からだろうか。江戸も後期の菊舎尼の頃は掲句のように「にほん」と読むのはごく自然な習慣だったのではないか。

寺の門を出ると茶畑が広がりのどかな茶摘み唄が聞こえた。それがいかにも晩春から初夏にかけての日本らしい風景だと感じ入ったことを詠んでいるのだろう。「出れば日本ぞ」とおおらかに置いたことで句柄が大きくなった。掲句の前書に「宇治の里なる黄檗山に詣て」とある。中国風の禅寺（萬福寺）に詣でた後だけに余計に「日本」を感じたのだろう。

菊舎尼は長門の国（山口県）長府藩士の娘に生まれた。十六歳で結婚したが二十四歳で夫と死別、二十八歳で尼となり芭蕉を慕ってみちのく、九州などを旅した。各地でさまざまな文人と風交を重ねたようだ。旅に生きた俳人だった。七十四歳で死去。

# 万物の秋をお《を》さめて頭陀ひとつ　菊舎尼

『手折菊』

掲句も「万物の秋」「頭陀ひとつ」という措辞がいかにも大柄で骨太。森羅万象に宿る秋の気配を頭陀袋ひとつに収めて旅するという句意だろうか。女性でこういう詠み方ができるというのは当時珍しかったのではないか。剃髪して尼になった身とはいえ女性が独り各地を旅するというのはさまざまな危険も伴っただろう。『手折菊』には信濃の姥捨山で月見をしていた折、激しい雷雨に襲われて死にかけ地元の人に助けられた話が出てくる。恬淡闊達な人柄が幸いしたのだろう。

『手折菊』を読んでいると、菊舎尼の心に常に先達として芭蕉の生き方があったことは容易に想像できる。掲句も芭蕉の「一つぬひ(い)で後に負ぬ衣がへ」(『笈の小文』)や「野ざらしを心に風のしむ身哉」(『野ざらし紀行』)などの句を彷彿とさせる。芭蕉は許六への『柴門ノ辞』で「古人の跡をもとめず、古人のもとめたる所をもとめよ」と言った。芭蕉を慕い同じルートを旅した俳人は当時も数多かったが、芭蕉の風雅を正統的に貫いた俳人は菊舎尼くらいだったのではないかと思う。

# 天目に小春の雲の動きかな　菊舎尼

『手折菊』

菊舎尼は俳諧にとどまらず、琴の奥義を極め、書画や茶の湯などにも通じていた。『手折菊』は還暦の記念集で、風雅の人らしく花・鳥・風・月の四巻で構成されている。花の巻は各地の旅吟をまとめ、鳥の巻は東海道五十三次の自画、風と月の巻には漢詩などを置き、それらに句を付けている。いかにも才女らしい。

掲句には長い前書が付いている。別府温泉を訪ねた折、「十月朔日なれば、岩のはざまに物打敷て、湧出る温地を其儘自然の茶釜となして、口切の茶客をまふ（う）く。其雅興殊に浅からず」とある。「口切」はその年の新茶を初めてふるまう初冬の茶席。滾々《こんこん》と湧き出る温泉で口切茶を点てるとはなんとも風流。「空吹風たなびく雲の碗中に移り、香風碧雲の色濃くそひ、所謂流霞を吸ふに似たり」。この美文には漢詩の趣があるが、掲句は「小春の雲の動きかな」と簡潔に言い留めた。

『手折菊』の冒頭で菊舎尼は「三十三とせの春秋を風雅の岐《ちまた》にたゞよひ」と振り返った。弟子は持たなかったらしい。孤高の人生を楽しんだ人だった。

# しづかさや湖水の底の雲のみね　小林一茶

（一七六三〜一八二七年）『寛政句帖』

江戸時代の俳人で最もよく知られている三人といえば、言うまでもなく芭蕉、蕪村、一茶。この三人は互いに面識はない。芭蕉が亡くなって二十二年後に蕪村は生まれている。一茶が二十一歳のときに蕪村は亡くなっているからこの二人が出会う可能性はあった。ただ一茶は十五歳で江戸に奉公に出て、俳諧に手を染めるのは二十歳の頃。当時、蕪村は京都に住んでおり、わずかにすれ違った。

一茶は二十代の修業時代は江戸の葛飾派（芭蕉と親交が深かった山口素堂を祖とする流派）の師匠たちについて俳諧を学んだ。三十歳から六年におよぶ西国行脚に出て京・大坂はもとより九州、四国まで巡っている。もし蕪村があと十年長生きしていればおそらく二人は京で会っていたに違いない。この行脚の前半の頃にまとめたのが掲句を収めた『寛政句帖』で、一茶の最初の句日記となった。

掲句は行脚の途中、琵琶湖での吟。湖水に映る夏の雲を描いた。「湖水に映る」では平凡（しかも蕪村門下の几董編の『続明烏』に先行句がある）だが、「湖水の底の」で力量を見せた。「しづかさや」は芭蕉の「閑さや岩にしみ入蟬の声」を踏まえているのだろうか。

# 心からしなのの雪に降られけり　一茶

『文化句帖』

蕪村が天明三（一七八三）年に亡くなってから明治の子規の登場まで、およそ百年。子規は自らの俳句近代化を喧伝する意図もあったのだろう、この百年のうち天保以降の五十年の俳諧を「概ね卑俗陳腐にして見るに堪へず」（『俳諧大要』）と断じた。だが、考えてみれば五十年という長きにわたって卑俗陳腐の句ばかりだったのだろうか。一人の俳人を見れば駄句も多いが、中には見るべき句もあるものだ。本稿では子規が暗黒と断じた時代にも分け入って佳句を拾い上げたい。

天保目前に亡くなった一茶は文化・文政の大衆文化爛熟時代の俳人だ。人間の業《ごう》を生々しく描いた歌舞伎作者・四世鶴屋南北と同時代人。継母や腹違いの弟と折り合いが悪く十五歳で江戸へ奉公に出されて以降、死ぬまで辛酸を舐め続けた一茶も南北と似て人間の業を詠んだ。掲句には帰るに帰れない故郷・信濃の雪への懐かしさと恨みつらみ両方が込められているのではないか。文化四（一八〇七）年、亡父の遺産分配で対立する腹違いの弟との交渉がはかどらなかった頃に詠まれた。

# 白魚のどつと生まるるおぼろかな　一茶

『文化句帖』

一茶の生きた時代、戦国の世は遠く過ぎ去り長く平和が続いたことで、支配階級の武士の気風は惰弱となり生活も華美に傾いた。米を基盤とした経済はゆき詰まり、武士たちは米を担保に商人から金を借りた。「士農工商」の身分制度で最底辺に置かれた商人が力を持ち貨幣経済が米経済に取って代わった。現代とさして変わらない金満家が幅を利かす時代だった。

一茶の実家は持ち高六石五升の本百姓で母は村役人筋の家の出。一茶の最初の再婚相手（ゆき、すぐ離縁）は飯山藩士の娘だった。継母とのトラブルで家を出て経済的に困窮したが、農民出身の一茶が俳諧の道へと進んだことは商人の成美や医師の士朗と同様、高尚なことでも分不相応なことでもなかった。

掲句の「白魚」は体長十センチほどの半透明の小魚。春先に水温が高くなると、河口域で産卵して一生を終える。江戸時代には隅田川などにも生息していたが今は汚染や開発で絶滅危惧種だ。白魚のどっと生まれる様子を、同じ春の季語「おぼろ」に重ねている。当然、そこには人間の姿も二重写しになっている。

# 春風や牛に引かれて善光寺　一茶

『七番日記』

一茶は二十歳の頃から江戸の葛飾派（素堂を祖とする一派）の二六庵竹阿の下で俳諧を学び始めた。二十五歳の頃には圯橋《いきょう》と号し、一茶を名乗り始めたのは竹阿が亡くなり二六庵を引き継いだ二十八歳の頃という。六十五歳で亡くなるまでに詠んだ句は二万句に近い。マンネリズムや月並みな句も多く玉石混交だが、そのエネルギッシュな生き様と大衆的で卑近な言葉遣いによって独自の世界を築いた。

ほかの俳人と違う一茶の大きな特長は、生涯にわたって散文と句交じりの日記を多くものしていることだろう。中でも四十代後半から五十代後半の九年間をまとめた『七番日記』は質量ともに最も充実している。

巷間よく知られた掲句は『七番日記』四十九歳の文化八（一八一一）年二月の項にある。善光寺は長野市の大寺で今は長野駅からゆるい上り坂が続く。強欲で信仰心の薄い老婆が洗濯した布を牛に奪われたので追ってゆくうちに善光寺に着いたという地元伝説を基に詠んでいる。「牛に引かれて」という措辞が他力本願を旨とする浄土真宗への帰依の心が厚かった一茶らしい。

# なの花のとつぱづれ也ふじの山　一茶

『七番日記』

　一茶は生涯、一所に腰を落ち着けることはなく旅に明け暮れた。その点では「予もいづれの年よりか、片雲の風にさそはれて、漂泊の思ひやまず」と『おくのほそ道』の冒頭に書いた芭蕉と似た気質なのだろう。ただ、一所不住癖は十五歳で故郷・信濃を追われるように出た境遇も多分に影響しているのだろうと思う。

　二十代の頃は芭蕉の跡を慕い奥州を訪ね、三十代は京、大坂、奈良から九州、四国を遍歴。四十代以降は弟子の多い房総や常陸方面を頻繁に行き来している。腹違いの弟と亡父の遺産を折半し故郷・信濃に戻り妻子を持った後も旅は続けた。

　掲句は『七番日記』の文化九（一八一二）年二月の項にある。当時五十歳。菜の花の原っぱの一番端っこに富士山が小さく見えるという句意。「とつぱづれ」という口語表現が一茶らしいし、故郷・信濃からの富士の眺望はこんな感じだろうか。当時、常陸方面を旅している最中なのであるいはそこから望んだ富士かもしれない。同じ項に二月初午の稲荷神社祭日を詠んだ「菜の花にやれ〳〵いなり大明神」という句も並んでいる。

# おらが世やそこらの草も餅になる　一茶

『七番日記』

平安時代の摂関政治全盛期を築いた藤原道長は「この世をば我が世とぞ思ふ望月の欠けたることもなしと思へば」（『小右記』）と詠んだ。娘を次々と天皇の后に嫁がせて、生まれた子（次の天皇）の外祖父として栄耀栄華を欲しいままにした道長の得意満面が浮かんでくる歌だ。掲句はこの道長の歌を踏まえ、「望月」を「餅」に転じたのかもしれない。

「そこらの草も餅になる」とは春の季語「草餅」のことを言っているのだろう。蓬を混ぜ込んで作るのが草餅だから、そこらの雑草で草餅が作れるわけではなかろうが、道長が「我が世」と詠んで権力を謳歌したように、一茶も「おらが世」と詠んで、食うに困らない安定した生活を手に入れたことを誇っているのだろう。

『七番日記』文化十二（一八一五）年二月の項の冒頭に置かれている。この二年前に腹違いの弟との遺産折半が実現し故郷・信濃に帰った。農地の耕作は小作人に任せ、自分は地元の俳人たちを指導した。最初の妻も迎えた。一茶五十三歳。妻とマイホームを同時に手に入れた得意な気分は現代と少しも変わらない。

# 大空の見事に暮るる暑さ哉　一茶

『七番日記』

夏の暑さは今も昔も変わらない。ただ現代のようにエアコンも扇風機もない一茶の時代は団扇片手に風の通る日陰でじっと耐えるしかなかったろう。じりじりと照りつける太陽が沈んで暑さがすこし和らいだ。空はまだ青々としている。「大空の見事に暮るる暑さ」にはそんなひとときの思いが端的に表されている。

「見事に」とは暮れた青空の美しさを愛でた言葉であると同時に、暑さが和らいで過ごしやすくなった心の余裕から口を衝《っ》いたいかにも素直な表現だと思う。汗の光る顔で青空を仰いでいる様子は現代の外回りの営業マンが詠んでもおかしくない。一茶の近代・現代にも通じる庶民感覚というのがよく表れている。

掲句は『七番日記』の文化七（一八一〇）年六月十二日の項に置かれている。二日前の項には江戸浅草・東本願寺の御柱立の式に老若男女の群衆が詰めかけた様子が描かれている。「青紅白の大幣神々しく、黄紅のかゞみ餅をかざりて…」と夏空の下の色彩感が鮮やか。掲句もこのときに詠まれたのかもしれない。

# 下々も下々下々の下国の涼しさよ　一茶

『七番日記』

一句の中に「下《げ》」が七回も使われている。古代の律令制では面積の広さや人口の多い順に諸国を「大国」「上国」「中国」「下国」と四等級に分けた。「下国」は面積が特に狭く人口も少なく、朝廷は租税額の少ない貧国と見たのだろう。

一茶の生きた文化・文政時代は貨幣経済の進んだ時代で、江戸や京・大坂では豊かな町人たちが歌舞伎や浮世絵の世界のごとく、今でいえばセレブの生活を楽しんでいた。それにひきかえ一茶の故郷・信濃は純農村地帯で貧しくセレブの生活とは無縁だ。律令制の「下国」とは意味が違うが、一茶は故郷を「下国」と卑下している。しかし「下」を繰り返し、最後に「涼しさよ」と置いた。十五歳で江戸に出てセレブの生活の裏面も嫌というほど見てきた一茶。故郷を卑下しつつ、真意は逆に誇っているのではないか。

『七番日記』文化十（一八一三）年六月の項にある。この年初めに遺産争いが決着し信濃に定住を始めた。同年五月の項には「大の字に寝て涼しさよ淋しさよ」という句もある。田舎暮らしの良さを満喫しつつ都会の刺激も懐かしく思うのであろう。

# 是がまあつひの栖《すみか》か雪五尺　一茶

『七番日記』

『七番日記』文化九（一八一二）年十一月の項にある。一茶五十歳。十五歳の十一月二十四日、江戸に出されてから三十五年。年が明けてついに故郷・信濃に帰住する。掲句を詠んだ時点ではまだ腹違いの弟との遺産争いは完全決着していないので、借家住まいで門人から家財を贈られての生活。「廿五雪」「廿六雪」と連日降り続く雪に辟易しつつ感慨を込めている。隣に「ほちやほちやと雪にくるまる在所哉」という句もある。

一茶の句の魅力は言葉を気取ったり巧まないことだろう。庶民の本音をずばっと突いているところが、現代の読み手にも共感を呼ぶのだと思う。いわば大衆化時代の俳句の王道をいっている。掲句の「是がまあ」という措辞も、いかにも現代のサラリーマンがローンを組んでようやくマイホームを手に入れた感じとよく似ている。喜びと、「しょせん俺の人生、こんなもんか」という諦念である。

翌年早々、菩提寺・明専寺住職の調停でようやく弟との和解が成り、さらに翌文化十一（一八一四）年二月に弟と屋敷を半分に分け「つひの栖」を得た。

# いうぜんとして山を見る蛙哉　一茶

『七番日記』

蛙が悠然と山を仰いでいる。実際は山を仰いでいるわけではなかろう。一茶がそう見立てたのである。一茶自身が悠然と山を仰ぎ、自分を蛙に置き換えたと考えてもいい。ちっぽけな蛙と大きな山の取り合わせが眼目。中国の詩人・陶淵明の詩『飲酒』の有名な一節「悠然として南山を見る」を踏まえていることは言うまでもない。『七番日記』文化十（一八一三）年正月の項に置かれている。前年十一月に信濃へ帰住して、一月二十六日に遺産問題が決着した。故郷の山を仰ぐ心のゆとりも出てきたのだろう。

『七番日記』には巷間よく知られている「痩蛙まけるな一茶是に有り」や「火とり虫人は人とてにくむ也」という句もある。『八番日記』には「やれ打つな蠅が手を摺り足をする」という句もある。こうした句から一茶の小動物への慈愛ということがしばしば読み解かれるが、ちっぽけな弱き者への慈愛というよりは、自分を痩蛙や火とり虫や蠅と同じちっぽけで弱き者だと考えているのだと思う。さりとて自分を卑下しているということではない。「人間などと威張ってみたところでなにほどの者でもない」と考える一茶の人間哲学、諦念がそこにある。

# うつくしやせうじの穴の天川　一茶

『七番日記』

旅に生き旅に死んだ芭蕉は『おくのほそ道』の越後路で「天の川」を「荒海や佐渡によこたふ天河」と大景の中に詠んだ。対する一茶はどうか。掲句で障子の破れ穴からのぞく「天の川」を詠んでいる。この違いはどこからくるのだろうか。

芭蕉は晩年作為を消す「かるみ」にゆき着き、「高く心を悟りて、俗に帰るべし」（『三冊子』）と説いた。しかし芭蕉は一茶のようには「俗」に徹することはできなかった。なぜなら彼はまがりなりにも武家の出身であり、古典の教養も豊富にあったインテリだからだろう。対する一茶は俗に生き俗を詠み続けた。しばしば旅に出たことは芭蕉に似ているが、一茶が芭蕉と根本的に違うのは「高く悟る」ということをしなかったことではないか。近代的な自我（自分へのこだわり）が邪魔していた。

掲句は『七番日記』文化十（一八一三）年七月の項にある。この前月、一茶は旅先で腫物ができ七十五日間も臥せるはめになった。「荒凡夫の我々、いかで是を避る事あらん」と書いている。「荒凡夫（粗野な人間）」を自認していたのだ。

# きりきりしやんとしてさく桔梗《ききやう》哉　一茶

『七番日記』

「きりきり」とはてきぱきと素早く行動する様をいう。「きりきりと働く」などと使う。「しやんと」は姿形が整ってすっきりきちんとしている様。「背筋をしゃんと伸ばす」などと使う。一茶はこの二つを併せた言葉「きりきりしやんとして」と桔梗の花を形容している。桔梗は秋の七草の一つだが夏の盛りから咲きだす。あの折り目正しい紫の花は見ているだけで涼し気で、なるほど頷ける形容だろう。

一茶は生涯に二万句近くも詠んだ多作家だが、ことわざや俗謡、西行の歌や芭蕉の句などをすっぽり借用模倣して句に取り込んでいる作品も多い。掲句は『七番日記』文化九（一八一二）年八月の項にあるが、同じ項には「蓼喰ふ虫も好き好きの夜露哉」という句がある。掲句のように形容がうまく成功している句がある一方で、「蓼喰ふ虫」のような駄句もある。現代俳人なら避けるであろうこうした借用模倣を一茶はどこ吹く風で貪欲にやった。農民出の彼にとって目にし耳にする知識すべてが自分の句の肥しだったのだろう。一茶の一茶たるゆえんである。

# 雪とけて村一ぱいの子ども哉　一茶

『七番日記』

雪解けの浮き立つような喜びは雪国の人にしか分からないだろう。長い冬を雪に閉ざされ、雪下ろしや雪掻きに追われる苦労は並大抵ではない。十五歳で雪国・信濃を離れたとはいえ、一茶の雪国人としての心情は一貫して変わらない。代表句の一つである掲句には、家に引きこもっていた子どもたちが雪解けでいっせいに外に飛び出す様子が目に浮かぶようだ。「村一ぱいの」が言い得て妙。

掲句は『七番日記』の文化十一（一八一四）年正月の項にある。この翌月に腹違いの弟と屋敷を折半して住み始める。前年の遺産問題決着に続き、一茶にとっては自分の期待したように事が進み気分の明るかった頃ではないか。上五に「雪とけて」と置いた句は『七番日記』文化七（一八一〇）年正月の項にも「雪とけてクリクリしたる月よ哉」があるし、文化十一年三月の項には「雪とけて町一ぱいの雀哉」という掲句の類似句もある。しかし掲句が最も人口に膾炙しているのは「月」でも「雀」でもなく「子ども」ゆえだろう。そこには一茶自身の童心も垣間見える。

# 目出度さもちう位也おらが春　一茶

『おらが春』

一茶の時代は芭蕉が亡くなってすでに百年が過ぎている。多くの俳人が「芭蕉に帰れ」と尊崇の念を強めた。それは一茶も同じだったろう。ただ芭蕉回帰を求めるあまり、没個性的な句があふれる状況には独り背を向けて、新しみを追求した。芭蕉の本意が「新しみは俳諧の花なり」（『三冊子』）であると考えていたからではないか。

一茶五十七歳、文政二（一八一九）年の一年間を綴った句文集『おらが春』は、芭蕉の『おくのほそ道』を意識して書かれたように思う。『ほそ道』は芭蕉が虚実織り交ぜて推敲を重ねた俳諧文学の金字塔。『おらが春』も一茶のほかの句日記とは異なり虚実織り交ぜている。この年の六月、最愛の娘・さとを疱瘡（天然痘）で亡くしているが、一茶は芭蕉にならい悲しみさえも文学の種にした。

掲句は『おらが春』の冒頭に置かれている。「ちう位也《なり》」とはことさら自分から最上の目出度さを求めるのは愚かしいことだという意味。「あなた任せ」（仏に任せる他力本願）にするのがよいのだと浄土真宗門徒らしい思いが込められている。

# 蟻の道雲の峰よりつづきけん　一茶

『おらが春』

十五歳で江戸に出て懸命に俳諧修業を続けた一茶だったが、結局宗匠として江戸に門戸を張るには至らなかった。五十歳を過ぎて、かろうじて故郷の実家を半分手に入れ妻子も持ったが、長い苦闘から得た教訓は「人間の努力などしょせんたかが知れている。結局は仏の意思次第」ということではなかったか。『おらが春』には、そんな一茶の他力本願、因果応報、人間同様に小動物や草木にも仏性が宿っているという「草木国土悉皆《しっかい》成仏」の真宗的宗教観が色濃く表れている。

揭句の前には、交尾中の蛇を打ち殺した男の陰茎が痛みだして死に、その息子の陰茎も不能になったという生々しい話が置かれている。揭句の「つづきけん」とは蟻の道が空の雲の峰から続いていたのだろうという過去推量。ちっぽけな蟻といえども仏の意思でこの世に生を受けたのだという意味ではないか。

芭蕉は人生の悲しみや苦しみを乗り越えるすべとして禅宗の自力本願的「かるみ」に至った。一茶は「あなた（仏）任せ」の他力本願で乗り越えようとした。

## 露の世は露の世ながらさりながら　一茶

『おらが春』

文政二（一八一九）年六月二十一日、長女さとが疱瘡で亡くなった。一茶五十七歳。老いてからの子は誰しもかわいいもの。『おらが春』には目に入れても痛くない一茶の心情が語られている。前に「文学の種にした」と書いたが、前月四日に一歳の誕生日を終えたばかりで、悲しみの深さははかり知れなかったろう。掲句はその悲しみの最中に詠まれた。この世が無常ではかない「露の世」とはむろん分かっている…「さりながら」という言葉に人間の業《ごう》が集約している。

この後十年足らずの間、一茶を次々と悲惨が襲った。妻きくとの間の四人の子をすべて亡くし、きくも亡くす。再婚したゆきとは合わずすぐ離縁。三人目のやをと再婚したのも束の間、大火で自宅を失い、焼け残った土蔵で波乱に富んだ六十五年の生涯を終えた。翌年、やをの腹から娘やたが生まれ、明治まで生き一茶の血脈をつないだ。なんと皮肉な運命か。『おらが春』の結句は「ともかくもあなた任せのとしの暮」。仏は一茶に苦難を歩ませ続け、死後に平安を与えたのだろうか。

# 花びらの山を動《うご》かすさくらかな

## 酒井抱一《ほういつ》

（一七六一〜一八二八年）『屠龍之技』

抱一は本名・酒井忠因《ただなお》。播州姫路藩十六代藩主・酒井忠以《ただざね》の弟として江戸に生まれた。三十七歳で病気を理由に京都に上り、西本願寺で得度して権大僧都となるが、ほどなく江戸に戻った。この間の消息を見ると、出家を望んだというより窮屈な大名連枝から体よく逃げ、自由人として生きる方便であったように思われる。千石を給されたといい、お気楽な遊民である。江戸では大田南畝や谷文晁ら同時代の一流文化人と付き合った。俳人としてより琳派の画家としてのほうが名高い。

掲句は全山が桜で占められている奈良・吉野山のような名所を彷彿とさせる。満開の花が風に吹かれて散っているのだろう。それを「山を動す」と見立てたところがいかにも豪儀でスケールが大きい。浅草に庵を結び、色里にもよく通ったようだ。「ほとゝぎす猪牙《ちょき》の布團の朝じめり」という朝帰りの艶冶な句も詠んでいる。江戸文化が最高の輝きを放った文化・文政期を代表する華麗な文化人の象徴的存在であることは紛れもない。六十八歳で没した。墓所は築地本願寺にある。

# いつ暮て水田のうへの春の月　成田蒼虬《そうきゅう》

（一七六一～一八四二年）『訂正蒼虬翁句集』

春は「日永」「暮遅し」というようにいつまでも明るさが消えない感じがする。秋の日の釣瓶落としとはまさに正反対。掲句はそんな春の日暮れを上五で「いつ暮て（いつ暮れたのか）」とすこし惚けた様子で切り出し、水田に映る白々とした月を見て初めて春が暮れたことに気づいたのだと詠んでいる。書物にでも目を落としていて日が陰るのさえ感じさせない長閑な春の日和。作者の長閑な心持ちも伝わってくる。

蒼虬は加賀の国・金沢の武家の生まれで、同郷の闌更に弟子入り。父親が事件にかかわり獄死したため京に出奔し、闌更を頼って俳諧師として生きた。闌更没後は芭蕉堂二世を継ぎ、晩年には江戸にもしばらく滞在した。蒼虬は一茶の二歳年長で文化・文政期の俳人たちと同世代だが、八十二歳と長命で天保末年まで生きたので、後に触れる鳳朗、梅室とともに天保の三大家に数えられる。『日本外史』の著者・頼山陽は義弟に当たる。

明治になって子規は『俳諧大要』の中で、天保流の元祖として蒼虬の句を取り上げ、「彼が全集は悉くこの種の塵芥」とこき下ろしたが、そうとばかりも言えないだろう。

# 竹われば竹の中より秋のかぜ　蒼虬

『訂正蒼虬翁句集』

子規が天保以後の句を「概ね卑俗陳腐にして見るに堪へず。称して月並調といふ」(『俳諧大要』)と批判する中で、やり玉に挙げている蒼虬の句は「ものたらぬ月や枯野を照るばかり」「すくなきは庵の常なり梅の花」という句。前者は「月の枯野」といえば十分で「ものたらぬ」「照るばかり」は無用だという。確かに冗漫のそしりは免れないだろう。後者の句は蕪村の「二もとの梅に遅速を愛すかな」と並べ、蒼虬の句を「ゆるみがちなるものをなほゆるめたらん心持あり」「何の取所もなき」とまで言う。言われれば確かにこの句も説明的でありきたりの句だと思う。

だが『訂正蒼虬翁句集』を丹念に見てゆけば、決してこんな句ばかりではない。掲句は竹を割ったら中から秋風が吹いてきたという。「写生」を提唱した子規に言わせればこの句も駄句となるのだろうか。そんなことはないと思う。初秋の頃の竹林のひんやりとした空気に触れて、秋風が竹の中から吹き起こったという見立ては悪くない。ほかにも「ぴかぴかと干潟を吹や秋の風」という感覚の鋭い句がある。

すゞしさや根笹《ねざさ》に牛もつながれて　蒼虬

『訂正蒼虬翁句集』

牛は草食動物だが体重は七百～八百キロにもなり頑丈で角は鋭い。「闘牛」「牛合せ」といえば牛同士の角を突き合わせて闘わせる見せ物で夏の季語。後鳥羽上皇や後醍醐天皇が配流された島根・隠岐や愛媛・宇和島、新潟・小千谷などで盛んだ。先日の新聞に宇和島の闘牛場から牛が逃げ出し、警察が大捕り物をしたという記事が出ていたが、牛が抵抗すれば数人の人間の手にはとても負えまい。

そんな剛力の牛だから農業が現代のように機械化されるまでは、田や畑での農作業の担い手として欠かせない家畜だった。掲句は農作業の合間の休憩だろうか、牛が根笹につながれているというのだ。鼻輪につないだ縄を根笹に結び付けているのだと思うが、牛がその気になれば根笹などちぎってしまうかもしれない。しかし農作業で疲れた牛は、木陰の涼し気な場所に満足して眠るか草を食むかしている。「牛も」ということから当然、牛の飼い主もすぐかたわらで休んでいることが分かる。明治の子規が提唱した写生を地で行くようなこんな句も蒼虬は詠んだ。

## 湖へ不二《ふじ》を戻すか五月雨《さつきあめ》　田川鳳朗《ほうろう》

（一七六二〜一八四五年）『鳳朗発句集』

句意は単純明快。「戻すか」という言葉によって不二（富士山）の長い歴史をも連想させる。富士山の現在の美しい山容は繰り返された噴火や地殻変動の結果で、鳳朗は五月雨で水嵩が増せば再び湖の底に沈むことが起こり得るかもしれないと想像をたくましくしているのだ。富士山の最後の噴火は宝永四（一七〇七）年。鳳朗生誕の五十五年前だったことも掲句の素地になっているのかもしれない。

掲句の大柄な詠みぶりは芭蕉が『おくのほそ道』の旅で詠んだ「五月雨をあつめて早し最上川」「暑き日を海にいれたり最上川」を彷彿とさせる。鳳朗は蒼虬、梅室とともに天保の三大家と称されるが、特筆すべきは、『芭蕉葉ぶね』を書いて真正蕉風を訴えたこと。「芭蕉に帰れ」という蕉風復興運動は天明期の蝶夢の頃から盛んだったが、鳳朗はいわば蕉風の中の蕉風を唱え、他の蕉風を名ばかりと批判した。芭蕉百五十回忌の天保十四（一八四三）年には、京都の二条家に願って芭蕉に「花下大明神」の神号を賜り、自身も「花下翁」の称号を受けている。元熊本藩士で八十四歳で没。

# 手にふるゝものよりうつる寒さ哉　鳳朗

『鳳朗発句集』

「きょうは寒いですね」「ええ、そうですね」と交わされる時候の挨拶はごく一般的だが、本来「寒い」「暑い」という感覚は個人差の大きなものではないだろうか。似た言葉に「冷たい」「熱い」という言葉もあるが、こちらはより直截な感覚だ。たとえば氷に触れれば誰でも「冷たい」だろうし、熱湯の入った薬缶に触れれば誰でも「熱い」はず。だが「寒い」「暑い」のほうは空気に触れた感覚だから、生まれ持った体質や育ってきた環境、あるいはそのときの気分でも変わるだろう。

　掲句は「寒さ」が手に触れたものから移ると詠んでいる。この感覚は「冷たい」と同じだろう。あるいは鳳朗の中では「冷たさ」という感覚で「寒さ」という言葉を使ったのかもしれない。「冷たさ」と言ってしまえばこの句は只事に近いが、「寒さ」と言ったことで、個人差の大きな感覚といえども触れるものから移るのだと言ったところに作者ならではの感性が光っていると思う。『鳳朗発句集』の掲句の隣に置かれた句「寒いのも寒さこらふるちからかな」も見立てが斬新だ。

# 夢を穂に残して枯し尾花哉　鳳朗

『鳳朗発句集』

「芭蕉忌」と前書があるので旧暦十月十二日に詠んだ追善の句であることが分かる。芭蕉が死の四日前に詠んだとされる生涯最後の句「旅に病で夢は枯野をかけ廻る」（『笈日記』）を踏まえていることは言うまでもない。風雅の境地を追い求め旅に生き旅に死んだ芭蕉の見果てぬ夢が、枯尾花の穂に残っていると詠んでいる。鳳朗なりに芭蕉の無念の思いを受け止め、悼む気持ちを詠んだのであろう。追善句として佳吟であるのは間違いない。とはいえ、芭蕉の「かけ廻る」と結んだ真率で悲壮な句調に比べれば、「尾花哉」のかな止めはどうしても安易で即席な感じがしてしまう。芭蕉と比べるのは鳳朗に気の毒だろうが、其角の芭蕉追悼句「なきがらを笠に隠すや枯尾花」（『枯尾花』）と比較しても句の優劣は明らかだろう。

芭蕉没後、俳諧は次第に堕落の道を歩みはじめ、俳人たちは「芭蕉に帰れ」と蕉風復興運動を繰り広げた。盛大に追善が営まれ、各地に芭蕉塚が建立され、神号が朝廷から授与され芭蕉は神格化されてゆく。鳳朗もその流れを推し進めた立役者の一人。真摯な思いからだったのだろうが、俳諧の凋落はいよいよ進んだ。

# 朝がほやあらき海辺を垣一重　鶴田卓池《たくち》

（一七六八〜一八四六年）『青々処句集』

掲句から、歌舞伎座二階のロビーに掛けられている河合玉堂の絵画「早春漁村」のような鄙びた漁村を想像する。初秋の頃、人影の失せた海辺に荒々しく波が打ち寄せている景だろう。海辺に面した海人の家だろうか、朝顔の垣が作られているというのだ。日々の漁に忙しい海人だから手の込んだ垣などではなく、無造作に蒔いた種から芽吹いた朝顔の蔓が軒下の垣を伝い、素朴な紅や白の花を咲かせたのだろう。強い海風に花は激しく揺れている。下五の「垣一重」が心細げで寂しさを際立たせる。

卓池は三河・岡崎で紺屋（染物屋）を生業にした人。『青々処句集』のあとがきに「若きより正風の俳諧を好て」とあり、十代で暁台門に入って学び、暁台没後は士朗についたという。二十代初めに奥羽を行脚し、五十七歳で家督を子に譲った後は長崎まで足を伸ばした。句集は生前に門人たちに諮って進めたが、完成を見ずに七十九歳で没した。門人が引き継ぎ七周忌に出版。掲句のほかにも「春の雪ゆきの遠山見えて降」「淋しさをわする、いろや唐辛子」など佳吟を収める。

# つばき落《おつ》鶏《とり》鳴《なき》椿また落る　桜井梅室《ばいしつ》

（一七六九〜一八五二年）『梅室家集』

椿の花はふつう「散る」とは言わない。一片ずつ花びらが散る桜などと違って、丸ごと一輪の花が落ちるからだ。古来、梅や桜とともに日本人に愛され詩歌に盛んに詠まれてきた。春まだ浅い頃から紅や白の花が楚々と開き、朽ちる前に凛と落ちる。その風情が潔さを好む日本人の伝統的な美意識にかなっているからだろうか。

掲句はそんな椿の落ちる様子をじっと見つめながら詠んでいるようだ。句意は「椿が一輪落ちた。鶏が鳴いて、椿がまた一輪落ちた」ときわめて簡明。上五の「落」は「おつ」と終止形で切り間を作りたい。そこには何ら作為の痕はなく、ただ森羅万象の静謐な営みが語られる。梅室は鳳朗、蒼虬とともに天保期の三大家に数えられる。

子規は「天保以後の句は概ね卑俗陳腐にして見るに堪へず。称して月並調といふ」（『俳諧大要』）と断じた。確かに『梅室家集』を読んでゆくと卑俗陳腐な句も多い。しかし掲句のような佳吟もある。梅室は加賀金沢の刀研師の家に生まれたが、京に上って闌更に師事。後に江戸にも十数年暮らした。嘉永四（一八五一）年、二条家から「花の本宗匠」の称号を受け、翌年死去。

## 我《わ》が まゝに飛《と》んで静《しづ》かなほたるかな　梅室

『梅室家集』

「ほたる（蛍）」という昆虫も古来、詩歌に好んで詠まれてきた題材だ。夜、明滅しながら飛ぶのは雄の雌に対する求愛行動。その暗く冷たい光に歌人たちは自らの「恋」や「無常」を重ねて詠んだ。恋多き歌人だった和泉式部の「もの思へば沢の蛍もわが身よりあくがれ出づる魂かとぞ見る」（『後拾遺和歌集』）などその典型だろう。

ところが俳諧では逆にそうした蛍の伝統的なイメージが足枷になってしまうためか案外、名句は少ない。芭蕉の「草の葉を落つるより飛ぶ蛍かな」（『いつを昔』）もほかの名句に比すれば平凡な写生句の域を出ないのではないか。

掲句は飛んでいる蛍を「我まゝに飛で静な」と表現したところに梅室らしい見立てがある。円や八の字を描きながらふわふわと飛んでいる蛍の様子はまさに「我まゝに」ではないか。名句の条件の一つが誰もがそう感じていながら表現しなかったことを表現したことにあるとすれば、掲句は名句と言ってよいだろう。ただ『梅室家集』には「ほたる追うて足元の闇は忘れけり」など陳腐な句もある。

# 蟋蟀《こほろぎ》やまださめきらぬ風呂の下　梅室

『梅室家集』

掲句の風呂は、現代の家の中にある内風呂でなく外付けの風呂だろう。五右衛門風呂のように薪を焚いて下から温める形を思い浮かべる。秋の夜長、家人たちが次々に使って焚き終えた風呂はまだ冷めきらずに湯気を立てている。人がいなくなった風呂桶の下では蟋蟀が鳴き始めたという句意。句に静けさがある。

子規は「天保以後は総たるみにて一句の採るべきなし」（『俳諧大要』）と手厳しいが、天保の三大家の一人として、梅室の声名は当時たいへん高かったという。『梅室家集』を見てゆくと、いかにも大衆受けを狙ったような「紙雛の契はふかしもたれあひ」「にぎはしや竹には雀花に客」「あつ物に坐敷くもるや后の月」など、思わせぶりな句が多いのも事実。

天保といえば一八三〇年代から四〇年代。外国船が近海に頻繁に出没し、人心は乱れ、幕府の屋台骨は揺らぎ、明治維新へと坂を転げるように時代は展開する。そんな中、文化・文政以降、俳諧の大衆化は一気に進んでゆく。大衆受けを狙った梅室もまさに時代の申し子といえるだろう。

# 垣越しの話も春を惜しみけり　関為山《いざん》

（一八〇四〜七八年）『近代俳句のあけぼの』

「惜しむ」には、去ってゆく対象に対して「愛着を持ち大切に思う」という意味がある。対象がよきものであり、去ることが避けられないのは分かっていながらも、なお愛着を感じるということ。春は一年で最も気候のよい季節であり、花の季節でもある。その春が去ってゆくのを惜しむのである。

「春惜しむ」の名句は数多くあるが、掲句の手柄は「垣越しの話」という場面設定だろう。お隣さん同士が庭の垣越しに「桜も散り春もいよいよ終わりですね」「本当に…」ととりとめもない会話を交わしているのだろう。そこにほの淋しげな感懐と俳諧味がある。

為山は江戸の人で、幕府の御用左官を生業としていた。梅室の門人で俳諧師として立机するとき剃髪したが、その後も頼まれれば左官の仕事を続けたという。明治になって新政府が旧暦を新暦に改め、旧風を打破し国民を教化するという目的で明治六（一八七三）年、当時の代表的な俳諧師を教導職に任命した。為山もその一人。その翌年には俳句結社「教林盟社《きょうりんめいしゃ》」が設立され初代社長に就いた。七十五歳で没。

# 菜の花に入《い》らんとするや走り波

橘田春湖《きったしゅんこ》

（一八一五〜八六年）『春湖発句集』

一読、房総半島あたりの海浜に広がる早春の菜の花畑を思い描く。目がくらむほどに眩しい金色の菜の花に向かって白波が打ち寄せている景。菜の花までは距離があるので通常は波をかぶることはないが、ときおり「走り波」の先端が菜の花まで届きそうになることもあるのだろう。「入らんとするや」という措辞によって、実際には届かなかったのだろうが、作者の目にはいまにも届きそうな勢いに感じられたのだ。まるで走り波に自らの意思があるかのようだ。菜の花の金色と走り波の白とが触れあいそうになる一瞬を斬新にダイナミックに切り取った。

春湖は甲斐の人。江戸に出て俳名を上げ、同時代の為山、等裁とともに三大家と称された。明治六年、為山らとともに明治政府から国民教化のための教導職に任命された。翌年には為山とともに俳句結社「教林盟社」を設立、為山の後の二代目社長に就いている。

春湖には句集のほか、芭蕉開眼の句「古池や蛙飛こむ水のおと」の真相に迫った『芭蕉翁古池真伝』という著作もある。七十二歳で没。

# 何処やらに鶴《たづ》の声聞く霞かな　井上井月《せいげつ》

（一八二二〜八七年）『井月句集』

「鶴」は秋にシベリアから越冬のため日本に渡ってくる。湖沼に群れで過ごし、春に再び北帰する。「鶴は千年亀は万年」といわれるように古来、長寿を象徴する瑞鳥として詩歌に詠まれてきた。掲句は霞の中を歩いているのだろうか、どこからか鶴の鳴く声が聞こえてきたというのだ。北帰行を前に鳴き交わす声と「霞」という茫洋とした季語とがあいまって、冥界をさまようような孤独感が漂う。

井月は謎に包まれた不思議な俳人だ。文政五（一八二二）年に生まれ、維新を挟んで明治二十（八七）年に亡くなったという。その六十五年の生涯は日本の激動の時代と重なるが、時勢に背を向け俳諧一筋に生きた。越後・長岡の武家の出らしいが何かの事情で出奔して各地を漂泊した後、三十代後半の頃に信州・伊那谷に流れてきた。この地が気に入ったようで以後亡くなるまで伊那谷をさまよい歩いた。寡黙だが憎めない人柄だったようで、篤志家から一宿一飯の施しを受け好きな酒にありついた。最期は路傍に野垂れ死に同然だった。請われた辞世の句が掲句だったという。

# 頂《いただき》を花とながめて富士の山　井月

『井月句集』

「花」といえば桜の花と同義にとらえられることが多いが、そればかりではない。「花の役者」「花の都」というように心で感じた華やかさの形容にも使われる。能の世阿弥が『風姿花伝』でいう「時分の花」や「秘すれば花」も能役者からにじみ出る魅力の形容だろう。掲句の「頂を花とながめて」の花もこれらと同じく、秀麗な富士の山容を眺めていた井月の心が感じた美しさを花と表現している。

井月が生きた幕末・明治期は芭蕉神格化が一気に進んだ時代だった。芭蕉百五十回忌（一八四三年）に二条家から「花下大明神」の神号が授けられ、明治十八（一八八五）年には明倫講社の幹雄らが「神道芭蕉派古池教会」を立ち上げている。芭蕉が神に祭り上げられる一方で、詠まれる句は子規が言ったように卑俗陳腐で、理に落ち教訓的でつまらないものが多い。

井月も芭蕉に心酔する気持ちが強かったようで、頼まれて芭蕉の俳文『幻住庵記』を空で揮毫した。しかし同時代の俳人たちとは一線を画し、孤高の人らしく掲句のようなおおらかで巧まない句が多い。

# 明日知らぬ小春日和や翁の日　井月

『井月句集』

「翁の日」は芭蕉忌のこと。芭蕉は元禄七（一六九四）年旧暦十月十二日（新暦では十一月二十八日）午後四時ごろ、大坂・南御堂前の花屋仁右衛門方で亡くなった。臨終の様子が支考編『笈日記』に克明に記されている。この日は小春日和の暖かい日で蝿が飛び回ったので弟子たちが鳥もちで捕まえる様子を芭蕉は面白そうに眺めていた。その後にわかに容体が急変し弟子たちは茫然自失となったという。

掲句からは井月が『笈日記』を読んでいたことがうかがわれる。芭蕉に心酔していた井月なら当然だが、「明日知らぬ」という措辞は芭蕉のことであり、同時に井月自身の境涯でもあるだろう。井月は芭蕉に心酔する余り、芭蕉のように俳諧を生き方の問題と考えた。伊那谷での三十年の漂泊はまさにその実践だった。

井月没後、伊那谷の人々にも井月のことは忘れ去られた。しかし少年時代に井月を見た人が東京に出て医師となり、芥川龍之介と近所で懇意となったことが契機で句集が大正十（一九二一）年に刊行された。芥川が跋文を書いている。

# 筑波嶺は日ごとに高し秋の風　鳥越等栽《とうさい》

（一八〇五～九〇年）『俳諧人名辞典』（明治書院）

「筑波嶺」（標高八百七十七メートル）は茨城県にある名峰。峰が二つあり西を男体、東を女体という。関東では古来、「西の富士、東の筑波」と併称され詩歌に盛んに詠まれてきた。掲句は「日ごとに」というから筑波嶺を幾日も眺め続けているのだろうか、その高さが次第に増していると いうのだ。むろんそんなことはあり得ないから、作者の心がそう感じたということ。「天高し」という秋の季語がある。冷涼で澄みきった北関東の秋風に吹かれながら、天の高さを感じるとともに、なだらかな稜線を天へ広げる筑波嶺の高さも日増しに感じられたのだろう。

等栽は大坂の人だが、後に江戸日本橋に移り住んだ。為山、春湖とともに幕末・明治初年の三大家と称された。五十代の文久元（一八六一）年に芭蕉の『おくのほそ道』を慕って松島や象潟を旅して道中記を刊行している。掲句もその途次の旅吟だろうか。等栽には掲句のほかにも「涼しさや鯉は洗ひに銀屛風」「かはせみの筧に来たりけさの秋」「鶏の吹寄せられし柳かな」など佳吟が少なくない。八十六歳まで生きた。

## 朝寒や山の間に京の山　穂積永機《えいき》

（一八二三〜一九〇四年）『近代俳句のあけぼの』

秋も十月初旬の「寒露」を過ぎるあたりになると、日中は過ごしやすいが、朝晩の冷え込みは強くなる。冬の到来が実感される。「朝寒」「夜寒」はそんな頃の季語。掲句は大気の澄みわたった朝寒の中、仰ぎ見る山々の間に「京の山」が垣間見えたという句意。京都の山といえばまず比叡山をはじめとした東山三十六峰が連想される。古来、都の歌人たちが愛してやまなかった山々だが、標高はさほど高くないから、京都に近いどこかから見えたのだろう。京都へ向かう旅の途次なのか、「京の山」とぼかしたことでかえって京を慕う心が強く感じられる。

永機は六世其角堂鼠肝《きかくどうそかん》の長男として江戸に生まれ、明治三（一八七〇）年に七世を継いだ。其角堂は其角を祖とする俳諧の一派。江戸中期以後、大衆化による俳諧の遊戯性が強まり、宗匠が句の優劣を付ける点取り俳諧が流行した。その一大ブランドが其角堂。全国に大勢の門人を抱え各地を旅した。明治二十年に門人に八世を譲り、その謝礼（三百円、今なら六百万円くらい）で芭蕉二百回忌法要を義仲寺で営んだという。八十二歳で没。

# わが心われに戻るや蚊帳の中　三森幹雄《みもりみきお》

（一八二九〜一九一〇年）『近代俳句のあけぼの』

今は網戸のある住宅がほとんどだから、蚊帳を吊っている光景を見ることが少なくなった。自分の子ども時代を思い起こせば、田舎の祖父が寺の住職だったので、親戚一同が泊まった夜など、仏様の鎮座する本堂に大きな蚊帳を吊ってもらい皆で寝た。蚊帳の青々とした世界でいとこ同士でおしゃべりするのが楽しかった。

掲句は蚊帳の中に入れば、自分の心が自分に戻ってくると詠んでいる。日中は仕事など他人とのさまざまな接触の中で、自分の本心を偽ったり、心にもない世辞追従を言うこともあるだろう。蚊帳に入ってようやく本来の自分に戻ることができるという句意だと思う。なんとも切ないが、人間の生き様が透けてくる句だ。

幹雄は福島県生まれ。幕末に江戸に出て俳諧を学んだ。明治六（一八七三）年に俳諧を通じた国民教化のため国から教導職に任命され、翌年に俳句結社「明倫講社」を設立。明治十八年にはこれを「神道芭蕉派古池教会」と改組して芭蕉神格化を進めた。この数年後に子規が『芭蕉雑談』を書き、神格化を批判した。八十二歳で没。

# あた丶かな雨がふるなり枯《かれ》葎《むぐら》　正岡子規

（一八六七～一九〇二年）『寒山落木』

人間は恒温動物だから、周りの気温に影響されずほぼ一定の体温を維持する。それゆえ、体温より気温が高くなる夏は「暑い」、低くなる冬は「寒い」という感覚が生まれるのだろう。こうした体感とは別に、人間には感性で感じる「暑さ」「寒さ」というのもある。たとえば「暑苦しい人」「うすら寒い現実」と言う時の感じだ。蔓草が枯れ果ててなお絡み合っているのが「枯葎」。掲句は枯葎の寒々とした情景を目の当たりにした作者の感性が冷たい冬の雨でさえも「あた丶かな」ものととらえた。

掲句は『寒山落木』の明治二十三（一八九〇）年の項に置かれている。子規二十四歳。彼はこの六年前、政治家を志して伊予松山から上京、東京大学予備門（後の第一高等中学校）に入学した。やがて哲学に関心が向き、小説家として世に立つことも考えるなど心境は目まぐるしく変化する。この間、俳句も作ってはいたが、本格的に始めるのは二十五歳くらいから。後に彼は『俳諧大要』の冒頭で「俳句は文学の一部なり」と宣言した。近代俳句の革新者・子規をもって「俳諧」は「俳句」の時代に入る。

# 大空の真つたゞ中やけふの月　子規

『寒山落木』

江戸も時代が下るにつれ俳諧は大衆の遊びとなって月並み化し、それと歩調を合わせるように芭蕉の神格化が進んだ。子規はこうした月並み俳諧を痛烈に批判した。月並み俳諧を一言で定義するのは難しいが、芭蕉の風雅を形だけ真似たような嫌味で教訓的なものだろう。子規は『俳諧大要』で「空想の句は嫌味な句が多いが、実景を写せばそこそこの句は詠める」として「写生」の重要性を唱えた。子規の写生論は月並み俳諧のアンチテーゼとして掲げられた。洋画家・中村不折との出会いが大きな契機となった。

掲句は『寒山落木』の明治二十五（一八九二）年の項に置かれている。まだ不折と知り合う前だが、中秋の名月を写生している。ただし句の眼目は月そのものではなく、月が浮かんでいる大空だ。「大空の真つたゞ中や」という措辞によっていやがうえにも空の大きさを読み手に印象づけ、その真ん中で皓々と光を放つ月の存在感が増す。

月並み俳諧を見慣れた読み手の心に新鮮に響いたに違いない。子規はこの年、最初の俳論『獺祭《だっさい》書屋俳話』を新聞「日本」に連載、俳句に精力を傾けてゆく。

# 蕣《あさがほ》や君いかめしき文学士　子規

『寒山落木』

蕣（朝顔）は元々、薬草として中国から伝わった。可憐で素朴な花との印象が強いが、江戸時代後期、大衆の間で大ブームとなった。突然変異によって生まれた「変化朝顔」をもてはやし、裕福な商人らの投機の対象にさえなったという。

毎年七月六〜八日に東京・入谷の鬼子母神（真源寺）で開かれる「朝顔市」は明治の頃から盛んになった東京を代表する風物詩だが、その境内に掲句の石碑が建っている。『寒山落木』の明治二十六（一八九三）年の項に置かれ、前書に「漱石来る」とある。つまり「君いかめしき文学士」とは子規の親友・夏目漱石のことだ。鬼子母神と子規の根岸の家は目と鼻の先。二人連れだって朝顔市にも出かけたのだろうか。

同い年の子規と漱石は東京大学予備門に籍を置いていたが、親しくなったきっかけは共に落語好きだったことらしい。子規は大学を中退して新聞記者となり、漱石は東大を卒業して教師となり、やがて作家の道を歩む。「いかめしき文学士」は子規のやや斜に構えた漱石観とも思うが、「蕣や」で気安さの裏返しとも思う。

# 六月を奇麗な風の吹くことよ　子規

『寒山落木』

『寒山落木』明治二十八（一八九五）年の項に置かれ、「須磨」と前書がある。前年に日清戦争が勃発し、子規は二十八年の春、勤務する新聞「日本」の従軍記者として大陸に渡った。それまで喀血を繰り返し肺結核を病んでいる子規の無謀な企てに、社主の陸羯南《くがかつなん》はじめ周囲は反対したが、子規は聞き入れなかった。五月、帰国の船中で大喀血した。船中を血で汚すのはまずいと吐く血を呑みこんだという。神戸に入港後、そのまま神戸病院に二ヶ月入院し、七月下旬に須磨保養院に移った。

掲句の「六月」とは新暦の六月ではなく、旧暦の六月（水無月）、新暦の七月の頃だろう。つまり「奇麗な風」とは、梅雨の明けた後の晴れやかで気持ちのよい白南風ということになる。国家の一大事である戦争を文学者である自らの目で見たいと従軍したものの、不衛生で不自由極まりない現場で健康を大きく害してしまった。後悔などなかったろうが、ともかく生きて帰還できた解放感があふれている。同じ頃に「うれしさに涼しさに須磨の恋しさに」という句も詠んでいる。

# 柿くへば鐘が鳴るなり法隆寺　子規

『寒山落木』

子規の果物好きは有名だ。子どもの頃から好きだったと随筆に書いている。果物ならほとんどなんでも好んで食べたようだ。晩年の病床でも日々の食事メニューにさまざまな果物が登場する。「柿」については『松蘿玉液《しょうらぎょくえき》』に「野気多く冷かなる腸を持ちながら味はいと濃なり」と表現している。樽柿なら七つか八つ平気で平らげた。

掲句は明治二十八年、須磨保養院を出た後、上京する途中に立ち寄った奈良での吟。前書に「法隆寺の茶店に憩ひて」とある。誰もが知る子規の代表作となった理由は、「柿」と「鐘」との取り合わせという語呂のよさに加え、上五中七の母音にア音が続き歯切れよく明るい調子が口誦向きで覚えやすかったからだろう。ちなみにこの時、子規は東大寺近くの宿屋でも柿を食べながら、初夜（戌《いぬ》の刻、午後七〜九時頃）の鐘を聞いたことを随筆に書いている。もし掲句の下五に「法隆寺」でなく、奈良仏教の総本山のような「東大寺」と置かれたら今ほど口誦されなかったかもしれない。鄙びた感じの斑鳩の法隆寺ゆえ秋の寂しさが一段と迫ってくるのだ。

# いくたびも雪の深さを尋ねけり　子規

『寒山落木』

「雪月花」と言われるように、雪は俳句で月や花と並ぶ大きな季語とされている。ただ月や花に対して、雪は人によって抱くイメージに大きな差違がある。

掲句の解釈も人によって分かれるのではなかろうか。たとえば今は東京で暮らしている人が電話で故郷の雪国に住む親に雪の深さを何度も尋ねているとすれば「年老いた親が雪下ろしなどで苦労する」と心配でいたたまれないような場面が想像できる。また逆に雪をあまり見慣れない人が興味津々で雪の深さを尋ねている場面にも取れる。

『寒山落木』の明治二十九（一八九六）年の項に置かれた掲句には「病中雪」と前書がある。子規はこの年三十歳。カリエス（結核による骨の炎症）と診断され、左腰が痛んで歩行困難となり病臥の生活に入った。人の何倍も好奇心旺盛な子規にとって外の世界を見ることがままならないのはさぞ耐えがたいことだったのではないか。掲句は上野の山に降り積もる雪の深さを子規が家人に何度も尋ねているところ。隣に「雪の家に寝て居ると思ふ許りにて」「障子明けよ上野の雪を一目見ん」という句も置かれている。

# 銀屏に燃ゆるが如き牡丹哉　子規

『俳句稿』

京都・祇園祭の宵山では町家が自慢の屛風を道行く人に披露する。簀戸が立てられ花氷が置かれたうす暗い部屋の屛風には秋草などが描かれてあり、いかにも涼しげ。掲句を読むと宵山を連想する。ひんやりとした銀屛風に描かれているのは燃えるような緋牡丹。その色彩のコントラストがこの句を際立たせている。掲句を読んですぐに思い浮かぶのは、子規が高く評価した蕪村の牡丹の句だろう。名句がいくつもあるが、同じ屛風を詠んだ「金屛のかくやくとしてぼたんかな」は光輝く金屛風に描かれている白牡丹だろうか。掲句はこの蕪村の句を踏まえて詠まれたに違いない。

掲句は『俳句稿』の明治三十（一八九七）年の項に置かれている。子規はこの年、新聞「日本」に「俳人蕪村」を連載した。冒頭に「蕪村の俳句は芭蕉に匹敵すべく、あるいはこれに凌駕する処ありて」と書いている。蕪村の句と芭蕉の句とを詳細に比較して、蕪村に軍配を上げた。画家でもあった蕪村の美的センスが子規の感覚に合ったのだろう。芭蕉を神格化し盲目的に信奉する月並み派へのあてつけも込めていると思う。

## 寒からう痒からう人に逢ひたからう　子規

『俳句稿』

『俳句稿』明治三十（一八九七）年の項に置かれている。前書に「碧梧桐天然痘にかゝりて入院せるに遣《つかわ》す」とあるから、愛弟子・河東碧梧桐《へきごとう》への見舞い句であることが分かる。天然痘はウイルス性の感染症で高熱や悪寒を伴い、顔などに発疹ができる。種痘の普及でＷＨＯ（世界保健機関）が一九八〇年に根絶宣言を出したが、それまでは死亡率が高かった。だから掲句は碧梧桐の安否を気遣っていることはもちろんだが、この年は子規自身もカリエスの症状が悪化し尻に穴が開き、膿が出るようになった。病に苦しむ子規にとって、愛弟子への呼びかけは同時に自分への呼びかけでもあるのだろう。「からう」のリフレインが子規の鬱積する思いの深さを感じさせる。

この頃になると子規は自分の病状を見据え、余命いくばくもないことを悟る。後事を託すのは同郷で句作の伸長著しい高浜虚子と碧梧桐であると心に決めていた。明治三十一年には東京に発行所が移された「ホトトギス」の責任者を虚子が担い、三十五年に子規が亡くなると、新聞「日本」の俳句欄選者を碧梧桐が引き継ぐ。

# 鶏頭の十四五本もありぬべし　子規

『俳句稿』

明治三十二（一八九九）年十二月、東京・根岸の子規庵の庭に面した障子がガラス戸に変えられた。これは身動きがままならない子規の日常に画期的な変化をもたらした。病床から庭の様子がガラス戸越しに一目瞭然で、部屋に日が降り注ぐことを大変喜んだ。

掲句はその翌年九月九日、子規庵の句会に「鶏頭」の題詠で作った句の一つという。庭の鶏頭のことだろうが、その時点で鶏頭を見ていたわけではない。なぜなら「ありぬべし」は、完了助動詞「ぬ」と推量助動詞「べし」で句意は「あったはずだ」。前に見た鶏頭の数が十四、五本だったと思い起こしているのだろうか。すなわち掲句を詠んだ時点ではもう鶏頭はないか、ガラス戸越し見られなかったということになる。

「十四五本も」という大雑把な把握は群れ咲く鶏頭の花の感じをよく表しているが、実景を写生した「ありにけり」や「咲いてをり」でなく「ありぬべし」とした詠み方には子規の心の揺らぎが感じられる。掲句を後継者の虚子は『子規句集』に選ばなかった。子規が二年後に亡くなり、広く口誦される今となれば、「ありぬべし」は含蓄が深い。

# 母と二人いもうとを待つ夜寒かな　子規

『俳句稿』

『俳句稿』明治三十四（一九〇一）年の項に置かれ「即時」の前書がある。子規の母・八重と四つ下の妹・律が上京してきたのは明治二十五年。以来、多忙な子規の生活を陰で支えてきたが、病臥の身となった子規の世話は並大抵ではなかったろう。母と妹の支えがなかったら子規が後世に大きな足跡を残すこともなかったと思う。

掲句は妹が何かの用事で家を空けた秋の夜、母と二人で帰りを待っているという、句意としてはそれだけだ。子規は『仰臥漫録《ぎょうがまんろく》』の三十四年九月二十、二十一日の項に「律ハ理窟ヅメノ女ナリ同感同情ノ無キ木石ノ如キ女ナリ」で始まる妹への悪口雑言を長々と書き連ねている。しかし読み進むと、妹が一日でも家にいなかったなら自分は生きていられない、妹が病気にならないようにと懇願している。そう書きながらその後にはまた、妹が癇癪持ちだとか気が利かぬだとかとひどいことを書き連ねている。病人のなんとも自分勝手な言い草だが、この文章を併せ読めば、掲句の「夜寒」には妹の帰りを待ち侘びている兄の不安がにじんでいることが分かる。

# 糸瓜《へちま》咲《さい》て痰のつまりし仏かな　子規

『俳句稿以後』

明治三十五（一九〇二）年の項の最後に置かれている絶筆三句の一つ。この年になると子規の病状はさらに悪化、精神の錯乱も起こした。鎮痛剤のモルヒネを服用し、いざという事態に備えて碧梧桐や虚子、寒川鼠骨、伊藤左千夫ら弟子たちが輪番で深夜まで傍らに侍した。三句は九月十八日午前十一時ごろ、仰臥しつつ痩せた手で書き留めた。

「糸瓜」の実がなる秋に茎から取った水は痰切りに効くとされた。「痰のつまりし仏かな」とはもちろん子規自身のことだろうが、能の大成者・世阿弥の言う「離見の見」のように、それをもう一人の子規の目が見ている。ほかの二句「をとゝひの糸瓜の水も取らざりき」「痰一斗糸瓜の水も間にあはず」もまるで弟子たちが詠んだようだ。「写生」を唱えた子規は死に臨んだ自分の姿さえも肉体を遊離した魂となって写生した。

日付が変わった十九日午前一時頃、息を引き取った。後継者となる虚子が偶然傍らに侍していたのも運命的だ。もし子規が虚子のように長命だったなら、写生にとどまり続けただろうか。いや、そうは思えない。もっと仕事をさせてみたかった。

# 菫ほどな小さき人に生れたし　夏目漱石

（一八六七〜一九一六年）『漱石俳句集』

「生まれるなら、路傍に咲く小さな菫の花のように、つつましく目立たない小市民に生まれたい」という句意か。文豪・漱石の代表句の一つに挙げられるが、彼の恬淡で無欲な性格を表していると読むのは間違いだろう。そうではなくおのれの絶対的理想世界を追い求めてやまない芸術家ゆえの韜晦《とうかい》と取るべきではないか。

漱石が俳句に関心を深めたのは親友・子規の影響だった。二人が知り合ったのは第一高等中学校本科進学後の明治二十二（一八八九）年の初め。二人が交わした書簡にはこの頃から俳句のやりとりがあるが、その数が増すのは明治二十八年頃から。この年、子規は新聞「日本」の従軍記者として大陸に渡った帰りに大喀血。同じ頃、漱石は愛媛の松山中学に英語教師として赴任した。松山に帰省した子規は漱石居・愚陀仏庵に五十日余り寄寓し、互いに句作に熱中した。

漱石は熊本の旧制第五高等学校講師に転任した後も、句稿を東京の子規に送り、評と添削を請うた。掲句は明治三十年に送った句稿四十句の一つで、子規が二重丸を付している。この頃、漱石は教師に嫌気がさし文学転身を考えていた。

# 秋風や唐紅《からくれなゐ》の咽《の》喉《ど》仏《ぼとけ》　漱石

『漱石俳句集』

漱石は明治四十三（一九一〇）年八月、持病の胃潰瘍の療養のため伊豆修善寺に出掛けた。そこで大量の血を吐き危篤状態に陥る。世にいう「修善寺の大患」。幸い一命は取りとめ、病床で九月に詠んだのが掲句。「唐紅の咽喉仏」とは吐血して真っ赤に染まった咽喉仏、すなわち自画像である。秋風は「白風」ともいうから、白と紅のコントラストが鮮烈であり痛ましくもある。

掲句からはすぐに子規の絶筆となった句「糸瓜咲て痰のつまりし仏かな」が連想される。子規の句は死に臨んだ自らの肉体を遊離した自分の魂が「痰のつまりし仏」と見据えたが、子規に俳句を学んだ漱石の句はそれを「咽喉仏」に転じた。漱石は大吐血した自らの姿を、大喀血した子規の姿に重ね合わせて詠んだのだろう。

漱石は日本近代文学を代表する小説家の一人だが、俳人としても子規と知り合った明治二十二年から亡くなる大正五年まで詠み続け、約二千六百句を残した。子規に大量の句稿を送った松山時代や熊本時代は病床の子規を元気づけたいという思いもあったろうが、それだけではあるまい。小説とは別の価値を俳句に見出していた。

# 山に花海には鯛のふゞくかな　松瀬青々《せいせい》

（一八六九〜一九三七年）『松苗』

ちょうど桜が咲く頃、鯛は産卵のため内海の浅瀬に大挙して上がってくる。婚姻色の紅を帯びるので「桜鯛」という季語もある。掲句はその桜鯛を詠んでいるのだろうが、桜鯛とは言わず、山で桜の花が吹雪くように、海では鯛が花のように吹雪いていると表現した。この豪儀な見立てにより句柄は大きくなった。

青々は明治二（一八六九）年に大阪で生まれた。子規より二歳年下で、虚子より五歳年長になる。生家は薪炭を商っていたが、十五歳の頃から私塾で漢詩や和歌、数学などを幅広く学んだという。明治二十八年に第一銀行大阪支店に入行するも、折しも子規の俳句革新時代。同三十年に松山の「ホトトギス」に投句して入選、同三十二年には子規の賞讃を得て、銀行を辞めて上京しホトトギス編集に携わった。

ところが半年ほどで青々はホトトギスを辞めて帰阪してしまう。大阪朝日新聞の俳壇選者を務め、明治三十四年には主宰誌「宝船」を創刊。六十九歳で亡くなるまで大阪を拠点に独自の句風を深め、五万句を超えるともいう作品を残した。

# 日盛りに蝶のふれ合ふ音すなり　青々

『松苗』

青々の作品は膨大かつ多彩、時に難解なのでなかなか全貌が見渡せない。しかし前の「鯛のふゞく」句にしても、掲句にしても、珠玉のような名吟に出会うことができる。「鯛のふゞく」もきわめて主観的で独特な表現だが、掲句も日盛りに舞い飛んでいる夏蝶の大きな羽が触れ合って音がしたと詠んだところがなんとも大胆ではないか。もちろん実際にはそんな音が聞こえるはずがない。あくまでも作者の心が静寂の中にとらえた音だろう。子規が「写生」を提唱し、その後継者の虚子がスローガンとして「客観写生」を掲げたのに対して、青々の想像力豊かな作品は趣を異にする。

虚子や彼の門下の「ホトトギス」作家たちに比べて、同時代の青々の知名度は高いとは言えない。理由は大阪を拠点に活動し門下の人々もそれほど多くなかったこと、虚子のようにスローガンを掲げて大結社を打ち立てる欲もなかったことだろうが、何より彼の非凡な感性が余人の模倣することを許さなかったということなのではないか。文化・文政期の一茶にも似た、巨大惑星のような個性豊かな俳人だったと思う。

# 赤い椿白い椿と落ちにけり　河東碧梧桐《へきごとう》

（一八七三〜一九三七年）『碧梧桐俳句集』

椿の花の特徴は、桜や山茶花《さざんか》のように花びらが散るのではなく、一輪丸ごと落ちるところ。花に重量感があるので風に舞うようなことはなく、木の下にまっすぐに落下する。当然、紅椿の下には赤い花が折り重なるように、白椿の下には白い花が折り重なるようにかたまる。掲句の景は紅椿の木と白椿の木が並んでいる場所だろう。赤い花が落ち、白い花が落ちたと、ただそれだけを言っているのだが、読み手の目には世界をくっきりと二分するような赤と白の領域が見える。きわめて印象鮮明な句といえる。

掲句は明治二十九（一八九六）年の作。虚子とともに子規の筆頭弟子だった碧梧桐の句は、子規の存命中は掲句のようにこざっぱりとした写生句が多いが、子規没後は、言葉が込み入り、五・七・五の定型に収まらない字余りの句が増える。なぜこうなったのか。彼の俳論を読むと、定型や季題（季語）に飽き足りなさを感じたのが理由のようだ。

この革新は「新傾向運動」と呼ばれ、明治末年、全国を席巻した。だが大正に入ると、虚子が俳壇に復帰。自由律俳句も生まれ、新傾向運動は勢いを失い碧梧桐は俳壇を退く。

# 風が吹く仏《ほとけ》来《き》給《たま》ふけはひあり　高浜虚子

（一八七四～一九五九年）『五百句』

お盆は日本人にとって大切な仏教行事だ。祖霊が家に帰るのを迎える旧暦七月十三日の魂迎えに始まり、十六日の魂送りで終わる。新暦の今は七月に行う所と月遅れの八月に行う所とがある。掲句はその魂迎えを詠んでいる。むろん生者は死者の霊をこの目でしかと見ることはできない。しかし一陣の風が吹いて霊が帰ってきた気配がしたというのである。

掲句は、明治二十八（一八九五）年八月、この年四月に二十五歳でピストル自殺した子規の親戚筋の人、藤野古白の旧居を訪ねて鳴雪や碧梧桐らと開いた追悼句会での吟という。つまりここで「仏」というのは古白のこと。古白は子規の縁者というだけでなく、子規がその俳句を高く評価し将来を嘱望していた俳人だった。古白自殺の報は子規が従軍記者として大陸へ渡る途中にもたらされた。

『五百句』（昭和十二年刊）は虚子が「ホトトギス」五百号記念に明治・大正・昭和の四十五年間の膨大な句から自選した句集。掲句を詠んだ時は弱冠二十一歳だが、平板な写生を超えた、後年の大柄な詠みぶりの片鱗が早くもうかがえる。

# 遠山に日の当《あた》りたる枯野かな　虚子

『五百句』

虚子の句や弟子への姿勢から彼の性格を推し量ると、かなりものの好悪がはっきりしたタイプだったようだ。女性弟子の杉田久女と森田愛子への態度などはその端的な例だろう。久女は美貌で勝気なタイプ、愛子は病弱で小柄。虚子は久女をモデルに『國子の手紙』、愛子を実名で『虹』という短編小説に書いている。両編で虚子の好悪がはっきりと分かる。

そういう虚子だから、句作も後に「客観写生」というスローガンを掲げたが、若い頃はアクの強い句を詠んだ。『五百句』の明治二十九年の項にある「怒濤岩を嚙む我を神かと朧の夜」などはおどろおどろしくて虚子独特の世界だ。後年に「はじめの頃は主観の傾向が多くって、客観の叙述には不得手であった」（『俳談』）と告白している。それではだめだと、「心の磊塊は深く内部に沈潜せしめて、ひたすらに客観描写に努力した」という。

掲句は「怒濤岩を」の句の四年後に詠まれた初期の代表句の一つ。遠い山に冬日が差しており、すぐ眼前には枯れ枯れとした野が広がっているというのだ。遠景と近景を配した句にアクの強さは全くないが、寂しさと希望が読み手の心を豊かに満たしてくれる。

# 子規逝くや十七日の月明に　虚子

『慶弔贈答句抄』

子規が逝ったのは明治三十五（一九〇二）年九月十九日午前一時頃。その夜、そばに侍していたのが虚子だった。虚子は子規逝去をほかの人々に知らせようと、根岸の子規庵を飛び出した。その時に詠まれたのが掲句。十九日というのはこの時から三十年前に採用された新暦（太陽暦）に基づく日付で、それ以前の旧暦（太陰太陽暦）では八月十八日に当たる。新暦に変わったとはいえ明治の人々には旧暦の感覚もまだ色濃く残っていたと思われる。虚子も動転する気持ちで旧暦の感覚に襲われたにちがいない。しかも「十七日」と詠んだのは、まだ暗い未明のことで、今のように時計が普及していない当時にあっては夜が明けるまでは十七日が続いていたのだろう。

十七日といえば立待月。皓々とした月明りの中に子規の死を悼んだ掲句は、あたかも月の都（子規の処女小説のタイトルでもある）に召されたような印象がある。厳粛だが明るい感じさえする。虚子は巧まず詠んだのだろうが周囲を慮ってすぐには発表しなかったという。ともあれ弔意の即吟として上出来の句だと思う。

# 桐《きり》一《ひと》葉《は》日当りながら落ちにけり　虚子

『五百句』

『五百句』の明治三十九（一九〇六）年の項に置かれている。大きな桐の葉が梢からゆっくりと落ちてくる。そこに秋の日が明るく当たっているという景を詠んでいる。桐の葉はゆっくりと落ちてはいるだろうが、掲句を読むと、まるで映画のストップモーションのように空中で一瞬静止しているかのように見えるところが眼目だろう。

虚子は子規の唱えた「写生」を継承し、これに「客観」を加えて「客観写生」を掲げた。掲句はその代表句ともいえるが、目の前の景の平板な写生句かといえばそうではない。なぜなら、第一にゆっくりと落ち続けているはずの桐の葉を空中で静止させたこと。第二にその葉に当たっている秋の日をクローズアップさせたこと。ここに虚子の句作の秘密の一端がある。彼は客観写生の句といえども、おのずと作者の主観がにじみ出ると言った。

ただしカメラで景色を無雑作に撮るのでは主観はにじみ出てはこない。映画監督や画家の目で描き取るように、大胆な省略や強調がなされなければならない。掲句はまさにそのお手本のような句と言っていい。

## 凡《およ》そ天下に去来程の小さき墓に参りけり　虚子

『五百句』

去来は芭蕉の多くの直弟子の中、温厚で誠実な人柄から師にもっとも厚く信頼された。それは芭蕉の数々の書簡の中でも去来宛のものが特に長く、内容も濃密であることからも推察される。去来が芭蕉の言説などを記した『去来抄』の中で私が印象深いのは、共に『猿蓑』を編集した去来と凡兆に対して芭蕉が句作を諭したくだりだ。凡兆には「一字もおろそかに置くな」と、去来には「句々さのみ念を入るるものでない」と、対照的に諭した。去来の生真面目な性質をよく把握していたことが分かる。

去来の墓は京都・嵯峨野の彼の別邸・落柿舎裏にひっそりと佇む。虚子はその墓を「凡そ天下に去来程の」と十三音の字余りで表現した。五・七・五の定型を崩してでもそう詠みたかったのだろう。虚子自身の生き様はいかにも大胆不敵だが、去来の人柄への深い敬愛が感じられる。芭蕉没後、直弟子の多くは好き勝手に持論を鼓吹したが、独り去来はそういう風潮を憂えた。虚子が去来を詠んだ句は「去来忌やその為人《ひととなり》拝みけり」（『六百句』）や「俳諧の月の奉行と今までも」（『七百五十句』）もある。

## 死神を蹶《け》る力無き蒲団かな　虚子

『五百句』

『五百句』の掲句の隣には「その日〳〵死ぬる此身と蒲団かな」という句もあり〈大正二年一月十九日　鎌倉虚子庵句会。病臥の儘《まま》。〉と但し書きがある。掲句も自身の病臥を詠んでいるのだろう。死神を蹶つているのはもちろん虚子の足であり、蒲団の中にあって弱々しく動かしている様子が浮かぶ。「蒲団」は年中寝るとき使うが、俳句では夏に使う薄い蒲団は「夏蒲団」「夏掛」。「蒲団」とだけ言えば、冬の分厚く重々しい蒲団だ。その中でごそごそ動く足を言わずに「力無き蒲団かな」と詠んだところに可笑しみがある。

虚子の句の特徴に「冷徹」「酷薄」がある。それは終生を通じたものだろう。例を挙げれば明治期には「人病むやひたと来て鳴く壁の蟬」「穴を出る蛇を見て居る鴉かな」「五月雨や魚とる人の流るべう」などがそうだし、昭和期にも「春水や子を抛る真似しては止め」「大寒の埃の如く人死ぬる」がある。掲句も同じ系列に置かれる句だろう。生き物は死から逃れられないし、俳人ならその死から目をそむけるわけにいかない。虚子の「花鳥風月に遊ぶ」とは甘い言葉ではない。前提には「死を凝視する」峻烈な姿勢があった。

# 春風や闘志いだきて丘に立つ　虚子

『五百句』

明治三十五年に子規が没すると、後継者の虚子と碧梧桐の対立はすぐに表面化した。きっかけは翌年、碧梧桐が「ホトトギス」九月号に発表した「温泉百句」を虚子が批判したこと。虚子は翌月号に「現今の俳句界」と題して百句のそれぞれの問題点を列挙した。たとえば「温泉の宿に馬の子飼へり蠅の聲」という句について「馬の子」と「蠅の聲」の調和が悪いと指摘した。「蠅の聲」を仮に「合歓の花」と改作した場合には「碧梧桐は最材料の新たらしいのを好む」から、改作のような「単純なのろい句では満足せぬ」と書いた。碧梧桐が進めた「新傾向運動」に対して、虚子は自らを「守旧派」と称した。

明治四十年代、虚子が俳句を離れて小説に没頭していた間、碧梧桐の新傾向運動は全国に広がった。いつの時代もそうだが、大衆は新しいものを求める。大衆の求めるまま碧梧桐は新しいものへと走り、五・七・五の定型を壊し季題（季語）まで捨ててしまった。虚子は大正元（一九一二）年、俳壇に復帰。掲句は翌年二月に詠まれた。「闘志いだきて」とは新傾向運動で歪んだ俳句を旧に復すべく闘志が身内にみなぎっているということだ。

# どかと解く夏帯に句を書けとこそ　虚子

『五百句』

「夏帯」は夏に着る和服に合わせる帯のこと。絽や紗といった薄物に合わせるのだから涼しげな薄手の軽い帯のはずだが、掲句は「どかと解く」というのだから普通の夏帯とは違い重たげな感じだ。一読すれば、夏帯を解いているのは遊廓の傾城のような女を想像する。しかも帯を解いているのはその帯に句を書いて欲しいからだというのだから、なんとも豪儀で艶めいている。歌舞伎の「助六」に登場する揚巻のような傾城が客の虚子に句をねだっているようだ。「どかと解く」を上五に置いた倒置法で句に勢いがある。

また掲句からは、蕪村の「みじか夜や枕にちかき銀屏風」のような艶冶な句も思い浮かぶ。蕪村は、句友の太祇が京・島原遊廓に住んで芸妓らに俳句を教えていた関係から遊廓にはよく上がったようだし、馴染みの芸妓も何人かいたようだ。京都で学生生活を送った虚子にも祇園の舞妓遊びを描いた小説『風流懺法《せんぽう》』がある。掲句や「春雨の衣桁に重し恋衣」（『五百句』）、「此頃の吉原知らず酉の市」（『六百五十句』）などの句は、祇園や東京・吉原での若い頃の遊びが下敷きになっているのかもしれない。

# 白牡丹《はくぼたん》といふといへども紅《こう》ほのか　虚子

『五百句』

虚子の俳論には「客観」「主観」についての話が多い。言い方はさまざまだが要するに、主観ばかりでは外道だし、客観ばかりではつまらない、ということになろうか。彼の唱えた「客観写生」は、裏を返せば「主観」容認論。子規の「写生」とは明確に違う。客観の中に主観を探り、主観の中に客観を探るという主張だと思う。

これに関連して虚子は『俳句への道』の中で、娘の星野立子の句が客観写生を試みようとして、いつかそれが主観描写の句になってしまうことに触れている。「これは一見私の志している所と背馳しているようであるがそうではない。よく両立し得るもの」として、立子の「美しき緑はしれり夏料理」という句を挙げている。

立子の句は掲句とよく似ている。なぜなら立子が「夏料理」を見て主観的に「緑」の走るさまを美しいと感じたように、虚子も「白牡丹」のほのかな「紅」を主観的に感じ取っているから。立子の「美しき」は主観の最たる表現だろうが、「いふといへども」という表現の揺らぎにも「美しき」に劣らない主観的な匂いがある。

## やり羽子や油のやうな京言葉　虚子

『五百句』

虚子の句といえば「宝石の大塊のごと春の雲」（『五百五十句』）や「去年今年貫く棒の如きもの」（『六百五十句』）など直喩の名句が多い。掲句もその一つ。「京言葉」を「油のやう」だと喩えている。「水と油」といえば混じり合わないものの喩えだが、怜悧で水のような関東の言葉とは異質な、耳にまつわりつくようなねっとりした京言葉を「油のやう」だと感じたのだろう。羽子突きに興じる京の女たちが掛け合う言葉を聞いたのだ。

虚子は明治二十五（一八九二）年、京都第三高等中学校に入学して二年間を京都で暮らした。彼の小説『風流懺法』『続風流懺法』には舞妓芸妓の京言葉が飛び交う。京言葉を覚えたのだろうか。『風流懺法』には、余（虚子か）が比叡山横河《よかわ》の小僧・一念と祇園の舞妓・三千歳《みちとせ》が夫婦だと和尚に告げてやる、とからかうくだりがある。これに三千歳が「一念はんの事お告げやしたらひどい目に合はせまつせ。今度お出でやしたら殺したげまつせ」と言い、他の芸妓も「こはい事。旦那はん、こはいこつちやおへんか。三千歳はんに殺されたら痛い事どすやろ」と相の手を入れる。いかにも「油のやうな」会話だ。

# 流れ行く大根の葉の早さかな　虚子

『五百句』

虚子の言う「客観写生」のお手本ともいえるのが掲句だろう。虚子は森羅万象の中から急流を流れて行く大根の葉の早さを凝視し、それを壮大な森羅万象からえぐり出した。もし掲句を「大根の葉の流れ行く早さかな」と順序を替えて詠んだらどうか。読み手は「大根の葉」より、「（急流の）流れ行く早さ」を強く思い浮かべるのではないか。「流れ行く大根の葉の」としたことで、焦点は急流のワイド画像から水面を流れる「大根の葉」にズームアップされ、「早さかな」と留めることで、流れ行く大根の葉の早さが際立った。

では仮に「流れ行く大根の葉のあはれかな」と詠んだらどうだろうか。今度は「あはれ」という作者の思いが露骨に表れてしまう。もちろん虚子は流れ行く大根の葉の早さに無常を感じ、人間の命のはかなさまでも連想したのかもしれない。しかし「あはれ」と手っ取り早く主観を言ってしまえば、それは虚子の戒める「外道《げどう》」になる。客観写生とはカメラの撮影でもなければ、安易な主観暴露でもない。虚子は「作者の感情のままに自然は剪定されるのである。自然は自由に作者の前にひざまずく」（『俳句への道』）のだと言う。

# 聾《ろう》青畝《せいほ》ひとり離れて花下に笑む　虚子

『五百句』

阿波野青畝は、水原秋櫻子《しゅうおうし》、高野素十《すじゅう》、山口誓子《せいし》とともに「ホトトギス」の俊英４Ｓの一人。他の三人は東大卒のエリートだが、青畝は幼少から聾者として苦労した。虚子の弟子では村上鬼城も聾者であり、虚子は青畝と初対面の折、鬼城を例に挙げて青畝の句作を励ましたという。

青畝は二十歳の頃、句作の壁に突き当たり虚子の「客観写生」に不満を抱き、虚子へ手紙を書いた。これに対して虚子は「私ハ写生を修練して置くといふことはあなたの芸術を大成する上に大事なこと、考へます。（中略）さう考へてしばらく手段として写生のれんまを試みられたらあなたは、他日成程と合転のゆく時が来ると思ひます」（『定本　高濱虚子全集』第十五巻）と懇切に諭す返事をしたためた。青畝はこれで心を改めたという。

掲句は昭和七（一九三二）年四月、三十三歳の青畝と京都で桜狩りをした折に詠まれた。吟行する青畝を見守る師の温かい目線がある。「ひとり離れて花下に笑む」には聾者ゆえに句友と会話のままならない青畝への憐情も感じられる。この前年、客観写生を巡り袂を分かった４Ｓの一人、秋櫻子などと比べると、虚子の青畝への格別の思いがにじむ。

# 大いなるものが過ぎ行く野分かな　虚子

『五百句』

「野分」は野を分けて吹く強風、すなわち台風のこと。現代の我々は気象衛星から送られる観測画像で台風の姿を視覚的に捉えられる。気象図に示される、あのおそろしげな渦巻きが台風の目だということは誰でも知っている。気象庁ホームページによれば、日本で初めての静止気象衛星ひまわりが米国から打ち上げられたのは昭和五十二（一九七七）年で、本格的な観測は翌年四月から始まったそうだ。

だが、掲句が詠まれたのは気象衛星が誕生する四十年以上も前の昭和九（一九三四）年。当時は国民の誰ひとりとして台風の姿など見たことはなく、台風の目など想像することさえなかったはずだ。ただ家の中で身を潜めて台風が過ぎ去るのを待つしかなかった。虚子もそうだったはずだ。あるいは台風が吹き荒れるどす黒い空を見上げ、姿の見えない台風を「大いなるもの」と詠んだのかもしれない。虚子は「客観写生」を唱え、弟子たちに目の前の対象を描写することを説いたが、当時は台風の姿を具体的に描写するのは不可能だった。だから「大いなるもの」は虚子の心眼が捉えた野分だ。

# たとふれば独楽《こま》のはぢける如くなり　虚子

『五百五十句』

同郷で若い頃から行動を共にした親友・碧梧桐が昭和十二（一九三七）年、腸チフスで亡くなった折の追悼句。但し書きに「碧梧桐とはよく親しみよく争ひたり」とある。虚子は晩年、若い弟子たちとの研究座談会で「碧梧桐とは、ほんとに親密な間柄であったわけですね」という問い掛けに、「ええ、それは、もとから親密で、中学校も一緒、学校をやめるのも一緒、東京で下宿するのも一緒でした」と回想している。そして「碧梧桐が新傾向に走りさえしなければ、たとい傾向が少々違ってもいつまでも一緒にやって行けたろうかと思う」と語っている。碧梧桐が虚子の許せない一線を越えてしまったというわけだ。

子規の唱えた写生に当初忠実だったのは碧梧桐のほうだ。虚子は自らも語っているように本来は空想趣味が強く、俳句より小説家志望だった。だから子規が生前、虚子に後継者になるよう求めたのに対し、虚子は断った。だが人生は皮肉だ。子規没後、碧梧桐は新傾向運動へ走り、守旧派として子規の衣鉢を継いだのは虚子だった。掲句の喧嘩独楽で弾け飛んだのは碧梧桐のほうだが、そこには虚子のほろ苦い感傷もほの見える。

# 砲火そゝぐ南京城は炉の如し　虚子

『五百五十句』

昭和十二（一九三七）年七月七日の「盧溝橋事件」をきっかけに、旧日本軍が中国に全面攻撃を仕掛けて日中戦争が始まった。八十五年後の二〇二二年にロシアがウクライナを理不尽にも攻撃した戦争に対して日本政府はロシアを厳しく批判したが、日中戦争も旧日本軍の理不尽極まりない攻撃だった。中でも「南京大虐殺」は目を覆うものだった。一九三七年十二月に南京を占領した旧日本軍は中国軍の兵士のみならず住民を殺害し、女性を強姦し食糧などを略奪した。犠牲者は三十〜二十万人とされる。現在の日本外務省も公式ホームページで「非戦闘員の殺害や略奪行為等あったことは否定できない」と認めている。「花鳥諷詠」を掲げた虚子は、俳句とは季題（季語）を通して自然や人生を詠むものと定義し、そこに人事も含めた。人事にはむろん戦争も含まれなければならないはずだ。掲句は南京大虐殺を詠んだものだろう。「炉の如し」と冬の季題を入れているが、「砲火そゝぐ」と言うのだから、囲炉裏のような静かな炉火ではない。当時虚子はどこまで旧日本軍の暴虐が分かっていたのだろうか。彼は「新興俳句派」の無季戦争句は認めなかった。

# 旗のごとなびく冬日をふと見たり　虚子

『五百五十句』

虚子が「客観写生」とともに大切にしたのが「季題」。季節を定める言葉という意味で「季語」とほとんど同義だが、「ホトトギス」では虚子遺訓の「季題」を墨守する。

虚子には季題を大胆な表現で喩えた句が多い。『五百五十句』の昭和十三（一九三八）年の項にある掲句は、季題の「冬日」を「旗」に喩えた。「冬日が旗が揺れるように揺れるのがふと見えた」というのだ。照り陰りする様子をこう表したのだろうか。大胆だが、「確かにそういう感じもある」と読み手を納得させる力がある。代表句に挙げられる「年を以て巨人としたり歩み去る」「大いなるものが過ぎ行く野分かな」（いずれも『五百句』）の「巨人」「大いなるもの」や「去年今年貫く棒の如きもの」（『六百五十句』）の「棒」も、それぞれ「ゆく年」「野分」「去年今年」の季題を大胆に喩えている。

『五百句』に続く句集『五百五十句』（昭和十八年刊）は「ホトトギス」五百五十号記念。虚子は以後も「ホトトギス」の号数記念で、号数とほぼ同じ句数を収めた句集を出してゆく。こういう出し方にも並みの俳人とは違う虚子の大胆不敵さが表れている。

# 夏の月かゝりて色もねずが関　虚子

『五百五十句』

芭蕉の『おくのほそ道』の旅は、前半の平泉までは比較的平坦な道だが、後半は難所の峠道が続く。奥羽の山刀伐《なたぎり》峠、越後の葡萄峠、越中から加賀への倶利伽羅《くりから》峠、越前の湯尾峠と木ノ芽峠。『ほそ道』本文は山刀伐峠、倶利伽羅峠、湯尾峠に触れているが、葡萄峠は出てこない。掲句の「ねずが関」は白河の関とともに奥羽三関の一つで出羽と越後の国境。『ほそ道』にも「鼠の関を越ゆれば」と出てくる。葡萄峠は鼠の関のすぐ先にある。

掲句は『五百五十句』の昭和十四（一九三九）年の項にあり、前後の句を見ると、虚子は仙台での句会の後、北海道へ向かい、そこから青森、秋田、新潟へ南下する旅をしていた。掲句の日付は五月二十七日で、但し書きには「瀬波温泉にて、みづほ、素十等に会す」などとある。瀬波温泉は葡萄峠を下って村上市街から海岸へ出た所。弟子たちと夏の月を見たのだろう。「ねずが関」の「ねず」は月の「鼠色」も掛けている。荒々しい日本海の上のさびさびとした月はまさに鼠色だったのではないか。芭蕉は越後路で「暑湿の労に神を悩まし、病おこりて事をしるさず」と書いた。虚子はそれを思って詠んだのだろう。

# 手毬唄かなしきことをうつくしく　虚子

『五百五十句』

鎌倉・寿福寺にある虚子の墓に向かって斜めに立つ森田愛子の墓は、周囲の墓の中で異彩を放っている。肺を病んで昭和二十二（一九四七）年、二十九歳で亡くなった愛子への虚子の思い入れは、大勢の弟子の中でも抜きんでている。愛子との交情を描いた自伝小説『虹』『愛居』を読むと、愛子の痩せた腕、暗く哀しげな表情に虚子は強く惹かれている。

愛子と虚子は何度も虹の句をやり取りした。虚子の「虹立ちて忽ち君の在る如し」「虹消えて忽ち君の無き如し」（いずれも『六百句』）は特に有名だ。掲句は愛子とは関係のない句のようだが、「かなしきことをうつくしく」という表現には愛子への思い入れに共通する虚子の深い憐憫が表れている。私には手毬唄をうたう少女が愛子とだぶる。

『虹』には虚子らしからぬ場面がある。句会後の宴会で大勢の酔客を前に、元芸妓である愛子の母親が唄い踊りだし、やがて愛子も母の傍らで踊る。それを見ていた虚子は周囲を憚らず号泣する。その訳を虚子は「酔ひ泣きといふものであらう」と書いているが、そうではあるまい。母娘の姿に言い知れぬ哀しさと美しさを覚え、感情が高ぶってしまったのだろう。

## 大《だい》寒《かん》の埃《ほこり》の如く人死ぬる　虚子

『五百五十句』

『五百五十句』の昭和十五（一九四〇）年の項にある。「大寒」とは二十四節気の太陽暦一月下旬の最も寒さが厳しい頃。その頃に死んだ人を「埃の如く」と喩えている。誰しも死は宿命であり、死ねば肉体は滅び宙を漂う埃同然となることは自明だ。虚子は「死は天地の運行と同じく自然の現象の一つ」（『俳句への道』）と語っている。つまり死は虚子にとって「花鳥風月」を詠むこととなんら変わらなかった。掲句は芭蕉の句「野ざらしを心に風のしむ身哉」（『野ざらし紀行』）も彷彿とさせるが、芭蕉の句がやや抒情的であるのに対して、掲句は徹底的に酷薄である。

かつて病の子規が生い先短いことを案じて虚子を後継者に決め、勉学に励むよう勧めたのに、虚子が断ったことがあった。落胆憤慨する子規に夏目漱石は手紙で「虚子は松山的ならぬ淡泊、のんき、気のきかぬ、無器用」と慰めた。虚子の若気の至りというより、彼には終生、掲句から感じられる酷薄さが付きまとったように思う。杉田久女を明確な理由もなく「ホトトギス」から除籍したことなどもそうだろう。実に一筋縄でいかない大俳人だ。

# 示《じ》寂《じやく》すといふ言葉あり朴《ほほ》散《さん》華《げ》　虚子

『六百句』

「示寂」とは徳の高い僧が亡くなることをいう。掲句の但し書きに「川端茅舎《ぼうしゃ》永眠」とあり、弟子の茅舎の死を高僧の死になぞらえたのだ。「示寂すといふ言葉あり」と持って回った言い方は虚子独特で、茅舎の訃に接して、その死をどう表現すべきか思いを巡らせたことを連想させる。茅舎は「土不踏ゆたかに涅槃し給へり」「ぜんまいののの字ばかりの寂光土」など仏教用語を駆使した名句が多く「茅舎浄土」と呼ばれた。虚子は「示寂」という言葉こそが茅舎の死にもっともふさわしいと直感したのだろう。そして茅舎の辞世の句「朴散華即ちしれぬ行方かな」に共鳴するように迷いもなく「朴散華」と置いたのだ。

虚子の弟子は時期に応じて、大正期の飯田蛇笏、原石鼎、前田普羅、昭和期の水原秋櫻子、高野素十、阿波野青畝、山口誓子の4S、女性の中村汀女、娘の星野立子など綺羅星の如く登場した。同世代だった茅舎と松本たかしは似た境遇を持つ、芸術家肌の「ホトトギス」の双璧だった。茅舎は画家を志し、たかしは能役者の家に生まれ能を志したが、ともに健康を損ない断念した。茅舎は昭和十六（一九四一）年、四十三歳（四十歳とも）で亡くなった。掲句は虚子の数多い追悼句の中でも群を抜いている。

# 天《あめ》地《つち》の間《あはひ》にほろと時雨かな　虚子

『六百句』

「時雨」は冬の初めに降るにわか雨。降りみ降らずみ（降ったり止んだり）が特徴で、傘を差したかと思えば止み、閉じたかと思えば又降り出すというようにはっきりしない。京都のように山が迫っている地域特有の現象だから、広々と開けた関東平野で「時雨」といっても何となく違和感がある。掲句は昭和十七（一九四二）年十一月、この月亡くなった門下の鈴木花蓑の追悼会に寄せた句と但し書きにある。「天地の間にほろと」という表現は、花蓑を悼む師の思いとみれば涙を連想させてしんみりするし、時雨の降り様とみても言い得て妙だ。

日本人はどちらかと言えば、几帳面で潔癖なところがあるから、雨が降り出せばすぐに傘を差す。これに比してたとえばイギリスでは、傘はもともと女性が差す日傘が始まりだったそうで、特に男性は日本人のように雨傘を差す習慣は薄いと何かで読んだことがある。ただ日本でも時雨の本場の京都に旅行すると、東京のようにすぐ雨傘を差す人は少ないという印象がある。掲句を読むとすぐ思い出すのが芭蕉門下で京都に暮らした去来の句「凩の地にもおとさぬしぐれ哉」。去来も、学生の一時期を京都で過ごした虚子も、時雨の印象はこんなものだろう。

## 切干もあらば供へよ翁の忌　虚子

『六百句』

掲句は昭和十八（一九四三）年十一月の項に収められている。「翁の忌」（芭蕉忌、桃青忌）は旧暦十月十二日で、新暦ではほぼひと月遅れとなる。しかもこの年は芭蕉二百五十年忌に当たり、虚子は「ホトトギス」門下の歌舞伎役者・初代中村吉右衛門の依頼を受けて芭蕉の『嵯峨日記』を歌舞伎脚本に仕立て、十一、十二月の歌舞伎座で上演されている。「切干もあらば供へよ」には、貧窮をかえりみず俳諧一筋に生きた芭蕉の風雅への追慕の念が表れているようだ。この年はほかに「一門の睦み集ひて桃青忌」「湖の寒さを知りぬ翁の忌」という句も詠んでいる。

虚子は子規の後継者となったが、芭蕉の評価は子規と違った。子規は連句の発句を俳句として独立させて、俳句を個人の文学と見た。それゆえ複数の人が交互に詠み合う連句は文学とは認めなかった。虚子はこれに反対した。「連句も当然俳句とともに発達すべきものでしたが、子規が連句は文学でないというので顧みられなかった」（『俳談』）と語っている。連句の捌きこそ芭蕉の真骨頂だったから、評価にも違いが出た。子規は芭蕉より蕪村を高く評価したが、虚子は「俳句は即ち芭蕉の文学である」（『俳句はかく解しかく味う』）と言い切った。

## 山国の蝶を荒しと思はずや　虚子

『六百句』

明治・大正・昭和と六十五年に及ぶ虚子の俳句人生は王道を歩み続けた。子規から引き継いだ「ホトトギス」帝国を拠点に「客観写生」「花鳥諷詠」を掲げ、俊英雲の如く、大正期からは女性も多く世に送り出した。一方で歯向かう者たちは容赦なく排除した。無季俳句を容認した日野草城をホトトギスから除籍した。第二次世界大戦をきっかけに「新興俳句運動」が盛んとなり、「反ホトトギス」を標榜する俳人たちが多く登場し、その系譜は現代まで続いている。

虚子は昭和十九（一九四四）年から戦火を避け長野・小諸に疎開した。掲句は『六百句』昭和二十年五月の項に置かれている。「山国」信州の蝶の大きさや飛ぶ様子を粗野で荒々しいと見たのだろう。訪ねて来た長男・年尾らと虚子庵の近くを吟行した折の句。「思わないか」と賛意を求めている句形だが、口吻には虚子の物憂げな心もほの見える。終戦後、虚子は戦争の影響を問われ「俳句は何の影響も受けなかった」と豪語した。「俳句は花鳥風月に遊ぶ文学」と唱える彼にすれば、痩せ我慢でもそう言うしかなかったのだろう。ただ終戦の八月の項には「敵といふもの今は無し秋の月」と安堵を吐露した句もある。

# 初笑深くして蔵してほのかなる　虚子

『六百五十句』

虚子は能（謡曲）をたしなんだ。舞台で自ら演じたほどだから相当修練を積んだのだろう。歌舞伎や能など伝統芸能には受け継がれた型がある。演者（シテやワキ）は先達が演じた型と変わらずに演じるのであり、型を無視して手前勝手に演じるのは許されない。能の大成者・世阿弥は『風姿花伝』の冒頭で「古きを学び、新しきを賞する中にも、まったく風流を邪《よこしま》にする事なかれ」と説いた。

主観を露骨に出した句を虚子は「外道」と切り捨てたが、そう説いた彼の心底には型を重んじる能の考え方があったのではないか。自らを「守旧派」と称し、新興俳句や社会性俳句などと対峙したのは、例えれば現代演劇に対する、古典演劇である能を拠り所とするものだった。掲句を読むと、虚子のそういう心底がよく表れているようだ。「初笑」だからとあからさまに笑わずとも、新春の気分を心に「深く蔵して」いれば、その気分はおのずと「ほのか」ににじみ出てくるというのだ。かつて日本人の美徳は「沈黙は金」だった。今は欧米人に伍するために能弁に自らの思いを主張しなければならない時代。だがその一方で多くの欧米人が能に魅せられ、能楽堂に足を運ぶのは不思議な気もする。

# 我生の今日の昼寐も一大事　虚子

『六百五十句』

掲句は『六百五十句』の昭和二十一（一九四六）年の項にある。前年八月十五日に戦争が終わった。虚子は依然、疎開先の長野・小諸にいる。戦争によって「俳句は何の影響も受けなかった」と言い放った虚子だが、平和を取り戻した安堵の気持ちが言外に伝わる。

ただし俳壇は、この年にフランス文学者・桑原武夫が雑誌「世界」に発表した「俳句第二芸術論」をきっかけに論争の時代に入ってゆく。桑原は俳句を菊作り並みの「芸」であり一等の「芸術」とは呼べない、と手厳しく批判した。その例証に当時の大家の句と素人の句を名を伏せて比べて優劣が付かないと言った。虚子の「防風のこゝ迄砂に埋もれしと」という句もやり玉に挙げた。桑原の攻撃に秋櫻子や誓子、草田男らは「俳句を知らない」と反論したが、ここでも虚子は「第二でも第八でも第十だつてかまわんよ」とどこ吹く風の姿勢だった。

今から見れば、俳句第二芸術論は戦争への反省からくる、伝統文化芸能（歌舞伎なども）に対するヒステリックな批判の一端だったのだろう。客観写生、花鳥諷詠を一貫して唱えてきた虚子は「伝統、守旧？　それで結構じゃないか」と受け流した。

# 爛《らん》々《らん》と昼の星見え菌《きのこ》生え　虚子

『六百五十句』

『六百五十句』の昭和二十二（一九四七）年の項に置かれている。十月十四日の日付と但し書きに「長野俳人別れの為に大挙し来る。小諸山盧」とある。虚子は同月、昭和十九年から疎開していた小諸から三年ぶりに鎌倉に戻っている。その離別に詠んだ。難解さを嫌った虚子の句では、珍しく意味のよく分からない句だ。「爛々」というのは光輝くという意味で、昼の星が光輝いているのが見えると言っている。月ならともかく、人間の眼に昼の星が見えるということはないだろう。しかもそういう措辞に「菌生え」という季題（季語）が取り合わされている。

菌は植物のように葉緑素を持たず、太陽光による光合成はできない。掲句の「見え」の主語を菌と考えれば、人間の眼には見えない昼の星だが、菌には見えるので生えてくるのだという不思議を詠んでいると解釈できる。この四年後に、同じ菌を詠んだ「不思議やな神鳴るなべに菌生え」（『七百五十句』）という句もある。これは雷が鳴って茸が生えてくるのが不思議だと詠んでいる。昔から落雷した場所には茸がよく生育するという言い伝えがあり、実験した人もいる。科学的根拠は定かではないが、虚子は茸に人一倍不思議を感じていたようだ。

# 去年《こぞ》今年《ことし》貫く棒の如きもの　虚子

『六百五十句』

虚子の代表句の中でも筆頭に置かれるのが掲句ではないか。彼の句には「如く」という直喩を用いた句が多い。「宝石の大塊のごと春の雲」（『五百五十句』）、「能衣装うちかけしごと庭紅葉」（『六百五十句』）など。「春の雲」「庭紅葉」という季題（季語）を「宝石」「能衣装」に喩えたこれらの句に対して、掲句は大晦日の一夜のうちに去年から今年に年が移ることを「貫く棒」に喩えている。しかし「宝石」「能衣装」に比べると「棒」はやや漠然としている。

「貫く棒」を連綿と続く時間軸と考えれば、分からないことはないが、「去年今年」という季題（季語）にはすでに時間軸という意味は含まれているのではないか。これだと喩えるものと喩えられるものが似通うので、直喩の句としてはあまり面白くない。もっと大胆に解釈すれば、貫く棒とは一貫して変わらない虚子の俳句へ向かう精神と考えたらどうだろうか。

掲句は『六百五十句』の昭和二十五（一九五〇）年の項にある。翌年、虚子は「ホトトギス」雑詠選者を長男・年尾に譲ったが、引退ではない。この二年前、反ホトトギスの俳人たちが誓子の下に「天狼」を創刊した。貫く棒とは反対勢力に対峙する虚子の強靱な精神。

# 足すこし悪しと聞けど花の陣　虚子

『七百五十句』

虚子の弟子は多士済々だった。歌舞伎界の大立者だった初代中村吉右衛門もその一人。掲句は吉右衛門が昭和二十七（一九五二）年三月、歌舞伎座に出演した際に「番附に句を望まれて」と但し書きがあるから、吉右衛門に頼まれて詠んだのだろう。「足すこし悪しと聞けど」と気遣いつつ、吉右衛門の舞台を「花の陣」と褒めている。この二年後、吉右衛門は六十八歳で急逝するが、その際も「たとふれば真萩の露のそれなりし」（『七百五十句』）と悼んだ。萩は吉右衛門の好きな花だった。

傲岸不遜なイメージもある虚子だが、気配りの細やかな人でもあったようだ。とくに吉右衛門にはそうだった。『吉右衛門日記』にこんなくだりがある。ある時、虚子からの誘いで二人で食事をした。食事が済み、吉右衛門は車で虚子を「ホトトギス」の発行所がある丸ビルまで送るのだが、虚子は車が走り去るのをずっと立って見送るというのだ。それが毎度のことで、吉右衛門は「御丁寧になさるので、實に恐入る次第である」と書いている。歌舞伎役者として生前に初めて文化勲章を受章した吉右衛門だから、むろん芸には厳しかったし、神経質なところもあったようだ。虚子はそういう吉右衛門の気質を見抜いていたのだろうが、また吉右衛門と虚子の気質がよく似ていたのかもしれない。

# 俳諧の月の奉行と今までも　虚子

『七百五十句』

俳諧・俳句の歴史で代表的な俳人を二人だけ挙げるとすれば、芭蕉と虚子ということになるだろう。ではこの二人のうち一人を選ぶとすればどうか。これは難しい。虚子自身が「俳句は即ち芭蕉の文学である」（『俳句はかく解しかく味う』）と言っているから、芭蕉の上に虚子を置いたら、虚子自身が遠慮するだろう。ただし、二人の教えがどれだけ確かな形で後々の俳人に影響を与えたかと見れば、これはあるいは虚子のほうに軍配が上がるかもしれない。

その理由を考えるに、芭蕉は自身では俳論めいた著作は残さなかった。「不易流行」や「かるみ」について直弟子たちがさまざまに書き残したが、どこまで芭蕉の真意を伝え得たかはやや疑問もある。虚子は自身で「客観写生」や「花鳥諷詠」についてくどいほど書き残した。

掲句は「俳諧奉行」と呼ばれ、芭蕉の信頼が最も厚かった弟子・去来の二五〇年祭の祝句として詠まれた。彼は芭蕉没後も師の教えを忠実に守り、分裂する蕉門の行く末を案じた。虚子はそういう去来に敬愛の情を抱いてきたのだろう。「今までも」にそれが感じられる。

# すぐ来いといふ子規の夢明易き　虚子

『七百五十句』

『七百五十句』は虚子没後、長男の年尾と次女の立子が、昭和二十六（一九五一）年以降の句から選んだ。晩年になると子規を詠んだ句が多くなる。掲句は昭和二十九（一九五四）年の項にあるから虚子八十歳、子規没後すでに半世紀以上が過ぎている。それでも夢枕に子規が現れることもあったのだろう。「すぐ来い」とは尋常ではないが、いかにも子規らしい。虚子は驚いて目覚めたのだろう。

虚子は子規の後継者となったが、子規の生前には道灌山（東京・西日暮里）で子規が「後継者になれ」と求めたのを断っている。同じ道灌山で「夕顔」をめぐり、写生的な美に徹すべしとする子規の考えに、虚子は（『源氏物語』の夕顔の）空想的な美も含まれてよいと反論した。病床生活が長かったものの子規が陽の気質だったのに比べ、虚子はどちらかといえば陰の気質。対照的に見える。

昭和四（一九二九）年、虚子ら「ホトトギス」の俳人と歌人の斎藤茂吉が、「写生」について論じ合った。「アララギ」派の茂吉は子規の短歌の流れをくむ。茂吉は「写生に客観も主観もない」と主張したが、虚子は「短歌は主観的写生、俳句は客観的写生」と峻別した。「俳句は文学」と定義した子規が生きていたら茂吉の側に立ったのではないか。

# 地球一万余回転冬日にこく　虚子

『七百五十句』

昭和二十九（一九五四）年十二月の項に置かれている。「播水、八重子結婚三十周年祝句」と但し書きにある。地球は一日に一回自転するから、一万余回転とはおよそ三十年。門下の五十嵐播水夫妻が三十年にわたって円満に過ごしてきたことを言祝いでいるのだろう。こういう破調、字余りの句は「天の川のもとに天智天皇と虚子と」（『五百句』）のように若い頃から詠んでいるから珍しいことではないが、傘寿を超え畏れるものの何もない虚子の自在の境地が感じられる。

虚子はこの年、俳人として初めて文化勲章を受章した。昭和天皇から勲章を授与され、さぞかし晴れがましかったはずだ。「我のみの菊日和とはゆめ思はじ」と謙遜してみせ、「菊の日も暮れ方になり疲れけり」と快い疲れを吐露した。俳句は戦争の影響を受けなかったと豪語し、「俳句第二芸術論」にも動じない態度を見せた虚子だが、大正・昭和と俳壇を長年牽引してきたことを自負する自分を国が文化勲章という形で評価したことを素直に喜んだのだろう。

折しも俳壇では社会性俳句が興り、花鳥諷詠に不満な俳人たちが虚子を批判するが、虚子にすればかつての碧梧桐の新傾向運動の轍を踏むに過ぎない輩と見えたに違いない。

# 春の山屍《かばね》をうめて空《むな》しかり　虚子

『七百五十句』

『七百五十句』の最後から二番目にある句。詠まれたのは亡くなる九日前の昭和三十四（一九五九）年三月三十日。「句謡会。婦人子供会館」と但し書きにある。句の印象から辞世の句ではないかと見る向きもあるが、そうではないようだ。山田春生著『戦中戦後俳壇史　俳句の旗手』によれば、このとき鎌倉の句会場の床の間に源頼朝の死を弔う軸が掛けられ、花瓶に桜の花が活けてあったという。虚子はここで能「桜川」のシテを謡い、軸に目を留めて詠んだのが掲句だったと同書は言う。つまり掲句の「屍」とは頼朝とも思える。頼朝の死因は落馬による不慮の事故とされる。まことにあっけない英雄の死を「空しかり」と感じたのだろうか。

『七百五十句』の最後の句は「独り句の推敲をして遅き日を」だ。真宗大谷派管長を務めた大谷句仏十七回忌に寄せた句で、穏やかな印象。だがその夜、脳出血を起こす。この後のことも『俳句の旗手』に詳しい。昏睡状態が続いた四月六日、謡の先生が虚子の好きな能「鞍馬山」（同書の誤りで『鞍馬天狗』か）を謡うと、晴れていた空がにわかに曇り、春雷が鳴り、雹が降ったという。謡が終わるとまた元の青空に戻った。虚子も一時意識を回復したそうだ。同月八日、八十五歳で没。

# 治聾酒《ぢろうしゆ》の酔ふほどもなくさめにけり　村上鬼城《きじよう》

（一八六五～一九三八年）『鬼城句集』

鬼城の句は聾者という境涯と無関係には語れない。掲句も「治聾酒」という他の俳人があまり詠まない季題（季語）を詠んでいる。立春後の第五の戊《つちのえ》の日を春の社日と呼び、この日に酒を飲むと聾が治るという言い伝えがある。しょせん迷信に過ぎないが、聾者は藁にもすがる思いで治聾酒を酌む。酔えば憂さも少しは晴れようが、酔うほどもなく醒めて現実に引き戻されてしまったという悲しみがこもる。

鬼城は虚子の大正期の弟子の中で四天王の一人に数えられるが、年齢では虚子どころか、子規よりも年長。元は鳥取藩士の息子で、後に群馬・高崎に転居した。軍人や司法官を目指したが聾のためかなわず、子沢山の生活苦もあった。世間の差別偏見を怖れ狷介固陋の癖も強かったようだが、境涯や屈託を含んだ句は虚子の高い評価を得て「ホトトギス」の巻頭を幾度も飾った。鬼城には「小春日や石を嚙み居る赤蜻蛉」「冬蜂の死にどころなく歩きけり」など小動物に自らを仮託した佳品も多い。虚子は鬼城の句の多くが主観に根ざすとしつつ、写生の技量の高さも認めていた。

# 高々と蝶こゆる谷の深さかな　原石鼎《せきてい》

（一八八六〜一九五一年）『原石鼎全句集』

一匹の蝶が深い渓谷の上空を飛んでいる。掲句はそれを客観描写しただけのようだが、そうではない。読み手には、小さな蝶の果敢な冒険のように思えてくるし、蝶にとって危険を冒しても越えざるを得ない何か大きな目的があるのではないかとすら感じられる。しかし蝶にすれば、深い渓谷だとか小さな畑だとかは無関係にただ飛んでいるだけだろう。そこに切迫感を加えたのは、作者の「高々と」「深さかな」という措辞にほかならない。作者の思いが蝶に仮託されている。

石鼎は、大正初年に俳壇復帰した虚子の下で頭角を現した一人。石鼎について虚子は「頭には常に高潮した感情がある」（『進むべき俳句の道』）と語っている。掲句の措辞はまさにその感情表現だし、もう一つの代表句「頂上や殊に野菊の吹かれ居り」の「頂上や」「殊に」もそうだ。噴き出す感情を巧みに描写に乗せた。

石鼎は島根出身。初め医者を目指すが挫折し、奈良・吉野の兄の診療所を手伝いながら野趣豊かな佳句を詠んだ。上京後は神経衰弱を病み精彩を欠いてゆく。

# 奥白根かの世の雪をかゞやかす　前田普羅《ふら》

（一八八四〜一九五四年）『定本普羅句集』

昭和十二（一九三七）年、新聞に「甲斐の山々」と題して発表した五句の一つ。ほかの四句にはそれぞれ甲斐の代表的な山の名が詠み込まれているが、掲句の「奥白根」だけは普羅の造語だ。実際に仰いだのは三千メートルを超える南アルプス主峰・白根三山（北岳、間ノ岳、農鳥岳）だろう。ただし単なる写生句ではない。「かの世の雪をかゞやかす」とは現世の人間が到達できない世界、すなわち彼岸、浄土ということか。そこに輝く雪を普羅の心が垣間見ている。彼が最初に甲斐の山に入ったのは大正六（一九一七）年。以来魅せられ、掲句を詠んだ折は飯田蛇笏の山廬を訪ねている。

虚子は「大正二年の俳句界に二の新人を得たり、曰く普羅、曰く石鼎」と並称し、石鼎の句を春・夏に、普羅の句を秋・冬に喩えた。普羅の句は沈思熟考の末に得たような重厚な言葉の響きがある。現代から見るとそれがやや古めかしくもある。

彼は横浜生まれ（東京とも）だが、父が房総の豪農の出で、海浜にもよく遊んだ。関東大震災後、富山に移り住んだことで山岳俳人のイメージが定着した。

芋の露連山影を正《ただし》うす　飯田蛇笏《だこつ》

（一八八五～一九六二年）『山廬集』

第一句集『山廬集』大正三（一九一四）年の項にある。作者は近くの里芋の葉の朝露を眺め、そのまま視線をかなたにそびえる山々へ移した。黒々とした山影が連なり合っている姿を、居ずまいを正した人物群のように見立てている。近景と遠景の調和、ふるさとの見慣れた景色であると同時に、作者自身の心の自画像でもあろうか。

蛇笏は山塊に囲まれた甲斐中央部の五成村（現在の笛吹市）で代々続く豪農の長男に生まれた。早稲田大学時代は俳句のみならず小説などにも手を染めたが、家の総領としての宿命に従いふるさとに帰って以後は俳句一筋に歩んだ。大正初年、掲句などが「ホトトギス」の虚子選で幾度も巻頭を飾り、重厚な立句《たてく》（連句の発句のような格の高い俳句）の名手としてゆるぎない地位を占めた。ただし蛇笏の本領はそこだけにとどまらない。

掲句と同じ大正三年に「つぶらなる汝が眼吻はなん露の秋」「竈火赫とたゞ秋風の妻を見る」など艶やかな句や小説的な句もある。テーマの多様性が蛇笏の真骨頂であり、同時代の鬼城や石鼎、普羅を凌ぐ巨星となった理由もそこにあるだろう。

## をりとりてはらりとおもきすゝきかな　蛇笏

『霊芝』

第二句集『霊芝《れいし》』昭和五（一九三〇）年の項にある。初案は「折りとりて」と漢字が交じるが、後年、すべてひらがなに変えた。秋たけなわの若い芒は簡単には折れない。『霊芝』の掲句の前には「ほけし絮の又離るゝよ山すゝき」という句があるから、掲句も冬近い毳《ほ》けた（干からびた）芒だろう。これなら折れないこともない。軽々と風に揺れる芒を折り取ってみると、意外にもずっしりと手に重さを感じたというのだ。上五中七に「り」が三回、中七下五に「き」が二回、この母音のイ音の連続とひらがな表記の効果で、端整な芒の風姿が彷彿と浮かび、音読するほどに心地よい。

この年、蛇笏四十五歳。主宰誌「雲母」の発行所を自宅の山盧《さんろ》に移した。数々の名句を発表し、すぐれた弟子たちを育て、雲母は全国に同人・会員を抱える大結社となってゆく。蛇笏は虚子と並ぶ俳壇のカリスマ的存在として君臨する。次男を病死、長男と三男を戦争で失う悲しみに見舞われたが、戦後は四男の龍太に雲母を託し、虚子の死を見届けるように逝った。その影響力は現代の俳壇でも絶大だ。

# 死骸《なきがら》や秋風かよふ鼻の穴　蛇笏

『霊芝』

『霊芝』昭和二（一九二七）年の項にあり、前書に「仲秋某日下僕が老母の終焉に逢ふ、風蕭々と柴垣を吹き、古屛風のかげに二女袖をしぼる」とある。人の死を詠む場合、周りの人と同じように悲しんでいるだけでは句にならない。突き放す眼も必要だ。掲句から感じ取れるのは飄々としたおかしみ。石ころに風が吹くように死骸の鼻の穴を秋風が吹き通う。人も死ねば石ころと同じ。こう詠まれたことで死骸には生きる苦悶から解放された安堵すら漂っているようだ。

掲句の何句か後にも死を詠んだ、世間的にはもっと有名な句がある。この年、自死した「芥川龍之介氏の長逝を深悼す」と前書を付した「たましひのたとへば秋のほたるかな」という句。こちらは「秋のほたる」としたことでしんみりと湿っぽい句になった。蛇笏の代表句の一つであることはもちろんだが、やや観念的な嫌いがなくもない。私は「死骸や」の掲句のほうを上に置きたい。

蛇笏は虚子の弟子として出発したが、虚子の唱えた「客観写生」を突き破る句を詠んだ。さりとて主観や抒情をたっぷり含ませた句でもない。彼は主観・客観を超えた「超主観的句境」と言った。「たましひ」の句よりも「死骸や」の掲句がそれに近いと思う。

# くろがねの秋の風鈴鳴りにけり　蛇笏

『霊芝』

『霊芝』昭和八（一九三三）年の項にある蛇笏の代表句の一つ。彼の句を取り上げてゆくと秋の句ばかりになる。もちろんほかの季節の句もたくさん詠んではいるのだが、秀吟は秋の割合が高いのではないか。恐らく蛇笏自身が秋という季節を最も好ましく思っていたからだろう。

掲句の句意は、夏に吊った風鈴を秋になって取り外すのを忘れていたが、秋風に吹かれて鳴る音で気づいたということ。「けり」という詠嘆の助動詞で軽い驚きを表している。句の印象を鮮明にしているのは「くろがねの秋の風鈴」と形容の「の」を重ねて一気に読み下しているところだろう。「くろがね」は漢字で書けば「鉄」だが、ひらがな書きで字数を増やしたことで句の重心が上五中七の風鈴に掛かり、小さな風鈴があたかも梵鐘のような大きな存在感を持った。秋は「白秋」ともいうから、「くろがね」との色彩のコントラストも際立つ。

蛇笏はそのいかめしい俳号や、山に囲まれた自宅を自ら「山廬」と呼んで仙境を思わせたことで、近寄りがたい山岳俳人の印象を抱かせる。しかし実は瑞々しい感性を持った俳人だった。秋風に吹かれて鳴る風鈴に驚いたのもそんな感性ゆえだろう。

# 誰彼もあらず一天自尊の秋　蛇笏

『椿花集』

七十七年を生きた蛇笏は最後の最後まで俳句を詠み続けた。しかも息子の龍太によれば口述を許さず、枕辺の手帳に書き、家族が確認して清記したという。掲句は遺句集となった『椿花集』（龍太編）の掉尾に置かれ、辞世の句と見ていい。「椿花」は蛇笏の愛した花。「自尊」とは「自尊心が高い」などと日常的に使われる言葉。他人の干渉を受けずに自らの信ずる道を歩む心持ちをいう。蛇笏は終生芭蕉を敬愛していたから、彼の自尊とは芭蕉が弟子の許六に送った言葉「予が風雅は夏炉冬扇のごとし（私の俳諧は世間に無用のもの）」の生き方を自ら実践してきたという自尊に他ならないだろう。蛇笏は上京して早稲田大学に通い小説や詩などにも手を染めたが、総領として家を継ぐため二十四歳で中退し帰郷した。この時に彼の俳句一筋に生きるという方針は定まった。他人がどうこう言おうが、実社会では全く役に立たず収入や地位とも無縁だろうが、自分は俳句なのだと。

掲句の格調を高くしているのは「一天」という言葉だろう。これがなければただ浮世離れした心持ちを詠んだだけの句になるが、この言葉によって秋天と向き合う爽やかな気分がみなぎる。もう一つ辞世を思わせる句に「夏雲群るこの峡中に死ぬるかな」（『山響集』）もある。夏雲に埋もれ仙人のように死ぬ静かな心境を詠んだ。

## 何もかも知つてをるなり竈猫《かまどねこ》　富安風生《ふうせい》

（一八八五～一九七九年）『十三夜』

猫は寒がりだから冬は苦手だ。炬燵にもぐりこんで寝たり、昔は火を落とした竈の灰にもぐったりもしたらしい。歳時記の冬の項にはかじけ（悴むこと）猫や炬燵猫、へっつい（竈のこと）猫、灰猫とともに「竈猫」がある。掲句を嚆矢とする風生の造語という。煮炊きの後の温かい竈でじっと丸くなっている猫は家族の赤裸々な様子もすべて見ているのだという句意。猫は話せないから人間のように他人に漏らすことはないだろうけど、滑稽な味わいとともにほの怖さもある。

風生は愛知出身で東大卒業後、当時の逓信省に入り官僚となった。俳句は少年時代も詠んだようだが、本格的に始めたのは大正七（一九一八）年、赴任先の福岡時代という。翌年に初めて虚子に会い、「ホトトギス」へ投句するようになった。掲句を収めた『十三夜』は第二句集で昭和十二（一九三七）年刊。前年に逓信次官となり官僚としてトップに昇りつめたが、一年ですっぱり退き天下りもしなかった。

折しもこの年は軍部の独走で日中戦争が始まり、国は戦争の泥沼へはまりこんでゆく。風生は官僚の嗅覚でこのまま公人でいたら身の危険だと察知したのではないか。戦後、危うく戦犯にならずに済んだ。それを思い併せると掲句も意味深だ。

# 第三部　俳句の多様化

＊

明治から大正にかけ俳句の大衆化が進み、高浜虚子の「ホトトギス」はガリバー型結社として俳句界を席巻します。ホトトギスでなければ俳人でないといわれた時代です。ところが昭和に入ると、虚子の高弟の一人、水原秋櫻子が「客観写生」をめぐり虚子と決別します。虚子は自身主観の強い句を詠む一方、弟子たちにはカメラワークのように目前の対象を細かに描写することを求めましたが、秋櫻子は抒情を打ち出すことを主張します。

こうしてホトトギスの一極支配は崩れ、俳句界は群雄割拠の時代に入ります。正岡子規の高弟だった河東碧梧桐の系譜からは「自由律俳句」が生まれ、尾崎放哉や種田山頭火が現れます。

戦時色が濃くなると、戦争や人間の実相を詠む「新興俳句運動」が起こり、無季俳句も生まれます。新興俳句の担い手たちは特高警察に弾圧されましたが、戦後復活し、さらに社会問題を詠み有季定型に縛られない「社会性俳句」や「前衛俳句」も生まれます。こうした潮流は現代に至るまで続いています。

# すばらしい乳房だ蚊が居る　尾崎放哉《ほうさい》

（一八八五〜一九二六年）『放哉全集』第一巻

なぜ「自由律俳句」は生まれたのだろうか。子規は『俳諧大要』でこう述べている。「俳句には一定せる音調あり。その音調は普通に五音七音五音の三句を以て一首と為すといへども、あるいは六音七音五音なるあり、あるいは五音八音五音なるあり、あるいは六音八音五音なるあり、その他無数の小異あり。故に俳句と他の文学とは厳密に区別すべからず」。子規のこの定義には、必然的に自由律が生まれる余地があったと思う。

子規が仮に長生きして自由律を認めたかは分からないが、弟子の河東碧梧桐は子規没後、「新傾向運動」で有季定型を崩した。その系譜から自由律を掲げる荻原井泉水《せいせんすい》が出て、さらにその門下から放哉や種田山頭火が現れた。

放哉は鳥取生まれ。東大法学部卒のエリートだったが、酒癖の悪さで社会的地位を失い、小豆島の堂守として孤独のうちに四十二歳で死んだ。「咳をしても一人」「足のうら洗へば白くなる」など境涯詠が知られるが、掲句のような鋭い描写の眼の利いた作品もある。

放哉は書簡（大正十四年十一月十二日付け飯尾星城子宛て。『放哉全集』第二巻）で、掲句について「之は…今迄の和歌の境地を俳句で、トツテしまふ句なのです」と自解している。「トツテしまふ」とは和歌の雅な世界を俳句の俗な言葉に換骨奪胎するという意味か。

# 咳をしても一人　放哉

『放哉全集』第一巻

五・七・五の定型俳句は、子規が連句から発句を独立させて生まれ、後継者の虚子がその箍を締めた。和歌の時代も連歌の時代も、韻律は五音七音。大和言葉のリズムにかなっているからだろうか。歌舞伎作者の河竹黙阿弥が書いた七・五調のセリフに観客が心地よさを感じるのも同じ理由だろうか。

ところが、碧梧桐はこの定型を崩し、井泉水や放哉、山頭火ら自由律俳人は五音七音のしがらみを解き放った。ただし放哉も若いころは定型俳句を詠んでいた。「国民新聞」「ホトトギス」などに掲載され、『放哉全集』第一巻の解説によれば、二百八十八句にのぼるという。そんな放哉がなぜ自由律に転じたのか。大正七（一九一八）年二月一日付け井泉水宛て書簡で、定型から自由律へ転じることを、三期に分けて禅の悟りを開く過程に比している。「俗人の第一期を俳句の月並や写生に満足して居た時期と見ますと、第二期は、今日層雲に於て私が進みつゝある時期と見る事はいけないでせうか」（『放哉全集』第二巻）

全集にある放哉の自由律句を見ると、晩年になるにしたがって短くなってゆくのが分かる。掲句は亡くなった大正十五年の作。禅味に満ちていて、六音と三音の韻律が静かで心地よい。

# 分け入つても分け入つても青い山　種田山頭火《さんとうか》

（一八八二〜一九四〇年）『草木塔』

社会や家庭に身を置いて、日々管理されながら生きている我々は「漂泊」という言葉にあこがれる。特に男には強いように思われる。日本の詩歌の歴史には漂泊者の系譜がある。その代表格は言うまでもなく西行、芭蕉だろう。ただし西行は経済的な裏付けがあったらしく生活に困らなかったようだし、芭蕉も最期は多くの門人に看取られて畳の上で死んだ。

この二人に比べると、明治以降の漂泊者は井上井月も放哉も山頭火も末路は悲惨だった。漂泊者である以上、もとより覚悟の上だろうが、産業近代化による社会変容も影響しているのではないだろうか。ただしこの三人のうちでも、孤立感のより強い井月、放哉に対して、山頭火は各地を転々としながらも、困れば友人や元妻を頼った。頼られる方も何となく憎めないところがあった男ではなかったか。

掲句には「大正十五年四月、解くすべもない惑ひを背負うて、行乞流転《ぎようこつるてん》の旅に出た」と前書がある。前年に出家して熊本の堂守となったが、孤独に耐えかねて旅に出た。「分け入つても」のリフレインが抒情性を強め、山国日本への郷愁を誘う。山頭火といえば掲句と「鉄鉢の中へも霰《あられ》」がよく知られる。「鉄鉢」の句は「も」が説明的で、私にはどうも余計な感じがしてしまう。

## どうしようもないわたしが歩いてゐる　山頭火

『草木塔』

同じ自由律俳人でも、放哉と山頭火の句には相違がある。第一に、放哉の句が晩年に向かうにしたがって短くなってゆくのに対して、山頭火の句はあまり変わらない点。第二に、放哉の句は「さみしい」など感情をあからさまに出さないが、山頭火の句は多いという点。「まつすぐな道でさみしい」（『草木塔』）、「さびしい手が藪蚊を打つ」（『落穂集』）、「ぽりぽりさみしいからだを掻く」（同）、「かなしいことがある耳かいてもらふ」（同）など。

第三は、放哉の自身を詠んだ句が「足のうら洗へば白くなる」「肉がやせてくる太い骨である」（いずれも『放哉全集』第一巻）など、水平の目線で詠まれているのに対して、山頭火の場合は、掲句や「うしろすがたのしぐれてゆくか」（『草木塔』）などがそうだが、山頭火の目が高みから自身を見下ろしているようだ。能の大成者・世阿弥は「後姿を覚えねば、姿の俗なる所をわきまへず」（『花鏡』）と「離見の見」ということを説いた。掲句などにもこの離見の見の目が感じられる。

言い換えれば、掲句には舞台に立つ役者のような、ややナルシシズム（自己陶酔）的な目線があるといえようか。山頭火について金子兜太は、井月や放哉の遁世に比べて「生ぐさい乱れこそ山頭火の魅力」（『種田山頭火――漂泊の俳人』）と書いている。

# 風に落つ楊貴妃桜房のまゝ　杉田久女《ひさじょ》

（一八九〇〜一九四六年）『杉田久女句集』

「楊貴妃桜」は淡い紅色の八重桜。唐の玄宗皇帝の寵姫だった楊貴妃さながらに匂うような妖艶さがある。それが風に吹かれて「房のまゝ」落ちたのだ。楊貴妃その人が閨房の床に身を投げ出したように奔放な句だ。久女には花を詠んだ「花衣ぬぐやまつはる紐いろ〳〵」という有名な句もあるが、いずれにしても久女のナルシシズムを強く感じさせる。二十九歳の時の「花衣」の句は虚子が長い評言を寄せているし、掲句は四十一歳の時に「ホトトギス」雑詠欄で初めて巻頭を得た五句の中の一句。

彼女は官吏の父の仕事の関係で少女時代を沖縄や台湾で過ごし、東京のお茶の水高女を卒業後に中学の美術教員の夫との間に二女を産んだ。大正期に入りホトトギスに女性向け投句欄（いわゆる台所雑詠欄）ができて女性が大挙俳句を詠むようになった。久女もその一人で、最初に台所雑詠欄に句が載ったのが大正六（一九一七）年、二十七歳の時だった。その後ぐんぐん頭角を現してゆく。

小説や随筆もよく書いた。文才があったのだろう。彼女の写真を見ると女優にしてもおかしくない目鼻立ちが整った美人。ナルシシズムとプライドの高さが風貌によく表れている。

# 紫陽花《あぢさゐ》に秋冷いたる信濃かな　久女

『杉田久女句集』

久女には女の性《さが》を強く感じさせる前の句などのほか、「谺して山ほととぎすほしいまゝ」のような大柄な句もある。掲句は秋になっても咲き残る山国の紫陽花に冷気が下りてきた様子を、母音のイ音を連ねて詠んでいる。いかにも歯切れのよい句だが、傍らに置けばなんとなく疲れそうだ。

久女は「ホトトギス」で何度も巻頭を得て、昭和九（一九三四）年に同人となる。虚子に度々句集上梓の希望を伝えて序文を乞うたが、なぜか許されなかった。プライドの高い彼女にすれば我慢ならなかっただろう。女性俳人で随一の才ある自分が中学教員の妻に甘んじているのはおかしいと思ったのか「足袋つぐやノラともならず教師妻」と詠んだ。

昭和十一（一九三六）年、久女は日野草城らとともにホトトギス同人を除籍となった。草城の除籍理由は無季俳句容認だったが、久女の理由を虚子は示さなかった。昭和二十一年、久女は福岡県太宰府の保養院で孤独のうちに五十五歳で没した。その二年後、虚子は『國子の手紙』という創作の体裁で除籍前後の久女からの二百三十通の手紙の一部を公開した。手紙で彼女は自己評価と現実との落差の苦しみを吐露し虚子に訴えている。虚子は「をかしいな」と思った、と書いている。

# 永き日のにはとり柵を越えにけり　芝《しば》不《ふ》器《き》男《お》

（一九〇三～一九三〇年）『定本芝不器男句集』

鶏は一昔前の農村では庭に放し飼いにされていた。掲句もそんな鶏を想像する。ほかの鳥のように空高くは飛べない。羽ばたいてもせいぜい一メートル飛び上がるくらいだろうか。周囲には柵が設けられていて、鶏にはふつうは越えられない高さだが、春の日永、何度目かの挑戦で鶏は柵を越えることができた。「越えにけり」という詠嘆の表現から、作者は挑戦の一部始終を眺めていたに違いない。

近代の写生句は時間をある時点で静止させて詠まれることが多い。掲句も鶏が柵を越えた一瞬を切り取っているが、「永き日のにはとり」としたことで時間に厚みが生じ、鶏の気の遠くなるような挑戦の繰り返しがありありと目に浮かぶ。

不器男は特定の師は求めず、虚子や蛇笏、石鼎、秋櫻子などさまざまな俳人から広く学んだ。「あなたなる夜雨の葛のあなたかな」「白藤や揺りやみしかばうすみどり」など五・七・五の定型の中で時間や空間を自在に行き来し、色彩感覚に独自の冴えを見せた。肉腫で二十七年の短い生涯を終えたことが惜しまれる。

# 朴散華即ちしれぬ行方かな　川端茅舎《ぼうしゃ》

（一八九七〜一九四一年）『定本川端茅舎句集』

朴はモクレン科の落葉高木で樹高は二十〜三十メートルにも達する。初夏の頃、二十センチくらいはあろうかという九弁の白花が咲く。樹下にいても甘くてよい香りがする。東京・新宿御苑の大樹の花を毎年見に行くが、少し花期を外れるともう花は跡形もない。同時期の泰山木の花のように地面に落ちているのを見かけたこともない。なぜだろうかといつも不思議に思う。掲句の「朴散華」とは朴の花が散ることだが、「即ちしれぬ行方かな」と、たちまち花片が消えてしまったと詠んでいる。

茅舎の句は大正四（一九一五）年に「ホトトギス」に初入選している。大正期は画家を志したが、病弱のため昭和に入ると俳句に専念した。掲句の「散華」とは本来仏教用語で、僧が声明《しょうみょう》（法要の声楽）で蓮の花弁に見立てて撒く五色の紙片のこと。茅舎は仏教の素養が深く、掲句以外にも仏教用語を駆使した句が多い。朴散華も彼が初めて使った季題（季語）ではないだろうか。昭和十六（一九四一）年に四十三歳（四十歳とも）で没。掲句は自らの死を朴散華に見立てた辞世の句だろう。師の虚子は早世を惜しみ、「示寂すといふ言葉あり朴散華」と、掲句に唱和するように追悼句を詠んだ。

# 葛飾や桃の籬《まがき》も水田べり　水原秋櫻子《しゅうおうし》

（一八九二〜一九八一年）『葛飾』

葛飾は荒川と江戸川に挟まれた東京の東端に位置し、千葉や埼玉と都県境を接する。今は東京のほかの地域同様に都市化が進んでいる。掲句のような水田が広がり、桃の花咲く籬があるなどという風景は近代化以前、江戸や明治も初めの葛飾だろう。

秋櫻子の第一句集『葛飾』にはほかにも「梨咲くと葛飾の野はとの曇り」「連翹や真間の里びと垣を結はず」などのどかな句が並ぶ。秋櫻子は明治二十五年生まれだから、少年の頃に訪れた葛飾を回想しながら詠んでいるのだ。いや回想を超えて心の中で美しく作り上げた秋櫻子だけの葛飾といってもよい。

『葛飾』が上梓されたのは昭和五（一九三〇）年。秋櫻子はこの翌年、「自然の真と文芸上の真」という俳論を発表して師の虚子の唱える「客観写生」を批判、袂を分かつことになる。句作上で秋櫻子が最も大事に考え、虚子と相容れなかった点は掲句に見られるような抒情性だろう。秋櫻子は現実にある自然の風物を自分の理想とする美しい形に仕立てようとする。虚子は自分の好きなように詠むのは同じでも美化しようとは考えない。時には酷薄非情に詠む。『葛飾』を読んだ虚子は秋櫻子に「あなたの句はもう底が見えた」と言い放ったという。

# しぐれふるみちのくに大き佛《ほとけ》あり　秋櫻子

『岩礁』

昭和十（一九三五）年の作。但し書きに「会津、勝常寺」とある。秋櫻子は仏像好きであちこちの寺院を訪れている。「大き佛」とは勝常寺の薬師如来坐像だろうが、「みちのくに大き佛あり」とざっくりと詠んだことで句柄は大きくなり、読み手に自由な想像を許してくれる。ちなみに『葛飾』にも法隆寺・百済観音像を詠んだ「春惜むおんすがたこそとこしなへ」という句がある。こちらは仏を「おんすがた」と尊称で表現し、「とこしなへ」と秋櫻子の主情が強く出ている。どちらもいい句だが、余韻の深さは掲句が上だと思う。実際に降っていたのかもしれないが、上五に「しぐれふる」と置いたことで朝廷や鎌倉幕府に滅ぼされた安倍一族や奥州藤原氏などみちのくの悲壮の歴史も連想されて句の奥行きはなお深い。

秋櫻子が虚子と決別したきっかけは「ホトトギス」で4Sと併称された高野素十との確執が大きい。素十の句「甘草の芽のとび〳〵のひとならび」を秋櫻子は「草の芽俳句」と揶揄したが、虚子は客観写生の好句と評価した。これに秋櫻子は落胆を感じた。しかしたとえば掲句と、同じ「しぐれ」を詠んだ素十の「翠黛《すいたい》の時雨いよいよはなやかに」とを比べれば句作上の大きな相違は感じない。客観と主観を峻別するなど土台無理なのだ。

# 甲斐の鮎届きて甲斐の山蒼し　秋櫻子

『帰心』

甲斐に住む人から鮎が送られてきた。「届きて」の後で句は軽く切れて、「甲斐の山蒼し」と続く。鮎が届いたことは現実の出来事であり、甲斐の山が蒼いというのは鮎を見ている作者の心の世界、感懐である。むろん作者は以前甲斐を訪れ、山の蒼さを実際に見ている。鮎がその思い出を呼び覚ました。読んでいて「甲斐」のリフレインが心地いいし、「届きて」を除けば、すべての文節が母音のア音で始まっていることによって、夏にきらめく川面のように句を明るくしている。

秋櫻子は医学生時代に俳句を始め、虚子の指導を受け「ホトトギス」で頭角を現す。しかし次第に虚子の唱える「客観写生」に疑問を抱くようになる。昭和六（一九三一）年、後に自身が主宰する「馬酔木《あしび》」で主観や抒情がより大事なことを説いて、虚子と決別した。秋櫻子の代表句といえば、掲句などよりは「瀧落ちて群青世界とゞろけり」などが挙げられるだろう。主観や抒情が盛り込まれているのだろうが、言葉が装飾され過ぎてはいないか。むしろ掲句のような句に深い味わいを覚える。

# 六月やあらく塩ふる磯料理　秋櫻子

「馬酔木」昭和五十六年七月号

秋櫻子は昭和五十六（一九八一）年七月十七日、八十八歳の天寿をまっとうした。彼には辞世らしき句はないようだ。最後まで淡々と身辺の風物を詠み続けた。

掲句は亡くなった月の主宰誌に発表された。編笠鯛（編み笠に包まれた鯛）を詠んだ句など磯料理の連作の一句。梅雨の頃の「六月や」という季語が「あらく塩ふる」という措辞と響き合って動かない。門下の石田波郷の句「六月の女すわれる荒筵」を彷彿とさせる。もはや抒情など抜け落ちたような巧まない詠みぶりが長い句歴を歩んだ末の達観を感じさせる。亡くなった翌月の主宰誌に発表された「紫陽花や水辺の夕餉早きかな」もあわあわとした身辺詠。

虚子と決別して「馬酔木」を主宰した秋櫻子のもとには山口誓子、加藤楸邨、波郷という、その後の俳壇に大きな影響をおよぼす三人が参集した。「馬酔木」は、虚子の「ホトトギス」、蛇笏の「雲母」とともに大きな勢力となる。ほかにも秋櫻子門下の能村登四郎、藤田湘子などは現代の若手俳人まで連なる師系を築いている。秋櫻子が虚子と決別したことは後の俳句の世界を多様化させ、活性化させるという意味では幸運な事件だった。

# 方丈の大庇《おおびさし》より春の蝶　高野素十《すじゅう》

（一八九三〜一九七六年）『高野素十自選句集』

「方丈」は本来、一丈（約三メートル）四方の小部屋のことだが、掲句では禅寺などの本堂のことだろう。鎌倉の建長寺や京都の建仁寺など大寺を思い浮かべる。その方丈の黒々と突き出た大庇の陰から、ひらひらと「春の蝶」が飛び現れたというのだ。

ただ「蝶」といえば春に見かける紋白蝶や紋黄蝶など小さな蝶のことで、揚羽蝶など大きな「夏蝶」とは区別される。作者があえて「春の蝶」と詠んだことで、大庇の黒と小さな蝶の白（であろう）のコントラストを読み手に鮮やかに印象づけている。

素十は東大医学部研究生時代、同僚の秋櫻子の感化で俳句を始めた。素十は虚子の客観写生に最も忠実な弟子だった。「甘草の芽のとび〳〵のひとならび」などの句を、主観を重視する秋櫻子は「草の芽俳句」と揶揄した。虚子の素十絶賛が、秋櫻子が虚子と決別する引き金になった。素十には只事のような写生句も多い。掲句や「大榾をかへせば裏は一面火」も眼前の写生句には違いなかろう。だが、どんな景をどんな言葉で切り取るかで、作為的な主観句をはるかに凌ぐ句にもなり得る。

# 滝の上に水現れて落ちにけり　後藤夜半《やはん》

（一八九五～一九七六年）『翠黛』

上五の「滝の上に」を読み手はどう読むのだろうか。「たきのうえに」と六音で読めば五拍の中で一音が定型（五音）より速くなる。「たきのえに」と五音ならば通常の速さで読める。おそらくここは「たきのうえに」と読むほうがよい。滝の上に次々と現れる水の忙しい感じが出るからだ。それとは対照的に中七下五の「水現れて落ちにけり」という措辞はまどろっこしいくらいゆったりしている。滝の上でぐっと収縮した水が、その直後にはゴムのように伸びる。この水の変化を掲句は的確に言葉にしている。

名句の条件の一つは、誰もが日頃心に感じていながら言えなかったことを言葉にした句だろう。滝の本質をかくまで的確に言葉にできたことで不朽の名句となった。

夜半は大阪生まれで証券業界のサラリーマンだった。虚子に師事し、掲句は大阪・箕面の滝を見て作り、昭和六（一九三一）年に「日本新名勝俳句」の虚子選に入選した。この句を詠んだ時、あるいは夜半の頭の片隅には師の句「桐一葉日当りながら落ちにけり」（『五百句』）があったのかもしれない。「客観写生」の句というよりも宇宙の原理をとらえた句だろう。

# 春の灯や女は持たぬのどぼとけ　日野草城《そうじょう》

（一九〇一〜五六年）『花氷』

「ホトトギス」帝国を擁する虚子は、大正初めの前田普羅や原石鼎、飯田蛇笏ら俊秀にはおのおの独自の道を進めと説いた。ところが、大正末年からは一転、額面通りの「客観写生」句を唱道した。

ホトトギスに流入してくる大衆初学者が好き勝手な句を作ることを制御するためだった。この結果、ホトトギスには目の前のものを忠実に写し取る凡庸な句が多くなり、これに反発した秋櫻子は昭和六（一九三一）年、ホトトギスを離脱。ホトトギス一極集中が崩れ、俳壇は多極化へ動き出した。草城が登場してきたのはそんな時期だった。彼は京都帝大に入学した二十一歳でホトトギスの虚子雑詠選で巻頭を飾り、二十四歳で課題句選者に抜擢された。掲句を収めた第一句集『花氷』を二十七歳の昭和二年に上梓した。

草城は女性を盛んに詠んだ。掲句は春灯に浮かんだ女の柔らかな首を「女は持たぬのどぼとけ」と言い留めた。第三句集『昨日の花』（昭和十年）では「ミヤコホテル」と題した連作で妻との初夜の様子を艶めかしく詠んだ。妻とは実際にはこの四年前に結婚しているのだが、物議を醸した。モダンで都会的な句風はホトトギスの中で異彩を放った。

# 切干やいのちの限り妻の恩　草城

『人生の午後』

戦前の草城は豊かな才に恵まれて軽やかな句を詠むかたわら、京都帝大を卒業して保険会社に入り出世してゆく。いわば絵に描いたような順風満帆の人生だったが、この頃の句はどれもやや軽佻浮薄の観がある。

彼のもとにはその句風に惹かれた富澤赤黄男、西東三鬼、桂信子など戦後まで活躍する若い俳人が集まった。草城は推されて主宰となり、新しい俳誌「旗艦」が昭和十（一九三五）年に創刊された。自由主義を標榜する同誌は無季俳句も容認し、「新興俳句運動」の拠点となる。だがそれゆえ翌年、草城は「ホトトギス」を除籍された。

戦時色が強まった昭和十五年には、「京大俳句事件」と呼ばれる、特高警察による新興俳句運動弾圧が起こり、これを機に草城は旗艦主宰を退く。同二十年には戦災で家財や蔵書を失い、さらに肺炎などにより寝たきりの生活を余儀なくされ保険会社も退職した。昭和二十八年に上梓された第七句集『人生の午後』には文字通り晩年の句が収められている。掲句もその一つで身動きのままならない我が身を献身的に支える妻への巧まない思いを吐露している。同三十年に再びホトトギス同人となるも翌年、五十六歳で死去した。

# 月の山大国主命かな　阿波野青畝《せいほ》

（一八九九～一九九二年）『紅葉の賀』

『古事記』には大国主命《オオクニヌシノミコト》の話がさまざま出てくる。その一つが三輪山伝説。崇神天皇の時代、疫病が流行した。天皇の夢に大物主神（大国主命のこと）が現れて、「私の子孫を祭主として、私を三輪山に祀れば収まる」と告げたので、天皇がその通りにすると疫病は収まったという。以来、三輪山は大国主命のご神体とされる。

掲句には「三輪山」と前書があり、「月の山」は三輪山のことだ。作者は月をいただいた三輪山を仰ぎながら、自然と「大国主命かな」が口をついて出たのだろう。余計な言葉をそぎ落として句柄は実に大きい。皓々と照らされた「月の山」という眼前の景に、神話の世界が立ち上がり、作者の心に大国主命の巨大な姿が浮かんだに違いない。

青畝は鬼城と同じく聾者。生活の苦しかった鬼城ほど狷介固陋ではなかったが、頑固ではあった。「客観写生」に不満を訴える手紙を師の虚子に送ってたしなめられたが、虚子を主観俳人と看破した。秋櫻子、素十、誓子とともに昭和の四Sと並び称され、掲句同様、闊達で大柄な句を得意とした。九十三歳まで長生きした。

# 外にも出よ触るるばかりに春の月

中村汀女《ていじょ》 （一九〇〇〜八八年）『花影』

上五は「とにもいでよ」と字余りに読ませるのだろう。この命令形を声に出して読んだ時、一音が短くなり、「早く外に出なければ」と急かされるような気分になる。これが掲句を成功させている眼目。先に外に出ていた作者が、手に触れんばかりに大きな春の月に感動して屋内にいる人（家族や友人だろうか）に「早く」と急かす気分が表れている。この上五の性急さが、対照的に中七以下の措辞に春夜らしいゆったり感を醸し出した。

江戸期までの俳諧の時代はもとより、明治の子規による俳句革新以降も、俳人の大半を占めたのは男性だった。ところが虚子が大正期、「ホトトギス」に女性向け投句欄を設けたことで、女性俳人が一気に進出した。主な題材を家庭の台所に求めた句が多かったため「台所雑詠欄」と呼ばれた。虚子の娘の星野立子、三橋鷹女、橋本多佳子、杉田久女らが頭角を現した。汀女もその中の一人。

女性ならではの情念を前面に出して詠むタイプが多かった中で、汀女はあまり性差を感じさせない穏和な句風。掲句には男性と見紛う句柄の大きさもある。息長く詠み続け、八十八歳の天寿を全うした。

# 赤く見え青くも見ゆる枯木かな　松本たかし

（一九〇六〜五六年）『松本たかし句集』

歌舞伎座に行く楽しみはむろん舞台の上の芝居だが、それに加えて二階ロビーに飾られている東山魁夷、河合玉堂、奥村土牛ら巨匠の名画を間近に鑑賞できるのも大きな至福。中でも圧巻は一階から二階へ上がる階段の踊り場頭上に掛けられた川端龍子の「青獅子」という大作。青い巨大な獅子がこれまた巨大な白牡丹をくわえた構図。歌舞伎でしばしば掛かる演目に「獅子物」があるから、歌舞伎ファンなら誰しもこの絵に感銘を受けるはずだ。

掲句を読むと、この「青獅子」を連想する。青い獅子など実際にはいないだろうから、あれは龍子の想像の産物。枯木も太陽や月の光の加減などで微妙に色彩は変わるとしても、たかしが「赤く見え青くも見ゆる」と詠んだ枯木はたかしの想像の産物にちがいない。たかしの師の虚子は「客観写生」を唱えたが、あれは経験の浅い初学大衆向けのお題目で、虚子の本意はあくまでも客観を超える主観の横溢した句だった。その意味では掲句もたかしの主観がとらえたシュールな世界だろう。龍子の異母弟がたかしと親しかった川端茅舎。たかしは能、茅舎は絵を志したが、ともに病弱ゆえ俳句に専心した。

# 夢に舞ふ能美しや冬籠　たかし

『石魂』

能の修業は厳しい。歌舞伎ほどではないが、能も父から子へ世襲の色濃い世界で、名手の思い出話などを見聞きすると、昔は父に容赦なく殴られながら稽古するようなことがあったようだ。さすがに今は手を上げることはなくなっただろうが…。橋掛りを登場する能シテ方の動きはゆったりとしている。扇を手にした指先まで神経が研ぎ澄まされて、それでいて柔らかに舞う。

たかしは、宝生流シテ方の家の長男に生まれた。父の松本長《ながし》は名手といわれた人。たかしも幼少から能の修業に入り、八歳で初舞台を踏んだ。しかし十代で肺尖カタル（結核）を患い、神経衰弱も高じて二十歳の頃に能役者の道を断念した。以後は鎌倉市浄明寺に住み、同じ鎌倉住まいの師・虚子に教えを受けた。二十三歳で「ホトトギス」同人となる。

断念したとはいえ、掲句などを見ると、たかしの中では常に能への思いが埋火のように静かに燃え続けていたように思える。「夢に舞ふ」という措辞が「冬籠」の季語と相まって哀しく、そして美しい。ほかにも「仕《つかまつ》る手に笛もなし古雛」「秋扇や生れながらに能役者」などの句もある。三浦半島・三崎港の海を見下ろす高台の禅寺にたかしの小さな墓がある。

# 唐太の天ぞ垂れたり鰊《にしん》群来《くき》　山口誓子《せいし》

（一九〇一～九四年）『凍港』

日本が返還を求める北方四島のロシアとの交渉はいつ決着するとも知れない。二〇二二年にロシアがウクライナに軍事侵攻したことで、交渉はますます遠退いた。戦前は日本領で、その北に広がる千島列島や樺太の南半分もそうだった。樺太は古くは掲句のように「唐太」と書かれたらしい。長く国境が確定しなかったが、明治八（一八七五）年のロシアとの条約で千島は日本、樺太はロシアと確定し、同三十七～三十八年の日露戦争の結果、樺太の南半分も日本が得た。誓子の外祖父は明治四十四年、樺太日日新聞社長となった。母が自死して、小学生の誓子もその翌年から五年間、樺太で暮らした。

『凍港』には当時盛んだった鰊漁を詠んだ掲句のほか、句集名を含む「凍港や旧露の街はありとのみ」、アイヌの熊祭を詠んだ「熊ゆきぬ神居のくにへ贄として」、流氷を詠んだ「流氷や宗谷の門波荒れやまず」など、少年誓子の見た北辺の島の荒々しい風土風習が句になり収められている。おそらく多感な少年期を樺太に送ったことは誓子の生涯にわたって影響を与えたにちがいない。彼の後年の句に共通する寒く暗い心象がそれを証明している。ただし句の作り方は樺太を去って後、出会うことになる虚子の唱えた「客観写生」に忠実なものだった。

# 夏草に汽罐車の車輪来て止《と》まる　誓子

『黄旗』

『自選自解　山口誓子句集』によれば、汽罐車が大阪駅構内のはずれまで来て止まった景を詠んだとある。「機関車」とせず「汽罐車」と表記したのは小形をイメージしたからだという。あたりには夏草が生い茂っていた。誓子は「止まるということは車輪が止まることであった」と書いている。すなわち眼目は汽罐車の一部分である「車輪」、ここに誓子のこだわりがある。

別の俳人なら「夏草に機関車の来て止まりけり」とでも詠むかもしれない。鋼鉄の大きな塊と青々と風にそよぐ夏草。これでも取り合わせの面白さはあるが、誓子の眼はカメラをズームアップするように汽罐車の大きな車輪に絞られた。「モンタージュ」と呼ばれる方法だ。

俳句とは叙情詩ではなく叙物詩であると誓子は定義する。誓子の弟子の一人、秋元不死男は「俳句もの説」（俳句はものに執着する詩）を唱えたが、誓子の叙物詩とつながっているだろう。誓子はつまらない現実に感動を与えるために異質な物と物とを火花が散るように対峙させると説いている。掲句の「夏草」と「車輪」は緊張状態を保ちながら対峙しているのだ。もう一つの代表句「夏の河赤き鉄鎖のはし浸る」（『炎晝』）も似たような構成だ。

# 海に出て木枯帰るところなし　誓子

『遠星』

掲句を一読すれば、芭蕉と同時代の池西言水の代表句「凩の果はありけり海の音」を連想する。誓子も言水の句が念頭にあったかと思うが、両句から受ける印象は全く異なる。言水の句は「果はありけり」と詠んだことで、無尽に吹き荒れるかに見えた凩に安らかな終焉の場を与えている。誓子の句は「帰るところなし」という否定形で、「木枯」の無限の淋しさを際立たせた。

この句が詠まれたのは戦争中の昭和十九（一九四四）年。同十年に誓子は若い頃に患った肋膜炎が再発し、生死の境をさまよった。転地療養を繰り返して同十六年、三重県四日市に移り、翌年には勤務先の住友本社を退職した。当時彼の周囲に集まった新興俳句系の人々に対する特高警察の弾圧が昭和十五、十六年に行われている。誓子にとっては肉体的にも精神的にも苦悶の日々が続いていたのではないか。掲句の「木枯」とは誓子自身にほかならない。

『遠星』には掲句とともに代表句である「炎天の遠き帆やわがこころの帆」が収められているほか、「蟋蟀がわれの衾に夜を明かす」「蚊帳の外をゆくげじげじを殺さしむ」「身をくねる百足虫を見れば必殺す」「舟虫がわが腹這へる畳まで」など常軌を逸した句も並ぶ。

# 蟋蟀《こほろぎ》が深き地中を覗き込む　誓子

『七曜』

秋になると大気が澄み、水が澄み、音が澄む。鈴虫や松虫など秋の虫の澄んだ声を愛でる文化は古来、日本人特有のものだろう。さまざまな虫の声を聞き分け、そこに風情を感じ、盛んに詩歌に詠んできた。「蟋蟀」は秋の虫の総称でもある。

ところが掲句は「深き地中を覗き込む」とやや奇怪な様子を描いている。実際に蟋蟀がそういう様子を見せたのかもしれない。誓子の自解にはそうある。続けて「私も、地面の穴を覗き込んだことがあった」（『自選自解　山口誓子句集』）と書き、蟋蟀を自画像のように描いている。詩歌の伝統は断ち切られ、蟋蟀に近代俳人の憂愁を仮託している。

誓子の句歴は長く多彩だ。最初は虚子につき「ホトトギス」同人となるが、やがて秋櫻子の「馬酔木」に移る。戦後になると新興俳句系の人々に推されて主宰誌「天狼《てんろう》」を創刊した。彼の句風は一言でいえば都会的で無機質。虚子の花鳥諷詠や秋櫻子の抒情とは別世界だろう。スポーツ用語などカタカナ季語を持ち込み新機軸も見せた。誓子の句風が無季俳句を誘発した面もあるが、自身は有季定型を固守した。

# 舟虫が潑《はつ》溂《らつ》原子力発電　誓子

『不動』

誓子は昭和二十三（一九四八）年、橋本多佳子や新興俳句系の西東三鬼、秋元不死男（戦前の東京三）ら同人を擁して「天狼」を主宰、巨大惑星のように戦後俳壇に君臨した。

掲句は昭和四十六（一九七一）年、福井の美浜原発での吟。原発は若狭湾に面した白砂青松の地に建設された。運転開始は前年だから、誓子は運転間もない原発を吟行したわけだ。舟虫がぞろぞろ動き回る様子を彼は「潑溂」と見立てた。その四十年後、二〇一一（平成二十三）年の東日本大震災の原発禍を経験した今のわれわれが読めば、明らかに原発への皮肉を込めていると思うが、誓子が掲句を詠んだ時代は原発の危険性を知る人はまだ少数派であったはずだ。

彼は原発への視意を込めたのだとする解釈もできるが、果たしてそうだろうか。実は彼はこの七年前に同じ若狭で「舟虫の猜ひ深き日本海」（『一隅』）という句を詠んでいる。恐らく誓子は原発計画を知ってこの句を詠んだのではないか。してみると掲句も原発批判を込めたのかもしれない。

若い頃に健康を損なった誓子だが、虚子の有力な直弟子の俳人の中では阿波野青畝と並んで長生きし、平成六（一九九四）年、九十二歳の天寿をまっとうした。

# 凍蝶のきりきりのぼる虚空かな　橋本多佳子

（一八九九〜一九六三年）『紅絲』

冬まで生きているのが「凍蝶」だが、寒気に凍えいつ死ぬとも知れずほとんど動かない。そんな凍蝶が最後の命をふり絞って虚空をのぼってゆくというのだ。「きりきり」という表現から、寒気の中でちぎれそうになる羽を動かして飛翔する姿が目に浮かぶ。なぜ虚空をのぼってゆくのだろうか。間もなく訪れるであろう死を意識しての覚悟の行為にも思える。

『紅絲』は多佳子五十二歳の第三句集で昭和二十六（一九五一）年刊。句集には彼女の代表句に挙げられる「乳母車夏の怒濤によこむきに」や、亡夫への恋慕を吐露した「雪はげし抱かれて息の詰まりしこと」「夫恋へば吾に死ねよと青葉木菟」などの句が収められている。夫を亡くしたのは戦前の昭和十二（一九三七）年だったが、その後に上梓した第一句集『海燕』、第二句集『信濃』では見せなかった激しい情念が『紅絲』ではさまざまに吐露されている。掲句の凍蝶も多佳子自身ではないかと思えてくる。俳人として女としての円熟の境地だろう。

多佳子は二十代で虚子や久女を知り俳句の道に入った。しかし戦後は誓子が創刊した「天狼」に同人参加し、西東三鬼や平畑静塔ら新興俳句系の旗手たちと句座を囲んだ。

# 綿虫の綿の芯まで日が熱し　多佳子

『命終』

多佳子の生家は箏曲・山田流の家元であり、自身も十五歳で箏の奥許を受けた腕前。十八歳で結婚した橋本豊次郎は大分に広大な農場を経営し、小倉に洋風の別荘「櫓山荘」を建てて夫婦で住んだ。虚子と最初に出会ったのもこの櫓山荘だった。四人の娘をもうけた後、多佳子三十八歳の時に豊次郎が亡くなるが、生活には不自由しなかったはずだ。ブルジョアのお嬢様夫人だった多佳子が戦後、新興俳句系に向かったのは不思議な感じもする。

それはひとえに誓子という俳人に傾倒したからだろう。一番の愛弟子となった多佳子の第四句集『海彦』（一九五七年刊）には「百足虫の頭くだきし鋏まだ手にす」「猟銃音殺生界に雪ふれり」など誓子が詠みそうな句が多く登場する。そして没後の遺句集となった『命終』（一九六五年刊）でも「なきがらの蜂に黄の縞黒の縞」「蜥蜴食ひ猫ねんごろに身を舐める」などさらに誓子風の句が多い。

多佳子が若い頃から内に秘めていた志向が誓子によった開花したのだろうか。掲句もまさにそんな一句。小春日の日溜まりを浮遊する綿虫の命の芯まで熱いと見立てている。自身を綿虫に仮託していると思わずにいられない。

## 月見草はらりと地球うらがへる　三橋鷹女《たかじょ》

（一八九九〜一九七二年）『白骨』

鷹女は千葉県成田に生まれた。父は成田山新勝寺の重役を務めたというから地元の名家だったのだろう。若い頃は兄の影響で短歌に傾倒した。俳句に関心が移ったのは二十三歳で歯科医師・東謙三と結婚した後という。夫婦で句会を開いたり、原石鼎の主宰する「鹿火《かび》屋《や》」などに所属するも長続きせず、終生の師とあおぐような俳人はいなかった。逆に言えばそれゆえにこそ、鷹女という俳人の独自の句世界がぐんぐん大きくなっていったのだと思う。

鷹女の代表句に挙げられるのは、四十一歳の第一句集『向日葵』所収の「夏痩せて嫌ひなものは嫌ひなり」「つはぶきはだんまりの花嫌ひな花」「暖炉昏し壺の椿を投げ入れよ」や、わずか一年後に上梓した第二句集『魚の鰭』所収の「この樹登らば鬼女となるべし夕紅葉」など。どれも神経質そうな主情が強く打ち出されており、読み手の側も好き嫌いが分かれるだろう。

しかし戦後の昭和二十七（一九五二）年、五十三歳で上梓した第三句集『白骨』になると、掲句や「白露や死んでゆく日も帯締めて」「母老いぬ枯木のごとく美しく」など静かで味わい深い句が多くなる。ただし以前のような句「鞦韆は漕ぐべし愛は奪ふべし」も同句集にはある。

## 枯木山枯木を折れば骨の匂ひ　鷹女

『遺作二十三章』

第三句集『白骨』を上梓した後、鷹女は今度は新興俳句系の富澤赤黄男《かきお》の主宰誌「薔薇」に同人参加する。昭和三十六（一九六一）年、六十二歳で上梓した第四句集『羊歯地獄』はそれまでの句風とはまたがらりと変わり、赤黄男に似た詰屈で難解、字余り、空き入れの句がある。句集名の入った「羊歯地獄　掌地獄　共に飢ゑ」や「火を噴く死火山岩間岩間に薇芽生え」「梅干してをんなの生身酸つぱくなる」など、一筋縄ではゆかない句が多く並んでいる。

昭和四十四（一九六九）年、古希の鷹女は永田耕衣《こうい》と初めて出会う。今度は耕衣の影響だろうか、翌四十五年に上梓した第五句集『橅』では再び定型に戻った。「枯色を被て枯色にまぎれ込む」「秋蟬の鳴くひきしほのごとくなり」など、静かな境涯を思わせる句が増えている。

鷹女は結局、誰に付こうがどこを切ろうが鷹女なのだ。一時的にある俳人の影響を受けても咀嚼し鷹女自身となる。これほど自愛の強烈な俳人はそうざらにいないだろう。彼女は昭和四十七（一九七二）年、七十三歳で亡くなる。掲句を含む「遺作二十三章」は没後、枕の下から見つかったノートに記されていたそうだ。「骨の匂ひ」とは鷹女の匂いである。

# 千両か万両か百両かも知れず

星野立子

（一九〇三〜八四年）『春雷』

「千両」「万両」「百両」はむろんお金のことではなく、いずれも冬に赤い実をつける縁起物の植物の名。生花の乏しい正月、座敷の花瓶に挿されるといかにもめでたい雰囲気となる。千両は葉の上に実をつけ、万両の実は千両より一回り大きく葉の下に垂れ下がる。百両は万両と同じヤブコウジ科でやや見分けにくいが、立子ほどの俳人ならもちろん区別はつくだろう。それをあえて「かも知れず」と詠んでいるのはとぼけた感じで、しかもお金のことを連想すれば千両、万両と額を上げておいて、百両と下げるから飄々とした味わいがある。

立子は虚子の次女に生まれた。結婚直後の大正十五（一九二六）年、「ホトトギス」の発行所を手伝いながら、父の勧めで俳句を始めた。当時二十三歳。兄の年尾は父のホトトギスを継承したが、立子は昭和五（一九三〇）年、自身の主宰誌「玉藻」をこれも父の勧めで創刊した。立子は八人きょうだい（一人は夭折）の三番目で、きょうだいはみな俳句を詠んだようだが、父が勧めたのは立子だけだったという。虚子が立子の俳句の才能を見抜いたからに相違ない。立子のほうも父の教えを守りつつ、父とは違う独自の色を出した。

# 降る雪や明治は遠くなりにけり　中村草田男《くさたお》

（一九〇一～八三年）『長子』

草田男の代表句の中でも、特に有名なのが掲句。降る雪を見て「明治も遠くなったなあ」と感慨にふけっている。彼は明治三十四（一九〇一）年の生まれだから、十歳で明治は終わっている。第一句集『長子』を上梓したのは昭和十一（一九三六）年で明治が終焉してすでに四半世紀が過ぎていた。日本の近代化はとりわけ東京で明治から昭和へと著しく進んだ。草田男は外交官の父の帰国で七歳の時に一家で松山から東京へ転居している。自解によると二十年ぶりに訪れた青山の小学校周辺が昔と少しも変わらないのに驚いて詠んだとある。強い懐旧にとらわれたのだろう。

掲句で必ず話題に上るのが切れ字の問題。「や」「けり」「かな」といった強い切れ字は一句に一つというのが原則だ。そうでないと句がぶつ切れの感じになってしまうからだが、掲句には「や」「けり」が重用されているのに、ぶつ切れの感じがしない。有名な句だから読み手が慣れてしまったせいもあるかもしれないが、もし上五を「雪降るや」とすると、ややぶつ切れ感が出る。「降る雪や」だと「降る雪の（に）」に近い形で「明治は」につながるため、語調が滑らかになるのだろう。この句を何度も口ずさんでいると、上五から下五へグラデーションのように作者の感慨が深まる感じがする。

# 秋の航一大紺円盤の中　草田男

『長子』

草田男の句を選ぶとどうしても第一句集『長子』からの句が多くなってしまう。彼は中学時代から大学時代にかけて神経衰弱を患い休学を重ねた。この間、ニーチェやチェーホフなど西洋文学や哲学の書を読み耽り、虚子のもとで俳句を始めたのは二十代も後半だった。それから一気に頭角を現すことになるのだが、三十五歳で上梓した『長子』は長かった心の葛藤を克服した後の句集であり、若書き俳人の第一句集に比べて熟成度は断然高い。

草田男は虚子の掲げた「客観写生」「花鳥諷詠」「有季定型」を終生固守する一方で、情感を込めた句を詠んだし、言葉を詰め込んだ「腸詰俳句」も多い。対象を凝視して表現を凝らすことに心血を注いだ。見たものを写すとは、借り物でない自分独自の表現で写すことだという信念を貫いたのだろう。

掲句は澄み切った秋気の中、船が周囲に何も見えない大海原の真ん中を進んでいる景。自解では青函連絡船での吟という。巨大な紺色の円盤とは宇宙人のようではないか。余人には思いも着かない表現だ。『長子』にはほかにも「香水の香ぞ鉄壁をなせりける」「冬の水一枝の影も欺かず」「蜻蛉行くうしろ姿の大きさよ」「月負うて帰るや月の木々迎ふ」など佳吟が多い。

# 玫瑰《はまなす》や今も沖には未来あり　草田男

『長子』

「玫瑰」は漢名で、「浜梨」とも書く。北海道など日本の北方の海岸砂地に自生するバラ科の低木で、夏に紅色の香りのよい花を咲かせ、秋には同色の甘酸っぱい実をつける。作者は玫瑰の花をじっと眺めて、視線を沖に移した時、「今も沖には未来あり」という措辞が浮かんだのだろうか。希望に満ち、若々しく明るい句だ。

草田男は虚子の最後で最大の直弟子だろう。神経衰弱で東大を休学し、虚子に師事したのは復学した二十八歳の時。掲句を収めた第一句集『長子』を上梓した昭和十一（一九三六）年といえば、日中戦争勃発の前年。日本はこの後、戦争へと突き進む。そんな暗い時代に、草田男は「未来あり」と詠んだ。草田男にとっては、もはや客観だの主観だのは超克されている。彼は内から猛烈に湧き上がる情感を季題（季語）とともに五・七・五の定型に乗せた。彼にとって俳句とは近代的抒情詩であり、また生命の讃歌といってもいい。

時に湧き上がる情感が大きくなり過ぎ、定型に収まり切らずに字余りの句も多い。「腸詰俳句」と揶揄されたが、最後まで有季定型派の看板は下ろさなかった。

# 萬緑《ばんりよく》の中や吾子《あこ》の歯生え初《そ》むる　草田男

『火の島』

草田男は昭和十一（一九三六）年、三十五歳で結婚した。何度も見合いを重ねた末という。翌年に長女が生まれ、その二年後に次女、その五年後には三女、さらに驚くべきことにその八年後には、五十一歳で四女を賜っている。夫婦の情愛の深さは推して知るべしだ。

掲句は第二句集『火の島』に収められている。昭和十四年の作というから、次女が生まれた年。長女は二歳になっており、自解によれば、「吾子」とは長女のことらしい。「萬緑の中や」の「や」は切れ字ではなく、口合《くちあい》（語呂合わせ）の「や」だから、ここは「萬緑の中に」と同じ意味で一物仕立ての句。「萬緑」は中国の古典「万緑叢中紅一点」から取られたが、草田男が初めて夏の季題（季語）として句に詠み、以後多くの俳人が使うようになった。皓歯と鬱蒼とした緑の対照が弾むような句の調子と相まって、生命の躍動感に満ちている。彼の代表句となり、昭和二十一年創刊の主宰誌名ともなった。

『火の島』には「妻二夕夜あらず二夕夜の天の川」という句もある。これ以後、草田男は多く妻を詠んだ。「虹に謝す妻よりほかに女知らず」（『萬緑』）、「空は太初の青さ妻より林檎うく」（『来し方行方』）、「子のための又夫のための乳房すずし」（『美田』）などだ。

# 水枕ガバリと寒い海がある

西東三鬼《さいとうさんき》

（一九〇〇～六二年）『旗』

最近はあまり見かけなくなったが、「水枕」はゴム製の枕に水や氷を詰め、発熱のときなどに頭を冷やす器具。寝返りを打ったりすると中の水が移動して確かに「ガバリ」と音がする。作者の的確なオノマトペ（擬音語）にまず感心するが、それ以上に掲句の鮮やかさは中七で廻り舞台のようにガラリと場面転換して「ガバリと寒い海がある」と詠んだところ。発熱するのは風邪をひく冬場が多いとしても、水枕の音から寒い海を連想したところが見事。掲句が詠まれたのは昭和十一（一九三六）年。三鬼は年齢的に戦争に召集されていないが、第一句集『旗』には戦火想望句もある。掲句も撃沈された船から海に投げ出されたような印象がある。

彼は岡山出身で歯科医となり、三十三歳の昭和八（一九三三）年、患者に勧められて句作するようになったというからスタートは遅い。しかし日野草城に師事してたちまち頭角を現し、同十年、草城主宰の「旗艦」に同人として参加。さらに平畑静塔の勧めで「京大俳句」にも加わった。ところが特高警察による新興俳句弾圧で、三鬼も同十五年に検挙され起訴猶予となるも執筆を禁止されてしまう。以後終戦まで神戸に住んで、波乱万丈の生活を送ることとなった。

# おそるべき君等の乳房夏来る　三鬼

『夜の桃』

三鬼が筆を断っていた昭和十五（一九四〇）年から終戦（一九四五年）までの空白期は、自伝『神戸』『続神戸』に詳しい。「頑強に事実だけを羅列」と書いているが、痛快な伝奇小説と思える内容だ。古びたホテル、次いで山の手の洋館に女性と同棲して、怪しげな外国人や娼婦たちと交遊したとある。若い頃に兄のつてでシンガポールで歯科医をした経験があるから英語は堪能だった。よく知られた句「露人ワシコフ叫びて石榴打ち落す」のワシコフは当時の隣人の一人だ。

掲句も、乳房の大きな女性が登場する神戸時代の記憶から生まれた作品ではなかろうか。こういう句は虚子の「花鳥諷詠」の世界からは詠まれ得ないものだろうし、ほかの新興俳人にも詠めないバタ臭さや三鬼一流の諧謔にあふれている。終戦直後に立ち寄った広島での句「広島や卵食ふ時口ひらく」も原爆で剝け爛れた人間の皮膚感が否応なく迫る怪作。

俳句に戻った戦後、三鬼は師と仰ぐ山口誓子主宰の「天狼」の創刊同人となり編集に携わり、持ち前の社交性でさまざまな俳人たちと交流した。角川書店の「俳句」編集長もしばらく務めた。しかし父も兄も胃癌で亡くした彼も胃癌に侵され、六十一歳で亡くなった。

## 蝶墜《お》ちて大音響の結氷期　富澤赤黄男《かきお》

（一九〇二～六二年）『天の狼』

句意は、蝶が氷の上に墜ちて大音響がしたということか。しかし小さな蝶が墜ちても大音響などもちろんしない。作者が心で聞いた音としても、「結氷期」ではなく「氷かな」とでもするべきだろうが、それでは平凡。読み手を強く惹き付けているのは意味ではなく、「ちょう」「きょう」「ぴょう」と拗音を連ねたところにある。これがこの句を先鋭的にしている。

赤黄男の代表句である掲句を収めた『天の狼』は昭和十六（一九四一）年上梓。二十代の頃から句作していた赤黄男だが、本格的に取り組むのは、昭和十年に創刊された日野草城の主宰誌「旗艦」同人になってからだ。同十二年に日中戦争が始まると召集を受け大陸に送られた。同十五年にマラリアに罹り帰国するも、翌十六年に太平洋戦争が勃発すると再召集を受けて今度は北千島・占守島に送られた。

掲句はそんな激動の半生の中で詠まれた。戦争なくしてはこの先鋭的な表現は生まれなかったのではないか。戦後に再版された『天の狼』には「花が咲き鳥が囀り戦死せり」「一匹の黒い金魚を飼うて秋」など佳吟が追加されているが、掲句の鋭い刃のような感性には及ばない。戦争が赤黄男の感性を極限まで研ぎ澄ましたのだ。

## 戦争が廊下の奥に立つてゐた　渡邊白泉《はくせん》

（一九一三〜六九年）『白泉句集』

たった十七音の俳句で戦争の本質を突いている。戦端を開いて国民に計り知れない被害をもたらしたのはむろん軍幹部や政治家だが、戦争は獲物を狙う蛇のようにゆっくりと静かに近づいてきた。気づいたときにはもう逃れられない。掲句は暗にそれを言っている。国民の側にも戦争を招き寄せる要因はなかったのか。鋭い批評性はまさに現代の我々への問いかけだ。

西東三鬼や秋元不死男《ふじお》（東京三《ひがしきょうぞう》）と並ぶ新興俳句運動の旗手が白泉。とりわけ白泉の句は痛烈な皮肉を含み誰にでも分かりやすい。掲句のほかにも「憲兵の前で滑つて転んぢやつた」「銃後といふ不思議な町を丘で見た」「玉音を理解せし者前に出よ」などがある。

大学を出た白泉は昭和十一（一九三六）年、三省堂に入社。仕事のかたわら句作と評論で活躍したが、同十五年の「京大俳句事件」で検挙され京都府警に連行される。起訴猶予となるも執筆を禁止され、同十九年には召集を受け、水兵として黒潮部隊函館分遣隊で終戦を迎えた。結局、白泉の句集は戦前・戦中には世に出なかった。戦後は静岡県の高校で教師として勤務。沼津で急逝後、勤務先の高校のロッカーから手書きの句稿が見つかり、句集は日の目を見た。

# 夢の世に葱を作りて寂しさよ　永田耕衣《こうい》

（一九〇〇〜九七年）『驢鳴集』

自分の心の中を少しずつ掘り起こすような詠み方だ。「夢の世に」「葱を作りて」と自問し、一気に「寂しさ」が心の中に広がった。この夢のような世に偶然生を受けて、葱を作るように働き、やがて死んで土に帰る。葱の薄皮を剝くように人間の営みを一言で言い留め、その果てしない寂しさを詠んでいる。昭和二十二（一九四七）年、耕衣四十七歳の時の作。

昭和二十六年に上梓した第三句集となる『驢鳴集』には代表句の掲句をはじめ「戀猫の戀する猫で押し通す」「かたつむりつるめば肉の食い入るや」や、上梓の前年に亡くなった母を詠んだ「朝顔や百たび訪はば母死なむ」「ひろびろと母亡き春の暮つ方」など佳吟が並ぶ。

明治から平成まで九十七年を生きた耕衣の句歴は長い。新興俳句系の人と見られるが、小さな枠には収まらない俳人だ。戦前は野村泊月《はくげつ》の「山茶花」や原石鼎の「鹿火屋」、小野蕪子《ぶし》の「鶏頭陣」などホトトギス系の人の主宰誌で頭角を現した。蕪子は新興俳句運動弾圧の首謀者とされる人。その後、石田波郷《はきょう》の「鶴」や山口誓子の「天狼」の同人にもなった。彼の関心は謡曲（能）や新劇、陶器、禅、書画など多岐にわたり、それらが句作に投影している。

# 少年や六十年後の春の如し　耕衣

『闌位』

少年に返ったように、六十年後に春ののどかさを感じたというのだ。六十年は六十歳、すなわち還暦。還暦とは干支（十干十二支）を組み合わせた年が六十年で一巡し、再び初めに返るという意味だ。花が咲くように還暦で命がリフレッシュされるという故事を踏まえて詠んだのだろう。第七句集となる『闌位《らんい》』は昭和四十五（一九七〇）年の上梓で、耕衣は古希。掲句は六十代で詠まれたのだろうから、「少年」とは耕衣自身にちがいない。

闌位（闌《た》けたる位）というのは能の大成者・世阿弥の言葉で、修業の末に至る奔放自在の芸境のこと。掲句のように再び少年に返る心境かもしれない。耕衣も年齢を重ねて自在の句境を詠んでいる。掲句のほかに晩年の佳吟を拾うと「手を容れて冷たくしたり春の空」（『冷位』）、「金色に茗荷汁澄む地球かな」（『殺佛』）、「白桃の未だ重たき世なりけり」（『殺祖』）、「空蟬に肉残り居る山河かな」（『葱室』）など、容易に解釈を許さない融通無碍の句が増えてゆく。

製紙会社工場に定年まで勤めあげた人でもあった。晩年は須田剋太、棟方志功といった個性的な芸術家とも交友、自身も書画展を開いた。容易に摑みがたい宇宙的な俳人だった。

# ライターの火のポポポポと滝涸るる　秋元不死男《ふじお》

（一九〇一〜七七年）『万座』

ライターのガスや油の量が減ると炎が途切れがちになり、「ポポポポ」という音を立てる。この句はまずそれを描き、「と」で切り、「滝涸るる」と水量の減った冬滝の季語を置いた。途切れがちに立ち上る炎から水の細々と落ちる滝を連想したのか。こう解釈するとやや理屈めいた取り合わせとも思うが、卑近な道具から自然の滝に転じたのは手柄にちがいない。

不死男は昭和二十九（一九五四）年にいわゆる「俳句もの説」を唱えた。俳句はものに執着して詠むべきとする主張で、社会性俳句がもてはやされた当時においては異論として注目された。掲句や前句集『瘤』の「鳥わたるこきこきこきと罐切れば」などはその典型だろう。

戦中の不死男は東京三《ひがしきょうぞう》と名乗り、西東三鬼と並ぶ新興俳句の代表的存在だった。しかし昭和十六（一九四一）年に特高警察による弾圧で検挙され、二年の獄中生活を強いられた。『瘤』には「独房に釦おとして秋終る」など辛かった獄中を詠んだ句も多い。「俳句もの説」は彼の句作の大きな方向転換だったのではないか。

後年は「筒袖の母に山から冬がくる」（『甘露集』）、「十二月空蟬振れば玉の音」（昭和二十六年）など静かで味わい深い句も多い。「俳人協会」設立に関わり、蛇笏賞を受賞した。

# 藁塚に一つの強き棒挿さる　平畑静塔《せいとう》

（一九〇五〜九七年）『月下の俘虜』

「藁塚」は稲を脱穀した後に、刈田に円筒状に立てられ干された新藁の束。藁塚には円筒の真ん中に芯となる棒が立てられている。「棒挿さる」は口語では「棒が挿される」という受動の意味だが、「棒がささる（刺さる）」と自動詞のようにも聞こえる。棒が自らの意思で立っているように感じられる。しかも「一つの強き」という二重の形容によって、そこには孤高の人間の不屈の意思が読み取れる。この棒は作者自身の剛直な精神を表しているようだ。『月下の俘虜』は静塔五十歳の第一句集。

静塔は和歌山に生まれ、京大医学部を卒業して精神科医となった。学生時代は虚子の「ホトトギス」や秋櫻子の「馬醉木」に投句していたが、昭和十二（一九三七）年、神戸移住後は新興俳句運動に身を投じ、同十五年、新興俳句弾圧の「京大俳句事件」に連座して検挙され、暮れまで拘留された。戦後は誓子の「天狼」に同人として加わり編集にも携わる。

句風が大きく変わるのは、昭和三十七（一九六二）年、病院長として宇都宮に赴任後。鄙びた土地柄に触れ自然詠が増える。『栃木集』（一九七一年上梓）には「火を焚きて美しく立つ泉番」「下り簗青竹の青流れ去る」など佳吟が多い。俳人たるもの俳句的に生活すべしとする『俳人格』など独自の俳論も書いた。

# 頭の中で白い夏野となつてゐる　高屋窓秋《そうしゅう》

（一九一〇～九九年）『白い夏野』

掲句からは箱根や軽井沢のような高原の夏が浮かぶ。朝靄がかかり白々とした夏野。だが窓秋は目の前の景を句にしたのではない。その証拠に「頭の中で」と断っている。自分の句作りを説明しているようでやや理屈っぽい感じもするが、そう詠まずにはいられなかったのだろう。大学を卒業した昭和十一（一九三六）年に上梓した句集名に取られた彼の代表句だ。

当時俳壇の中心にいた虚子の唱えた「客観写生」「花鳥諷詠」は、目の前の花鳥を写し取ればそこにおのずと主観がにじみ出るという主張だが、これに反発して袂を分かった秋櫻子が主宰した「馬醉木」で、窓秋は昭和八年、第一期同人となる。秋櫻子が強く唱えたのは「抒情性」であり、掲句はその典型だろう。窓秋は秋櫻子門で脚光を浴びる。『白い夏野』には「ちるさくら海あをければ海へちる」というもう一つの代表句もある。

ところが窓秋は同句集上梓の前年の昭和十年に同人を辞し、同十三年に満州（現・中国東北部）へ渡ってしまう。戦後は誓子の「天狼」に創刊同人として参加。会社勤めで句作は滞り句数は少ないが、平成まで長生きし「核の冬ひとでの海は病みにけり」（『星月夜』）など現代句と見紛う句もある。

# あえかなる薔薇撰《え》りをれば春の雷

石田波郷《はきょう》（一九一三〜六九年）『鶴の眼』

波郷の若い頃の写真を見ると、色白で細面に丸い眼鏡の似合う、いかにも文学青年の風貌だ。そんな青年が弱冠二十六歳で上梓した第一句集『鶴の眼』には掲句をはじめ瑞々しさがほとばしるような句が多く並んでいる。波郷の人生がその後、波乱万丈に推移してゆくことを思えば、淡く短い青春期のかけがえのなさが、読み手自身の青春をも振り返らせ、強く印象付けられる。

掲句には「銀座千疋屋」と前書がある。かの老舗フルーツパーラーが花も商っていたのかは知らないが、おそらく談笑する若い女性たちに交じりながら、まだ春浅い頃の「あえかなる（弱々しく頼りない）薔薇」を品定めしている波郷青年が彷彿と浮かぶ。そのとき空から春雷の音が響いてきたのだ。夏の雷のような激しい音ではなく、これもあえかなる遠雷。波郷も若い女性たちも一瞬空を仰いだろうが、何ごともなかったように女性たちはまた談笑を始めたにちがいないし、波郷青年も再び薔薇の品定めに集中したのだろう。

『鶴の眼』の序を小説家・横光利一が書いている。横光は波郷の句を「古への美と競ひ立たうと希ふ青春の美が沈着な豊かさで然も柔らぎを含み…」と言葉を連ねて絶賛している。

# プラタナス夜もみどりなる夏は来ぬ　波郷

『鶴の眼』

「プラタナス」は街路樹に多いスズカケのこと。東京にも日比谷公園や新宿御苑に十数メートルの巨樹がたくさんある。夏になるとカエデ形の大きな葉をうっそうと茂らせているのはいかにも壮観。私の勤め先が日比谷公園の隣にあるので仕事帰りなどに立ち寄ると、プラタナスの葉の緑が夜の闇にとけこみ、「夜もみどりなる」の掲句が口をついて出てくる。『鶴の眼』の夏の項には掲句のほか「昼顔のほとりによべの渚あり」「百日紅ごくごく水を吞むばかり」など、波郷の初期の代表句が並んでいる。彼の句作の特徴は誰の目にも明らかだ。上五に「プラタナス」「百日紅」のように名詞や季語を置き、ここで大きく切れと間をつくりだす。中七下五で「ごくごく水を吞むばかり」のように離れた措辞をずばりと言い下す。

彼は主宰誌「鶴」の昭和十七（一九四二）年十一号で「俳句は禅のやうに『ア』といへば『ウン』と響く気息を表現すべきである。（中略）や、かな、けりの切字を用ひよ」と呼びかけた。近代俳句に動詞が多く散文的になったことを嘆き「韻文精神の徹底」を主張した。「古典に競ひ立つ」「俳句は文学ではない」。語録はときに過激だが、波郷の実作精神が伝わる。

# 秋の暮業火となりて秬《きび》は燃ゆ　波郷

『鶴の眼』

手元の漢和辞書に「秬」は「実の黒いきび」とある。「きび」は一般には「黍」と書き、イネ科の一年生作物で昔話「桃太郎」に出てくる「黍団子」など餅菓子の原料にしたり飼料にするという。波郷の自解には「昭和六年（十九歳）の作（中略）自家の畑での体験」（『波郷句自解　無用のことながら』）とあるから「秬」を栽培していたのだろうか。

波郷は八人きょうだいの次男で、郷里の松山で中学を卒業して十七歳で農業に従事したという。家は豊かではなかったようだから、黍を自家で食用にしていたのかもしれない。黍の実を取った後の殻を燃やす火を「業火（地獄の亡者を焼く火）となりて」と表現している。中学を出た若者が仕事に就かず、自家の畑で秋の暮、黍殻を業火に見立てて燃やす。波郷青年の暗い鬱屈が読み取れる句だ。

掲句を含む五句は「馬酔木」主宰・秋櫻子の目に留まり、昭和七（一九三二）年二月号の巻頭を得たことで波郷の人生は大きく開ける。彼は急くように上京し秋櫻子に会う。その庇護を受けて明治大に入学し、「馬酔木」の編集に従事することになった。巻頭五句には「秬焚や青き蝗《いなご》を火に見たり」という句もある。「業火」も「青き蝗」も単なる写生を超えた想像力の産物だ。

# 初蝶やわが三十の袖《そで》袂《たもと》　波郷

『風切』

上京する波郷を秋櫻子に推薦したのは、松山時代の師・五十崎古郷《いかざきこきょう》。それまでの俳号「山眠」に代わる「波郷」を与えたのも古郷だった。元々、古郷は「ホトトギス」の阿波野青畝に私淑していた。青畝が「客観写生」に満足せず、虚子にそれを訴える手紙を書いたのは有名な話だが、古郷も同じ考えだったからという。

それゆえ波郷も「僕の系譜は虚子―青畝―古郷―波郷」と『作句内外』という俳論に書いている。波郷はそこで「ホトトギス流の写生を超えた諷詠が青畝俳句にはある」とも指摘している。波郷は「馬酔木」に加わったとはいえ、その句風は秋櫻子とは明らかに違う。むしろ青畝に近い。青畝の代表句「さみだれのあまだればかり浮御堂」「月の山大国主命かな」は動詞のない句。波郷の掲句も動詞がなく似ている。「初蝶や」で句は鋭く切れるが、中七下五の波郷の若々しい和服姿が初蝶のようでもある。

波郷は『作句』という俳論の中で「一句の中に叙述を多くし、ひいては動詞を多くしたために、散文的色彩は期せずして俳界にひろがつた」と嘆く。『風切』には掲句のほかにも動詞のない代表句が並ぶ。秋櫻子は「客観写生」を巡り虚子と決別したが、句作はそうした理屈とは別のところにある。青畝と波郷の近似性がそれを証している。

# 琅《らう》玕《かん》や一月沼の横たはり　波郷

『風切』

「我孫子にて」と前書がある。「琅玕」とは広辞苑によれば、暗緑色または青碧色の半透明の美石とある。転じて美しい竹を表す。竹は大方の植物とは逆に、秋から冬に若葉をつけ、春から夏に古葉を落とす。「竹の秋」は春の、「竹の春」は秋の季語だ。掲句は枯れ枯れとした一月の沼の辺に青々と葉を生い茂らせた竹林がある景。「横たはり」で深閑とした沼が見える。草田男の句「冬の水一枝の影も欺かず」を連想するが、掲句が日本画の世界なら、草田男の句は西洋画の世界だろう。「人間探求派」とくくられた二人だが、作品のイメージは大きく異なる。

波郷の句に多い特徴は、掲句や前の「初蝶や」のように上五を「や」で鋭く切り、大きな間を作る形だろう。『風切』にはさらに勢いあまって「鮎打つや天城に近くなりにけり」「九年母や我孫子も雪となりにけり」と「や」「けり」を併用した句もある。俳句では禁じ手とされるが、草田男にも「降る雪や明治は遠くなりにけり」がある。大胆な言葉の置き方は二人に共通している。波郷は「無鶴雑話」という一文で、上五を「鮎打つて」とするのは散文的になってしまうと嫌い、「俳句表現の散文化傾向を撓めたい意あまつたもの」と書いている。「韻文精神」が詠ませた句なのだ。

## 雁《かりがね》やのこるものみな美しき　波郷

『病鴈』

波郷は昭和十二（一九三七）年、二十四歳で主宰誌「鶴」を創刊し、「韻文精神」を高らかに宣言する。同十四年に第一句集『鶴の眼』を上梓。十七年には安嬉子（あき子）と結婚。十八年に日本文学報国会に就職、長男の修大が生まれ、第二句集『風切』を上梓。順風満帆な俳人人生が続くかに見えたが、十六年に始まった太平洋戦争は波郷から束の間の平和を奪い去った。十八年九月に召集令状を受けた波郷は千葉佐倉連隊に入隊し、間もなく大陸へと送られた。

掲句には「留別」と前書がある。「雁」は晩秋に大陸から日本に渡ってくる鳥。隊列を組み、飛びながら発する夜空の声があわれを誘うことから古来、詩歌に多く詠まれてきた。「かりがね」とも「がん」とも読むが、前者は「雁が音」の意であり、後者は鳴き声を表している。

大陸から渡ってくる雁は、入れ替わるように大陸の戦場へ死を覚悟して向かう波郷自身の姿でもあろう。この国に残すなにもかもが美しくかけがえのないものに感じられたのだ。「雁や」と上五で切る波郷ならではの句形だが、大きな間に万感の思いがこもる。大陸では軍用の鳩を飼育する鳩兵となるも、胸を病み敗戦を待たずに帰還することとなった。

# 細雪《ささめゆき》妻に言葉を待たれをり　波郷

『雨覆』

波郷の病名は「左湿性胸膜炎」というから、子規と同じ結核だった。子規が日清戦争の従軍記者として大陸に渡った帰りの船中で大喀血した姿が、波郷の姿にだぶってくる。子規同様、波郷も結核菌に侵されながら死に至るまで俳句の仕事に精魂を傾けることになった。昭和二十（一九四五）年二月、内地に帰った波郷は、八月十五日の終戦を妻子の疎開先の北埼玉郡樋遣川村（今の加須市）で迎えた。翌年三月、妻の実家があった東京都江東区北砂町に転居するが、東京大空襲で破壊された街は見る影もなく無惨だった。昭和二十三年三月に上梓された第四句集『雨覆』は終戦の夏から二十二年秋までの句をまとめた。「百方に餓鬼うづくまる除夜の鐘」「束の間や寒雲燃えて金焦土」「六月の女すわれる荒筵」「手を突けば数限りなき蟻地獄」「栗食むや若く哀しき背を曲げて」など、地獄さながらの東京を詠んだ。

そこに身を置き病を養うほかない波郷。掲句には言い知れぬ緊張感が漂う。先の不安を抱えた妻がすがるような眼で波郷の言葉を待つが、語るべき言葉もない。外には急くように細雪が降る。『雨覆』後記で「私はもはや健康な将来を期待することは出来ず」と書いている。

# 雪はしづかにゆたかにはやし屍室　波郷

『惜命』

昔から労咳などと呼ばれた結核は長く根治療法がなかった。明治の子規は短い生涯を終えたが、波郷の頃は肋骨を切除する外科手術が行われた。昭和二十三（一九四八）年、東京・清瀬村の国立東京療養所（現在は清瀬市の国立病院機構東京病院）に入院し、二回の手術を受けた。その模様を波郷は克明に生々しく句と散文に残した。第五句集『惜命』に収めた「たばしるや鵙叫喚す胸形変」は三段切れの壮絶な句形で手術時の感覚を詠んだ。

一方、掲句は手術を終えて病室に戻った後の句だろうか。自解によれば、初案は「ゆたかにはげし」だったが、「はげし」では「粗大で説明的」だと考えて「はやし」に直したという。「屍室」は「効果をねらつた嫌《きらい》」に逡巡しつつ置いたというが、子規の絶筆「糸瓜咲て痰のつまりし仏かな」に似て、屍《かばね》となった自分の肉体を雪がはやす（囃す）のを、虚空を浮遊する自分の魂が見つめている印象がある。

『惜命』には物議をかもした句「霜の墓抱き起されしとき見たり」もある。自身の句意は「（病室のベッドから）自分が抱き起されたとき（外の）霜の墓を見た」だが、森澄雄は「（外の）霜の墓が抱き起されたのを（病室のベッドから）波郷が見た」と解釈した。解釈は各々自由だが、波郷は上五の切れが理解されないと悔やんだ。

# 行春や吾がくれなゐの結核菌　波郷

『酒中花』

昭和二十三（一九四八）年の国立東京療養所での二回の手術後も結核菌は残った。翌年に合成樹脂球充塡、昭和三十一年には化学療法を始めた。病状はいったん小康を見る。波郷は二十五年に療養所を退所し、三十三年に江東区から練馬区へ転居した。

波郷の闘病と並行するように、俳壇は昭和二十年代から三十年代にかけて、激しく揺れ動いた。誓子のもとに戦中の新興俳句派が再結集し、社会問題や芸術性に力点を置く社会性俳句や前衛俳句運動が活発となり、群雄割拠を呈する。そんな中で波郷も精力的に活動した。主宰誌「鶴」はもちろん、戦後復帰した秋櫻子の「馬醉木」編集長を三十二年まで務めた。三十年には読売文学賞を受賞している。

『酒中花』は生前最後の句集。掲句からは、わが身中に居座る「くれなゐの結核菌」は容赦ならない存在だが、「行春や」と惜春の季語を置いたことで、菌への哀憐の情のようなものも感じ取れる。前の句集『惜命』には「七夕竹惜命の文字隠れなし」「驟雨を伴れ来し病まざる草田男その夫人」など生への強い願望、健康な草田男への羨望の句があった。しかし『酒中花』には、掲句のほか「泰山木巨らかに息安らかに」「水底にある水草や西行忌」など自身の生を見定めたかのような静かな句が目に付く。

# 今生は病む生なりき鳥兜　波郷

『酒中花以後』

結核治療は今でこそ薬物療法が主流になったが、波郷の時代はまだそこまでに至らず、外科治療が中心だった。科学や医学の進歩とは遅々としたものであり時代を恨むしかないのだが、波郷の胸の空洞に充塡された合成樹脂球はやがて化膿の原因になるとして摘出を余儀なくされる。充塡から十四年が経過した昭和三十八（一九六三）年のことだった。この年、波郷は五十歳。これ以後亡くなるまでの六年間、入退院を繰り返す日々が続くことになる。

死の翌年に上梓された『酒中花以後』はあき子未亡人による編集。「安心の一日だになし稲妻す」「螢籠われに安心あらしめよ」など死への不安を詠んだ句や「元日の日があたりをり土不踏」「わが死後へわが飲む梅酒遺したし」など死を覚悟したような句もある。掲句も「今生は病む生であった」という過去形に覚悟が読み取れる。美しい紫の花をつける猛毒の鳥兜は結核菌をなぞらえたのだろうか。

『酒中花』『酒中花以後』には俳人の忌日を詠んだ句も多い。中でも印象深いのは松山時代の師だった五十崎古郷の忌日の句を最後まで詠んでいること。『酒中花以後』にある「古郷忌の病室の花何々ぞ」には死に臨んだ波郷の魂が古郷の魂に寄り添うような印象がある。

# この河／おそろし／あまりやさしく／流れゆき

## 高柳重信《しげのぶ》

（一九二三～八三年）『蒙塵』

戦後の前衛俳人として屹立した兜太が太陽とすれば、重信はさしずめ月と言っていいだろうか。写生やリアリズムの対極で俳句を独自に造型した二人だが、重信の造型は兜太を超えるだろう。兜太は一行という従来の俳句形を踏襲したが、重信は多行句形を追求した。

重信はなぜ多行形にしたのか。本人は「俳句形式の本質が多行発想にあることを、身にしみて自覚しようとする決意の現れ」（『批評と助言』一九六九年七月『俳句評論』）と言う。別の論考では明治以降、連句の発句を一句独立させ脇句以下を捨てたことを反芻し続けなければ俳句は堕落する、とも書いている。あるいは連句への郷愁がなさしめたのではないか。

彼の多行形は四行が最も多いが、なかにはもっと多い行数句もある。一行に一字や、空白行を置いた句もある。なぜそうするのか、理由は重信自身にもよく分からないようだ。

もし掲句を五・七・五の定型一行句として読めば、字余りの「この河おそろし」は性急だが、定型の中七下五「あまりやさしく流れゆき」はゆったりと読める。読み手はおのずと変調を感じるだろう。だが「この河」「おそろし」が別行に表記されるので、変調を感じさせない。深々とした大河の流れが目に浮かぶだけだ。

# さびしさよ馬を見に来て馬を見る　重信

『山川蟬夫句集』

重信の不思議でおもしろいのは「ほとんど詠み捨て」と言いながら、一行句集も二冊上梓しているところだ。一九五四（昭和二十九）年に三十一歳で上梓した『前略十年』と、八〇（同五十五）年に五十七歳で上梓した『山川蟬夫句集』。前者はあとがきによれば「十三歳から二十五歳」に詠んだ若書きの句。後者はさまざまな多行句集を出した後、死の三年前のことだ。あとがきで、どちらも句集にまとめるつもりはなかったと言いながらまとめている。

その理由も、前者は「買つておいた紙があつた」からだという。後者は「月例句会の記録の一部が保存されて」いたからだという。こじつけのような言い分が可笑しい。「山川蟬夫」とは一行句を詠む時の「僕の別号であつた」という。我々は煙に巻かれているようだ。『山川蟬夫句集』は春夏秋冬の季別と雑（無季）に分けられ、通読すると、蟬夫（重信）の句作の真骨頂はどうやら雑のほうにあるようだ。

掲句は競馬場での吟だろうか。「さびしさよ」は鞭を入れられる競走馬への哀憐か。「馬を見に来て馬を見る」に言うに言われぬ可笑しみと哀しみが感じられる。雑の最後に置かれた句は「友よ我は片腕すでに鬼となりぬ」。俳句の荒野を耕した彼の壮絶を思う。

# 棉《わた》の実を摘みゐてうたふこともなし

加藤楸邨《しゅうそん》

（一九〇五～九三年）『寒雷』

楸邨の八十八年の長い人生を俯瞰すれば、重い荷を背負ってひたすら坂を登り続けたような印象がある。とりわけ青年期は生活苦にあえいだ。父は鉄道の駅長として各地へ転勤を繰り返した。それに合わせて楸邨も転校を繰り返した。故郷を持たないという意識を楸邨は終生持ち続け、それが句作にも影響する。父の病による貧窮のため、石川県金沢の中学を卒業した楸邨は大学進学をあきらめ、十八歳で同県松任の小学校代用教員となった。二年後には父が亡くなり、母や弟、妹の生活は長男の楸邨の双肩にかかることになった。一家は水戸へ転居。楸邨は二十一歳で東京高等師範学校に併設されていた臨時教員養成所に入り、苦学しながら卒業。二十四歳で埼玉県の粕壁（現在の春日部市）中学教員となった。

掲句の「棉の実」は花が終わった秋につく実。それが裂けると白い綿が噴き出す。実を摘み取っている景だろうが、アメリカ南部の黒人の労働を連想する。「うたふこともなし」が作業のつらさを感じさせる。第一句集『寒雷』にはほかにも「麦を踏む子の悲しみを父は知らず」など労働を詠んだ句がいくつもある。労働に明け暮れた楸邨自身の投影だろう。

## かなしめば鵙《もず》金色《こんじき》の日を負ひ来《く》　楸邨

『寒雷』

楸邨が俳句を始めたのは粕壁中学教員であった二十六歳から。それまでは短歌を詠んでいた。石川啄木や斎藤茂吉、島木赤彦、長塚節、北原白秋を愛読していたという。『寒雷』の後記に楸邨は「俳句はどこか言ひたいことがいへない感じがして、私の若さが窒息しさうだつた」と書いている。苦学してきた彼には貧富の差とか、思うようにいかない社会への鬱憤もあったのだろう。心の内から噴き出す思いを託すには、短い俳句では不足だったのだ。

粕壁中学の同僚らの強い誘いで俳句を始めた当初、共感したのが村上鬼城。聾者の鬼城も貧窮や社会の差別への強い鬱憤があった。楸邨が共感したのもこうしたところだったと思う。しかしやがて粕壁の診療所に診療に来ていた水原秋櫻子と出会い、人生は大きく変転する。楸邨は秋櫻子とともに古利根川のほとりを吟行して歩いた。掲句はその頃の作。「かなしめば」とは楸邨の心の内からの叫びに違いない。鵙の鋭い声と金色の秋日に、切迫した思いが宿る。「馬酔木」を立ち上げた秋櫻子は俳句を抒情詩と考えて、「悲しい」「美しい」といった感情を句に取り込むことを厭わなかった。ここが短歌から転身した楸邨の気質と合った。

# 鰯雲人に告ぐべきことならず　楸邨

『寒雷』

昭和十二（一九三七）年、楸邨は秋櫻子の勧めで粕壁中学を退職し上京。東京文理科大学国文科に入学する。時に三十二歳。すでに知世子と結婚し、四人の子（次女はこの四年前に病死）をもうけていた。この年は日中戦争が勃発。思い切った決断であったに違いない。

上京に至る経緯については秋櫻子が『寒雷』の序で触れている。楸邨の向学心を俳句が邪魔して苦悩していた。秋櫻子はこれに同情し上京を勧めたとある。これが事実だろうが、虚子と決別して「馬醉木」に拠る秋櫻子にとって、楸邨という優秀な弟子は欠くべからざる存在だった。このまま粕壁でくすぶらせるより自分の近くに置きたいと考えたのではないか。

楸邨は大学に通いながら、「馬醉木」発行所に勤務。石田波郷と机を並べた。東京暮らしの先輩・波郷の影響もあったと思うが、楸邨の句は上京を機に変わる。秋櫻子ばりの田園抒情句から、都会の昏さを感じさせる句が多くなる。掲句の「人に告ぐべきことならず」とは、それでも告げずにはいられない楸邨の心の内の葛藤だろう。句集名を入れた句「寒雷やびりりびりりと真夜の玻璃」も戦争がしのびよる都会の夜の不穏な空気が感じられる。

蟇《ひきがへる》誰かものいへ声かぎり　楸邨

『颱風眼』

『颱風眼』は第二句集。上梓された昭和十五（一九四〇）年は、楸邨の身辺が大きく動いた年だった。東京文理科大学を卒業して東京府立第八中学（現・都立小山台高校）に勤め始めた。また俳誌「寒雷」を創刊し、主宰となった。一方、特高警察による新興俳句運動弾圧が始まった年でもある。俳人たちにも戦争の暗い影がのしかかってきた。そんなこともあったからだろう、『颱風眼』には急き立てられるかのような思いの句が並んでいる。

掲句もその一つ。軍部による言論統制が強まり、みな押し黙る。「誰かものいへ声かぎり」とはそんな風潮への異議申し立てであろう。裏返せば自身の沈黙への強烈な苛立ちでもある。「向日葵にわが立ちしよりいらだてる」「秋の虹いよいよ青く人の黙」などの句もある。

ただ、句集の序で楸邨は「自己の身を置く環境がどんなに激動しようとも、その底にあつて、自らの激動をみつめてゐる無限に静寂な『颱風眼』、これこそ、私が切に俳句に望んでやまぬ『俳句眼』である」とも書く。ここにはしたたかな姿勢も感じられる。いま声を上げたところで押し潰される。颱風の眼のようにかっと自らの眼を見開き、世界を見つめてゆこうというのだ。

# 蚊帳出づる地獄の顔に秋の風　楸邨

『颱風眼』

なんでも俳句になる、と楸邨は言う。「何を詠んでもよい。人にかかわるものは一切題材である。山も川も月も一切が詠まれるべきである。ただその中に、人間としての感情が生きていなくてはならない」（『俳句表現の道』）。自然諷詠に限定しては逃避芸術だとも言う。

掲句はおそらく妻との房事のことを詠んでいるのだろう。事を終えて蚊帳を出てきた「地獄の顔」とはもちろん自身の顔である。妻との房事は別に恥じることではないが、なにか後ろめたい思いがして餓鬼になぞらえたのだと思う。まさに「人間としての感情」である。

『颱風眼』には「はたとわが妻とゆき逢ふ秋の暮」という句もある。これも秋の暮、おもいもかけぬ意外な場所で妻とゆき逢った驚きと羞恥のような感情がにじむ。「次男冬樹」と前書のある句「汗の子のつひに詫びざりし眉太く」は、まだ年端もゆかないわが子（『颱風眼』上梓のとき四歳）がなにか父の気に食わぬ事をしたが、ついに詫びなかった態度を詠んでいるのだろう。「眉太く」父に似た頑固さを早くも発揮する子と、そんな子に父の方も頼もしさを感じているようで、読み手にはほほえましい。これも偽りない「人間としての感情」の表出であろう。

## 長き長き春暁の貨車なつかしき　楸邨

『穂高』

掲句のような光景は、読み手の誰もが自分の思い出の中に大事に持っている光景ではないだろうか。おそらく故郷で見慣れた懐かしい光景。楸邨の父親は鉄道駅長として各地を転々としたから、少年の楸邨にとってはそれぞれの土地で見た「春暁の貨車」であろう。懐かしくもあり、なにかもの哀しくもある。

第三句集『穂高』は『颱風眼』と同じ昭和十五（一九四〇）年に上梓された。集名は長男の名前。「穂高自序」で「丁度入院してゐた長男穂高の為に、纏めたものである」と書いている。穂高は昭和八年の生まれだから、この年七歳。楸邨の子煩悩ぶりが伝わってくる。集中「旅」としてまとめたうちの二十句は「穂高を連れて奥州に旅す」と前書のある連作。「柳散る昔啄木のまた我が径」は楸邨が岩手・一関中学生だった頃に石川啄木の歌を愛誦して歩いた径での吟。自身の少年時代を穂高に語る様子が目に浮かぶ。

「汽車とまり大いなる虫の闇とまる」は旅中にどこかの駅で汽車が止まり、車外の大きな虫の闇を父子で共有して詠んでいる。濃密な時間が流れる。「穂高自序」によれば、集中の句は当時ほとんど未発表で「裏句集とも言へるであらうか」と書いている。実験的な試みだったのだろう。

# 隠岐やいま木の芽をかこむ怒濤《どたう》かな　楸邨

『雪後の天』

『雪後の天』は昭和十八（一九四三）年上梓の第四句集。楸邨は二年前の昭和十六年、隠岐を一人で旅した。その折詠んだ連作をこの句集に「隠岐紀行」と題して収めている。句集名は巻頭の「さえざえと雪後の天の怒濤かな」から取った。楸邨は自序に「後鳥羽院のかかせ給ひしものにも…」と芭蕉の『柴門ノ辞』を引き、記した。院が配流され没した島を「衝迫のままに」訪れたと。そして「大東亜戦争の勃発に際会して」、藤原俊成や西行の歌に「実」と「悲しび」を見た院の御言葉が「新たなかがやきを以て胸に生きた」と。

掲句や「雪後の天」の句もそうだが、収められた句に「怒濤」という言葉が多く使われている。日本海の荒波が打ち寄せる島に立てば、日がな一日怒濤が響き渡っているからだろうが、それだけではなく御霊となった院の怨念を感じたこともあるだろう。「春怒濤少年の日に何を恋ひし」はおそらく院の多感な少年時代を思いやっての句ではなかろうか。

掲句は春浅き島の木の芽を囲むように四方八方から怒濤が打ち寄せる様子を詠んでいる。隠岐行は春先だったが、この年十二月八日に日本は無謀な対米戦に突入した。読み手には、怒濤が打ち寄せているのは隠岐であると同時に日本列島にも思われる。

# 十二月八日の霜の屋根幾万　楸邨

『雪後の天』

句集中「十六年抄」と題した昭和十六（一九四一）年の百八十六句の一句。この四年前に始まった日中戦争は、中国国民党・中国共産党の国共合作による抗日勢力の激しい抵抗に遭い長期化の様相を呈した。昭和十四年には欧州で第二次世界大戦が勃発、これに乗じて日本軍は石油など資源獲得のため英仏領の東南アジアへも進出した。中国からの撤退を求めるアメリカとも関係が悪化し、日本軍は十六年十二月八日、ハワイ・真珠湾を奇襲攻撃して対米戦に突入した。掲句はその日を詠んでいる。

奇襲攻撃は成功してアメリカに打撃を与えたし、軍部はこの後も勝利を誇張喧伝して新聞もそれを垂れ流すように報じたから、国民は正確な戦況を知らぬままに置かれることになる。だが誰もが、国力で断然差のあるアメリカとの戦争に不安を感じていたに違いない。掲句の「霜の屋根幾万」は霜の降りた屋根の下で身をすくめる国民の言いしれぬ不安を代弁している。

掲句の数句後には、日本軍の勝利を前書にした「胸あつく冬青草が目にありき」という句もある。不安の中にも自軍の勝利を喜ぶ気持ちは当然だろう。楸邨は戦後、「勝てないまでも敗れないでほしい。そう祈りつづけ…」（『草田男氏への返事』）と正直に吐露している。

# 黄土灼け黄河近づきゐるごとし　楸邨

『沙漠の鶴』

『雪後の天』には出征してゆく友人知人を見送る句も多い。「馬酔木」編集部で机を並べた波郷の出征には「またあとに鵙は火を吐くばかりなり」と詠み、門下の金子兜太へは「鵙の舌焔のごとく征かんとす」と、同じく門下の澤木欣一へは「鰯雲流るるよりも静かに征く」と詠んだ。一方、楸邨自身は昭和十九（一九四四）年、改造社嘱託および大本営陸軍報道部嘱託として七月から十月まで歌人の土屋文明らと中国大陸を巡る旅に出発した。それを戦後、句文集としてまとめたのが『沙漠の鶴』。

旅は北京からモンゴルのゴビ砂漠、黄河流域、南京蘇州、上海、日本の傀儡国・満州と広範にわたった。「後記」で中国への深い関心を述べているだけに精力的に句作し、佳吟も多い。掲句はその一つ。「黄河近づきゐる」が楸邨らしい把握だ。原句は「ゐたるかな」だったが、「ゐるごとし」と変えて現前する黄河が迫って来る臨場感が増した。「夕焼の雲より駱駝あふれ来つ」「棉吹いて夜空はすべもなく青し」などの句も実景ゆえに言葉に力がこもる。

旅は、楸邨門下の大本営陸軍報道部長・秋山牧車の肝いりがあったようだ。「後記」で楸邨は「全く芸術的意図」と書いているが、終戦後、軍協力者として責められることになる。

# 火の奥に牡丹崩るるさまを見つ　楸邨

『火の記憶』

『火の記憶』は大陸行以前の句と、大陸から帰ってきた昭和十九（一九四四）年秋から翌二十（四五）年夏までの句から成る句集。前者には「毛糸編はじまり妻の黙はじまる」や、琵琶湖畔での「かぎりなき灯蛾のかなたの滋賀の湖」など静謐な句が多い。対する後者には、米軍の本土空襲によるさながら無間地獄のなかでの句が並んでいる。その落差がすさまじい。

「四月十三日（午後十一時より翌十四日午前三時にわたり、百数十機の波状空襲、弟清雄、峯岸杜丘と防火）」と前書のある句「焰なす雲は傾ぎて牡丹の芽」や、同様の長い前書が付いた「火襖にさくらはこぼれやまぬかな」の「焰」「火襖」は、もし前書がなければ「夕焼」「焚火」とでも誤解してしまうかもしれない。掲句の「火の奥に」も平時ならば焚火の奥とでも読んでしまうだろう。前書に「五月二十三日（夜大編隊侵入、母を金沢に疎開せしめ、上州に楚秋と訣れ、帰宅せし直後なり。）わが家罹災」とある。

「跋」を読むと、掲句や「雲の峯八方焦土とはなりぬ」など数句だけが唯一焼け残った句だとある。楸邨の心中いかばかりだったか。平和な時代に生きて句作ができる幸福を感じないわけにはいかない。

# 雉子《きじ》の眸《め》のかうかうとして売られけり　楸邨

『野哭』

戦争がもたらすものは地獄以外のなにものでもない。それを実感させるのが楸邨の句集『火の記憶』であり、掲句を収めた『野哭』である。前者が前に書いたように容赦ない空襲による焼土の地獄であるなら、後者は容赦ない飢餓による焦土の地獄と言っていい。「田螺とり日本の飢深くなりぬ」「米尽きし厨に春の没日かな」「飢ふかき一日藤は垂れにけり」「雲うごき空腹うごき桐の花」「飢餓地獄夏の障子のましろきを」など枚挙にいとまがない。

敗戦直後の食糧難の時代、人々がかろうじて飢えをしのぐことができたのは闇市と呼ばれた非正規の市場で手に入れる食糧があったからだ。正規の国の配給食だけで生きられなかったことは、当時闇市を拒絶して配給食だけに頼って餓死した裁判官がいたことが如実に物語る。

掲句は「闇市の冬三日月にあひにけり」という句に続いて置かれている。楸邨は闇市で「雉子」が食糧として売られる光景を見たのだろう。空腹ものかは「眸のかうかうとして」とあわれを催したのだ。その心中には、王朝時代の昔から和歌で妻恋の象徴として詠まれ、昭和二十二（一九四七）年に国鳥に選定された雉子さえ食われるのか、という思いがあったはずだ。

## 死ねば野分生きてゐしかば争へり　楸邨

『野哭』

楸邨は昭和二十三（一九四八）年、句文集『沙漠の鶴』と句集『火の記憶』『野哭』を相次いで上梓するなど精力的に仕事をした。しかしこの頃はまた病い勝ちでもあったようだ。心労の要因となったのは戦争協力者と非難されたことだろう。昭和二十一年、中村草田男が「俳句研究」に発表した「加藤楸邨氏への手紙」が口火となった。草田男は「大東亜戦に入っての当初は時代の受難者であった筈の貴君が、その後半期に入ってからは、当時隆盛を極めた或る勢力層の専らな利用者に豹変したかの如くに私の眼には映った」と書いた。草田男の疑念は言うまでもなく、楸邨が昭和十九年に大本営陸軍報道部嘱託として行った中国旅行のこと。

掲句は「述懐七句」と前書を付した一句。「生きてゐしかば」とはここでは「生き残ってしまったため」という意味だろう。若い門人たちのように出征して死んでいれば、こんな非難に苦しむこともなかったのにと、ため息が聞こえそうだ。楸邨は昭和二十二年、「現代俳句」に「草田男氏への返事」を書いた。「戦時中の自分についても、私は汗をかかずにはいられぬような気持を禁じえない」と自省の弁を述べつつも、軍部や軍人への肩入れは頑と否定している。

# 鮟鱇の骨まで凍ててぶちきらる　楸邨

『起伏』

「鮟鱇」は冬から春先にかけて産卵のため肝臓（あん肝）が大きくなり、脂ものって美味となる。関東では鹿島灘に面した茨城県大洗の鮟鱇鍋が名物として知られる。大洗の漁師の話では、昔は船上で漁師のまかない料理として食べられていたという。まかない料理にならった、水を使わない「どぶ汁」が有名だ。「七つ道具」といって肝臓のほか胃袋、卵巣、身や皮などすべて食べられる。骨とあご、目玉以外は捨てるところがほとんどない。

水揚げされた鮟鱇の身はぶよぶよとしていてぬめりがあるので、俎板の上では切りづらく、口を鉤に吊るして切り刻んでゆく。この鮟鱇の吊るし切りを楽しみに大洗を訪れる客も多い。私も大洗の料理屋で見たことがあるが、板前が慣れた手つきで皮をはぎ、大きな身をほんの十数分で切り刻んでしまった。

吊るし切りの印象が強い魚なので、掲句の「骨まで凍ててぶちきらる」という措辞が新鮮だ。「ぶち」は「きらる」を強める接頭語。冷凍されて遠隔地に運ばれたものを俎板上で叩き切っているのだろうか。楸邨らしいのは、鮟鱇を主語にして「きらる」と受動形にしていること。自分と鮟鱇を同化させた詠み方で、平板な写生句ではない。

## 落葉松《からまつ》はいつめざめても雪降りをり　楸邨

『山脈』

昭和二十七（一九五二）年、病の癒えた楸邨は都立八潮高校教員として復職、同二十九年には青山学院女子短大教授に就任した。『山脈』は第八句集として翌三十年に上梓された。

掲句は「浅間の麓　二十六句」と前書がある中の一句で浅間山での旅吟。昭和二十五年十二月、妻の知世子らと出掛けた。あとがきに「浅間の麓に宿った時の心のときめきは忘れがたい」と健康を取り戻した喜びを語っている。二十六句には掲句のほかにも雪や落葉松の句がいくつかあるが、この句が楸邨の代表句の一つになった。句意は「落葉松はいつめざめても雪が降っている」と落葉松を擬人化していると読めるが、また「自分（楸邨）がいつめざめても、落葉松に雪が降っている」とも読める。ただし後者の解釈なら「いつめざめても落葉松に雪降りをり」とでも詠むべきだろう。やはりめざめたのは落葉松か。

芭蕉は『おくのほそ道』の旅の遊行柳で「田一枚植て立去る柳かな」と柳が田を植えたように詠んだ。むろん実際に植えたのは早乙女だろう。芭蕉は柳を擬人化し自分と同化させた。掲句も同じく、楸邨は落葉松と自分を同化させたのだ。前の鮟鱇の句もそうだ。対象の中に自分が入り込む句作法を、彼は「真実感合」と名付けた。下五を「雪降れり」でなく「雪降りをり」と字余りにしたことで、永遠の時の流れを思わせる。

# 無数蟻ゆく一つぐらゐは遁走せよ　楸邨

『まぼろしの鹿』

楸邨六十二歳に上梓された第十句集『まぼろしの鹿』は昭和二十八（一九五三）年から同四十一（六六）年までの句が収められている。選句など編集は門下の森澄雄と矢島房利が行い、楸邨自身は直接関わらなかった。昭和三十年代は『おくのほそ道』踏査や胸部疾患により胸郭成形手術を受けるなど身辺多忙だったこともあったのだろう。あとがきの「自分でやるよりきつとよい」との言葉がいかにも楸邨らしい。この句集で第二回蛇笏賞を受賞した。

収められた句のかなりが字余りになっている。以前の句集にも字余りはあるのだが、その数が特に多い。この後の楸邨の手になる句集『吹越』『怒濤』では再び定型が多くなる。掲句も上五の「無数蟻ゆく」と下五の「遁走せよ」が字余り。この上五を「蟻無数」などと定型に収めたら、夥しい蟻がぞろぞろと動く感じが出ないと思ったのだろうか。結局、遁走する蟻は一匹もおらず、ひたすら列に従っている。「遁走せよ」という命令形には楸邨の苛立ちすら感じる。従順な働き蟻に、当時の高度経済成長期の日本人を重ねていたのかもしれない。楸邨は昆虫の中でもとりわけ蟻への関心が強いようだ。「山蟻はひかりつつ過ぐ殺意の中」という句も凄みがある。

## おぼろ夜のかたまりとしてものおもふ　楸邨

『吹越』

六十代後半から古希まで、楸邨は三度にわたってシルクロードへの旅を続けた。昭和四十七（一九七二）年にシベリアからサマルカンドなどへ、同四十九年にパキスタンからアフガニスタンへ、その翌年にはレバノン、トルコ、イラン、イラクへ。旅中の句は『死の塔』『糞ころがしの歌』としてまとめた。実は同五十一年にもシルクロード行きを予定していたのだが、風邪で急きょ断念した。七十一歳とは思えぬ精力だ。

五十一年に上梓したのが『吹越』。字余りで激しい言葉も多かった『まぼろしの鹿』に比べると、『吹越』は穏やかで静謐な句が多い。芭蕉晩年の「かるみ」を感じさせる。門下の「川崎展宏への返信」と前書した「洋梨はうまし芯までありがたう」、四十四年に亡くなった波郷を悼む「灯の寒きこのしら骨が波郷かな」、「口見えて世のはじまりの燕の子」「水を出て白桃はその重さ持つ」など、どれも飄々とした味わいがある。

掲句は、不思議な浮遊感のある句だ。「おぼろ夜のかたまり」となって、ものを思うのはむろん楸邨自身。ここでも自分を「おぼろ夜」と同化させている。人間としての重くれは消え、朧そのものになり切った感じ。「おぼろ夜の鬼ともなれずやぶれ壺」「おぼろ夜の鈴か我かが鳴りにけり」も似た句。「やぶれ壺」「鈴」に自分を同化させている。

# 蝶あまた男の力失せにけり　楸邨

『怒濤』

第十二句集『怒濤』は生前最後の句集。『吹越』上梓の昭和五十一（一九七六）年から同六十一（八六）年までの句をまとめた。あとがきによれば、五十九年までは「よく旅をした」とあるが、その後は二度の入院や自宅療養で「旅の句は影をひそめた」とある。

掲句は六十一年の項にある。「男の力」とは言うまでもなく性欲だろう。それが枯れたのだ。八十一歳だからごく自然の成り行きだが、こういう句を詠むところがいかにも楸邨らしい。うららかな日和の中、彼の周囲であまたの蝶がひらひらと羽音を立てているようだ。女たちの艶やかな笑い声のようでもある。

六十一年一月三日、妻の知世子が先立った。楸邨の旅に付き添い、風邪の楸邨に代わってシルクロードの旅に出たりと、彼女の存在感は楸邨にとって絶大だった。あとがきに「生活の上でも俳句の上でも大きな伴侶だつた」と記した。句集の最後近くには「永別十一句」と前書を付して妻を悼む句が並んでいる。「冬の薔薇すさまじきまで向うむき」「裸木にひたすらな顔残したり」など、楸邨の喪失感の大きさが伝わる。

楸邨もこの七年後に亡くなる。没後、詩人の大岡信選句による遺句集『望岳』が上梓された。

## 陰《ほと》に生《な》る麦尊けれ青山河　佐藤鬼房《おにふさ》

（一九一九〜二〇〇二年）『地楡』

「陰」とは女性の陰部のこと。そこに生る麦とは『古事記』の「五穀の起源」を踏まえている。乱暴を働いて高天の原を追われた須佐之男命《スサノオノミコト》が食物を大気津比売《オオゲツヒメ》という女神に求めたところ、大気津比売は鼻や口、尻から美味しい物を取り出して差し上げたが、須佐之男命はこれを「汚らわしい」と怒って大気津比売を殺してしまった。すると頭から蚕、目から稲種、耳から粟、鼻から小豆、陰から麦、尻からは大豆というように、その全身から五穀が誕生したとされている。この神話はたいへん示唆に富んでいる。農耕の起源が女性に発しているとも思えるし、それまで男性主体で行っていた狩猟では安定的に食物を得ることができず子孫を増やすこともできなかったのが、農耕の発達によって女性がたくさんの子を産むことができるようになったことを象徴しているようにも思える。

鬼房はこの神話からなにを感じたのだろうか。五穀豊穣といえば実りの秋を連想するが、掲句の季節は「麦」が実る夏。青々とした山河、むんむんと匂う麦畑。「麦尊けれ」と詠みながら、鬼房が讃美しているのは女体そのものだろう。

鬼房は岩手県釜石出身。新興俳句、社会性俳句の俳人として出発したが、やがてみちのくの土着性とエロスをテーマに据えた。

# 花林檎貧しき旅の教師たち　飴山實

（一九二六〜二〇〇〇年）『おりいぶ』

「旅の教師たち」とは電車やバスなどで見かけた教師たちか。「花林檎」という季語と「貧しき」が、少しくたびれた服装で座席に無言で座っている教師たちの様子を連想させる。

第一句集『おりいぶ』は、實三十三歳の昭和三十四（一九五九）年上梓。彼は石川県小松に生まれた。『飴山實全句集』巻末の自筆年譜によれば、金沢の旧制第四高等学校時代から句作とある。戦後は澤木欣一が金沢で創刊した『風』や京都で創刊の『楕円律』に加わった。終戦後から昭和三十年代半ばは、社会性俳句や前衛俳句の全盛期。塩田夫を詠んだ欣一の句「塩田に百日筋目つけ通し」（『塩田』）などが注目を浴びた。『おりいぶ』には「基地で無数の春泥の畦ぶち切られ」のような句もある。「基地」とあるから、昭和三十年代前半に起こった東京多摩の米軍立川基地拡張反対闘争を詠んでいるのだろうか。してみると掲句も労働運動にかかわる組合教師たちを詠んだのかもしれない。

實は昭和二十五（一九五〇）年、いったん句作から離れる。彼は発酵醸造学が専門の大学教員だったが、年譜には同年「大阪空港の騒音調査や山村の生活改善運動に参加」とある。大阪空港の騒音被害は後に住民訴訟へ向かう。俳人・石橋秀野《ひでの》の「詩を作るより田を作れ」との言葉が「骨身に染み」たのが動機だったという。

# あをあをとこの世の雨の帚草《ははきぐさ》　實

『辛酉小雪』

戦後、一世を風靡した社会性俳句や前衛俳句だったが、昭和三十五（一九六〇）年の反米安保闘争終結を契機に急速にしぼんでゆく。日本は政治闘争の季節が終わり、高度経済成長へ舵を切る。社会性俳句や前衛俳句を牽引してきた俳人たちも方向転換を余儀なくされた。前衛俳句の旗手だった金子兜太は昭和三十年代後半以降、小林一茶や種田山頭火へと関心を移して「定住漂泊」などを唱えてゆく。

實の方向転換は最も劇的だったかもしれない。彼は自筆年譜の昭和三十七（一九六二）年の項に「この頃から作風に変化、単純化と季語偏重をつよく志す」と記している。時代の趨勢に加え、同年に総合誌「俳句」に連載した「芝不器男伝」も影響しているように思える。不器男の句といえば「永き日のにはとり柵を越えにけり」「あなたなる夜雨の葛のあなたかな」などが知られる。「あをあをと」の掲句は「あなたなる」の句に調子がよく似ている。母音のア音が連続する効果で、明るい夏の雨に濡れる帚草の緑が際立つ。社会性俳句への熱が冷めた實は、自身の志向が不器男のような句にあると気づいたのだろう。

第二句集『少長集』以降、古典的な定型句が並ぶ。『辛酉小雪《しんゆうしょうせつ》』は第三句集。掲句のほか「比良ばかり雪をのせたり初諸子《もろこ》」「法隆寺白雨やみたる雫かな」などが知られる。

# 春の鳶《とび》寄りわかれては高みつつ　飯田龍太

（一九二〇〜二〇〇七年）『百戸の谿』

龍太は蛇笏の四男だが、三人の兄たちが戦死、病死したことによる数奇ともいえる運命の力で山廬（山梨県境川の飯田家）の当主となり、蛇笏の結社「雲母《うんも》」を継承した。

俳句だけでなく散文にも才を見せた龍太は自身の句についても多く書き残している。その点、鑑賞しづらい俳人ともいえる。初期の代表句である掲句についても詳しく書いている。『自選自解　飯田龍太句集』や『私の俳句作法』によれば、結核による右肋骨カリエス（慢性炎症）で国学院大学を休学、帰郷して農耕に従事していた頃の作。野路で中学時代の同級生と偶然出会ったとき、空を舞っていた鳶を詠んだという。当初中七は「寄りてはわかれ」だったが、雑誌に発表された時、本人の知らぬ間に「寄りわかれては」に加筆されていたそうだ。不快に感じたが、句集に収める段になって、こちらのほうが「ほどよい速度がある」からと思ってそのままにしたという。

確かに「寄りてはわかれ」では鳶の動きが間延びする感じ。「寄りわかれては」のビビッドな表現の方が明らかに良い。誰かが加筆したことによって、龍太の代表句の一つとなった。むろん加筆の方を良しと見た龍太の才は才として、彼には当初からさまざまな運命のいたずらがあった。

## 紺《こん》絣《がすり》春月重く出でしかな　龍太

『百戸の谿』

偉大な芸術家を親に持った子が、同じように偉大な芸術家になるのは稀有なことではないか。これが企業家や歌舞伎役者であれば、幼少からの帝王学や親の七光という恩恵を受けられるだろうが、芸術家は努力ではどうにもならない天賦の才が求められる。歌人の藤原俊成・定家親子のような例もないわけではないが、蛇笏・龍太親子はレアケースだろう。

掲句も龍太の代表句の一つに数えられる。やはり『自選自解』に詳しい。山梨県立図書館に勤めていた昭和二十六（一九五一）年春、帰り道に山の上に浮かんだ月を詠んだそうだ。「紺絣」は子ども時代に兄から譲られたお古の着物のことだという。こういうふうに種明かしされてしまうとあっけないが、「紺」「重く」という母音のオ音を連続させたことによって、句に重厚感が出た。もし下五を「出でにけり」と詠嘆調に流していたら重苦しいままに終わるが、「出でしかな」とぐっと止めたことで、ふっと息が抜けた感じになり、気分が解放される。

『私の俳句作法』のエピソードがおもしろい。俳句大会に掲句を出句予定だったが、俳友からくさされ別の句に替えた。心残りで翌月「雲母」に投句すると巻頭に選ばれたという。

# 露草も露のちからの花ひらく　龍太

『百戸の谿』

「雲母」は戦争中の昭和二十（一九四五）年五月号から休刊となったが、終戦後の翌年三月には東京に発行所を移して復刊された。龍太は昭和二十二年から「雲母」編集にかかわることとなった。この年、南方へ出征していた長兄の戦死が伝えられ、翌年には外蒙古に抑留されていたすぐ上の兄の戦病死が伝えられた。蛇笏の心の弱りを思ったのだろうか、この頃から龍太は「雲母」編集に情熱を傾けるようになった。

『百戸の谿』のあとがきに、故郷を「渓谷の部落は、おほむね百戸ばかり（中略）三十年前の戸数に、何ほどの数も加へられてはゐまい」と書いた。集中の「露の村恋ふても友のすくなしや」「露の村墓域とおもふばかりなり」「露の村にくみて濁りなかりけり」などの句には、兄たちの死で故郷の家を、そして父亡き後の「雲母」を、自分が継承せねばならぬ使命を運命づけられたことへの覚悟とは裏腹な、故郷へのやるせない思いがにじむ。

掲句も露の句だが、「露のちからの花ひらく」と言ったところに、きっぱりとした作者の意思を感じる。この「露草」は故郷で俳人として生きてゆくことを肯じた龍太自身でもあろうか。

# いきいきと三月生《うま》る雲の奥　龍太

『百戸の谿』

龍太は一年のうちで、とりわけ三月が好きなんだろうなと思う。掲句は三月の何かではなく、三月そのものが赤子のように雲の奥からいきいきと生まれてくるのだと詠んだ。龍太の中で三月という季節のイメージが、何ものにも代えがたくはっきりと把握されているのだろう。『自選自解』に、甲州の二月がいまだ極寒で、人一倍寒がりという彼は主観に偏しながらと断って「三月ほど待ちどおしい季節はない」と書いている。この主観が句に輝きを与えている。

第一句集『百戸の谿』は昭和二十九（一九五四）年上梓。京都の出版社からの依頼で「昭和俳句叢書」の一巻として出された。『私の俳句作法』によれば「戦前の作品は碌なのは一句もない」と、全部落としたとある（ただし昭和五十一年上梓の『定本百戸の谿』には昭和二十年以前の十四句を加えている）。

厳選の二百五十九句のうち、特に甲州という地の利を生かした自然詠が目を引く。掲句のほかにも「雪山に春の夕焼滝をなす」「鰯雲日かげは水の音迅く」「山河はや冬かがやきて位に即けり」「強霜の富士や力を裾までも」など、蛇笏の自然詠とは趣を異にする。偉大な父と同居しながら、父とは異なる句を詠む苦心は大きかったに違いない。

# 大寒の一戸もかくれなき故郷　龍太

『童眸』

蛇笏と龍太が生活を共にしながら句を詠んだ「山廬」は、中央本線の石和温泉駅前から車で約二十分。山廬へ向かってゆるやかな上り坂が続く。今は龍太の長男の秀實さんが守っている。山廬の裏を流れる狐川をわたって小高い丘（蛇笏と龍太は『後山』と呼んだ）に登れば、南アルプスや奥秩父の山々を一望できる。駅から上ってきた眼下を望めば境川の家並が広がる。

掲句も眼下を望んで詠んだ句だろうか。昭和三十四（一九五九）年上梓の第二句集『童《どう》眸《ぼう》』の巻頭に置かれている。大寒の冷気の中、さえぎるもののない境川の家並が一目瞭然に見わたせたのだ。今も家の数は都会のように多くないのはもちろんだが、この句が詠まれた昭和二十九年当時はなお少なかっただろう。

「一戸もかくれなき故郷」という表現には、地元住民に見られながら、そこに住み続けてゆく龍太の息苦しさのようなものを感じる。第一句集『百戸の谿』の句「露の村墓域とおもふばかりなり」ほどの強い表現ではないが、なお胸中の屈折を感じる。『自選自解』には「新雪をいただく南アルプス連峰を眺めながら」立小便をしたときの句だと明かしているが、こういう露悪の言葉には故郷への屈折感を羞恥している印象がある。

## 雪山のどこも動かず花にほふ　龍太

『麓の人』

『自選自解』に「私としては好ましい作品のひとつである。四十余年、見つづけて来た山々、特に春の白根三山の雪の姿が、それを見つづけた土着の眼で把え得たと思っている」と書いている。白根三山とは標高三千メートルを超える農鳥岳、間ノ岳、北岳のこと。山廬の裏の後山から一望できる。掲句は昭和三十五（一九六〇）年、龍太四十歳の作品だから「四十余年」はやや誇張だが、それほど見慣れてきた山々だということだ。

句の眼目は「どこも動かず」だろう。雪山であるし、遠景なのだからどこも動かないのは当たり前と言えば当たり前なのだが、これを「なにも変らず」とでも言ってしまえば、長く土着してきた者の月並みな感懐となり、句の格は落ちる。「どこも動かず」という表現には、この山々を四季折々見つづけ、その表情を人間の顔さながらにくまなく観察してきた龍太の鋭い眼がある。

龍太の文章にはしばしば「土着」という言葉が出てくる。大きな運命の力で土着の身となった彼には、土着への恩讐がありつづけたように思うが、昭和三十七（一九六二）年、蛇笏が死去したことで踏ん切りがついたのだろう。第三句集『麓の人』はその三年後の上梓。

# 一月の川一月の谷の中　龍太

『春の道』

龍太の句には、意味が七・五・五で切れる句またがりの代表句が多い。「白梅のあと紅梅の深空あり」「去るものは去りまた充ちて秋の空」など。掲句もその一つだ。もちろん意味上も五・七・五で切れる定型句も沢山あるし、意識的に七・五・五の句を作っているわけではなかろう。

俳人の筑紫磐井は龍太論『飯田龍太の彼方へ』で、龍太が切れ字の「や」を滅多に用いないと指摘して、二句一章（取り合わせ）を好まないからだと書いている。「や」は上五で句を切り、二句一章にする場合が多い。筑紫の指摘と七・五・五切れとは関連がありそうだ。掲句を龍太生涯の代表句に挙げる人もいる。一方、筑紫は同書で、嫌いな人も多い句ではないかと言い、虚子の句などと比較しながら「当り前（空虚）で、形式だけで保っている作品であるがゆえに俳句の固有性を説明できる句」と主張する。龍太自身は『私の俳句作法』の中で、この句が「居直って読者を無視し、自分だけでも納得する作品」の一つであると語っている。初案も改案もない作品だとも明かす。山廬の裏を流れる狐川という小さな川を詠んだそうだが、むろん単なる写生句であるはずはなく、龍太の深々とした心象風景とでも言うしかない句だ。

# 白梅のあと紅梅の深空《みそら》あり　龍太

『山の木』

品種や土地柄もあろうが、梅の花はまず白梅が咲き、その後紅梅が咲くようだ。掲句にはその時間の推移が詠み込まれている。いま現在、龍太が見ているのは深々とした青空を背景にした紅梅。しかし「白梅のあと」と切り出したことで、龍太の眼にはありありと咲き散った白梅の面影もあるのだろう。この表現によって句中の時間や映像に奥行きが生まれ、読み手もさまざまにイメージを広げることができる。この句もまた龍太生涯の代表句と見る人がいるゆえんだ。

掲句が収められた第六句集『山の木』は昭和五十（一九七五）年上梓。龍太五十五歳。彼の句集は全部で十冊あるが、この『山の木』あたりが最も円熟期にあるように思う。掲句のほかにも印象に残る句は「大鯉の屍見にゆく凍のなか」「かたつむり甲斐も信濃も雨のなか」「朧夜のむんずと高む翌檜」「貝こきと噛めば朧の安房の国」「水澄みて四方に関ある甲斐の国」など多い。

龍太門下の廣瀬直人はこの『山の木』以後、旅の作品が多くなっていると指摘している（『飯田龍太全集　第二巻』解説）。主宰誌「雲母」の各地の大会の折の作品というが、この頃から龍太の中で句作対象や方法論に変化が出てきたのかもしれない。

# 春の夜の藁屋ふたつが国境ひ　龍太

『涼夜』

龍太は渓流釣りが好きだったから、彼の随筆を読むと釣りの話が多い。地元甲州の各地へも出掛けているが、隣の信州へもしばしば足を延ばしたようだ。掲句もそんな折に詠んだのかという気がする。つまり「国境ひ」とは甲州と信州の境。その国境に並んで二つの大きな藁ぶき屋根の農家があるのだろう。「春の夜」だからすでに暗く、場所柄街灯などはないだろうから、見えるのは月明りに浮かんだ大きな二つの藁屋のシルエットか。

だが夜とはいえ見慣れた光景だと思う。蕪村の有名な句「さみだれや大河を前に家二軒」も連想するが、龍太の句は「二軒」でなく「ふたつ」と表記したところが、大きくほのぼのとした感じだ。

『涼夜』の前の第六句集『山の木』には「かたつむり甲斐も信濃も雨のなか」という句もある。掲句が大きな藁屋を目の前にした印象なのに対して、かたつむりの句は甲州と信州の雨中の山並を望見している印象。甲斐も信濃も同じ山国だが、龍太の中ではおのおの風土が醸す印象の違いが鮮明だったのではないか。『甲信越の詩情』という随想で、信濃の詩歌は「知性を秘めた浪漫と情熱」と、甲斐は「秋霜のきびしさを秘めているようだと表現している。

# 龍の玉虚子につめたき眼あり　龍太

『山の影』

句集の昭和五十七（一九八二）年の項にある。「龍の玉」は蛇の髯の実ともいい、冬につける瑠璃色の実。宝石のように美しいが、龍の玉といわれるとやや不気味にも感じられる。この季語に取り合わせたのが虚子の「つめたき眼」だから、虚子の目玉が龍の玉のようだ。虚子は昭和三十四（一九五九）年に亡くなったが、龍太はその前年、九州・門司の旅先で初めて虚子と対面している。二十、三十人が居並んだ上座に鎮座した虚子の様子を「雲母」の編集後記で「翁の声音は静かで、柔かく透った。まどかな老境のたたずまいであった」と回顧している。そのときの印象が掲句の「つめたき眼」になったとは思わないが、虚子のイメージを言い留めた言葉であることは間違いないだろう。

龍太にはほかにも「虚子忌はや落花の浄土なまぐさし」（『涼夜』）という句がある。この句も「なまぐさし」と言ったところ、龍太は虚子に対してあまりよい印象を持っていなかったような気がする。理由を推測すれば、自分の意に染まない弟子を「ホトトギス」から容赦なく除籍するなど虚子の酷薄な仕打ちをイメージしていたのかもしれない。『山の影』には掲句の二年後に詠んだ「龍の玉升《のぼ》さんと呼ぶ虚子のこゑ」という句もある。「升《のぼる》」とは子規の幼名。

# 夏羽織俠に指断つ掟《おきて》あり　龍太

「雲母」九百号

龍太は七十二歳の平成四（一九九二）年八月、父の蛇笏から継承した主宰誌「雲母」を九百号で終刊した。七月号の「終刊について」を読めば、最大の理由が世襲継承への罪滅ぼしであることは明らか。結社主宰の世襲継承が俳壇に蔓延し、その罪が自身にもあると考えたのだ。「ここ十年来ほどは、日を逐って傷口の深まるおもいでした」と告白している。俳壇の伯楽として「雲母」外の俳人へも広く目配りしてきた自負ゆえに「好ましい流行でない」世襲継承の蔓延を見過ごせなかったのだろう。ただし「雲母」終刊後も「俳句から離れるようなことは、私はさらさら考えてはおりません。むしろ、あらたな決意で句作に励む所存」と語ったが、結局、以後一切句を発表せず、十五年後に亡くなった。龍太の長男・秀實さんによれば、終刊後の未発表の句は見つからなかったという。

掲句の「俠」とは「仁俠《にんきょう》」のこと。仁俠の世界にはおのれの罪を詫びて指を詰める掟があるというのだ。意味深だが、俳人としての自身の罪を詫びているかのようだ。俳人の矢島渚男は『謎のまま』と題した一文で、龍太引退を「俳句の上で自死を決行された」と書いた。終刊二年前の蛇笏賞選考（俳壇最高の賞で龍太が選考委員の一人だった。賞の主催者・角川書店社長の角川春樹が受賞）で「重大な過ちを犯したと思われた」と推測した。真偽は永遠の謎。

## 冬滝の真上日のあと月通る　桂信子

（一九一四〜二〇〇四年）『花影』

掲句を読むと、清浄で厳粛な気持ちになる。「冬滝」は寒さで凍り付いた滝か。真っ白な太い棒のようになった滝の真上を太陽が通り、月が通ってゆく。ほかにはなにもない。新年や特別な祝賀の折などに能で「翁《おきな》」が演じられることがある。老体の神様である翁が〈どうどうたらりたらりら　たらりららりららりどう…〉と謡い、ツレの千歳が〈鳴るは滝の水　鳴るは滝の水　日は照るとも…〉と謡う。掲句からこの謡を連想する。はるか昔の原初の冬滝と日と月。絵に描けばあとは余白。俳句はわずか五・七・五の短い詩だから言葉を詰め込めばすぐにあふれる。そこで俳人は逆に言葉をそぎ落とす。掲句もそうだ。作者は世界の始まりを暗示しているのではないか。

信子は大阪出身。二十代で日野草城に師事した。二十五歳で結婚するも、わずか二年後に夫が病気で急逝。実家に戻ったが、戦争が始まり実家も空襲で焼かれた。戦後は会社勤めをしながらさまざまな俳人と交流して句作を続けた。

若いころは「ゆるやかに着てひとと逢ふ螢の夜」（『月光抄』）、「窓の雪女体にて湯をあふれしむ」（『女身』）など女性を前面に出した句が多いが、晩年は掲句や「たてよこに富士伸びてゐる夏野かな」（『樹影』）など柄の大きい句を残した。

## 悉《ことごと》く全集にあり衣被《きぬかつぎ》　田中裕明

（一九五九～二〇〇四年）『花間一壺』

月刊総合誌「俳句」が平成の終焉に、平成を代表する句や俳人、句集について約百人の現役俳人にアンケートを行った。二〇一九年五月号に載った結果を見ると、得票数で五位までに入った句で、二句選ばれたのは裕明だけだった。俳人別の得票でも金子兜太に次いで二位、句集でも第五句集『夜の客人』が二位に入った。ランクインしたのは現役俳人が多かったし、兜太も前年二月に亡くなったばかりだった。一方の裕明は平成半ばの平成十六（二〇〇四）年に四十五歳で早世している。死者はすぐ忘却されるものなのに、どうしたわけだろうか。

裕明の句の特長を、その十代から付き合いがあったという俳人の島田牙城が「俳句」二〇〇五年四月号の追悼文「亀が哭いた」の中でこう指摘している。「彼の俳句には、季語を充分に咀嚼してゐる者にしか近寄れない奥行きがあるのだ」。言い換えれば、ある措辞に取り合わされる季語は、宇宙の星々が何万光年を隔てて照らし合うようにある。その象徴的な句が掲句だろう。「衣被（中秋の名月に供える皮付きの里芋）」はなぜ、「悉く全集にあり」に取り合わされているのか。それを理屈で説明しようとすれば、衣被が皮からするりと逃げてしまうようだ。裕明の句はそういう句だ。

## 文明の興《おこ》り亡《ほろ》べり春氷　裕明

『先生から手紙』

裕明が十代で師事したのは「青」を主宰する波多野爽波。爽波は虚子の晩年の直弟子だから、師系でいえば裕明は「ホトトギス」に連なることになるが、裕明の句は虚子の唱えた「客観写生」の対極に近いだろう。爽波自身、それはよく分かっていたようで、裕明の第二句集『花間一壺』の帯文に「その作品についてその特長を的確に指摘することは可成り難かしい」と書いている。

裕明の没後に有志の手で上梓された全句集の栞を見ると、夏石番矢のような前衛派の俳人も一文を寄せ「朦朧としているのだが、不思議な気配を、作品に漂わせる天性がある」と肯定的な評価を与えている。要するに裕明の句は、伝統派とか前衛派とか戦後長く戦わされたセクト主義の外にある。大きく言えば冷戦後の世界の混沌を体現していると言えばいいか。その辺に平成を代表する俳人であったと評価される訳があるのかもしれない。

掲句も前の句と同様、なぜ「春氷」と付けたのか、理屈を言った途端に裕明は逃げてしまいそうだ。全句集の解題の中で俳人の岸本尚毅は「自ら選んだ言葉に対する楽天的とも思える自信が、裕明の底力であった」と書いている。なんとも感覚的なところが魅力なのだろう。

# 空へゆく階段のなし稲の花　裕明

『夜の客人』

総合誌「俳句」二〇一九年五月号の、平成を代表する句のアンケートで二位となったのが掲句。第五句集『夜の客人』は二〇〇五（平成十七）年一月の上梓だが、白血病を患った裕明は前年暮れに逝った。だからこれは遺句集ということになる。それにしても掲句のイメージのなんと淡いことか。辞世の句かとも思ったが、句集あとがきには「俳句と人生に取り組みたい」と書いている。句集をまとめた時は死ぬとは思っていなかったのだろう。

二十二歳で新人の登竜門・角川俳句賞を受賞した裕明は当時最年少記録をつくったが、令和二（二〇二〇）年に二十一歳で受賞した岩田奎《けい》に破られた。奎は受賞の言葉で「（受賞作の）題の『赤い夢』も（中略）田中裕明によるかつての本賞受賞作『童子の夢』への意識ゆえである」と裕明に触発されたことを明かしている。

奎に限らず裕明に惹かれる若手俳人は多い。死からすでに二十年近く経つが、裕明の存在感はいよいよ大きくなっているように見える。大胆な季語の選択を含めた、彼の悠々とした句作りが現代の読み手に癒しを与えているのかもしれない。それは白か黒かで語られがちな、短絡的で対立的な言葉の時代への抵抗の表れではないかとも思う。

## うすらひは深山《みやま》へかへる花の如《ごと》　藤田湘子《しょうし》

（一九二六〜二〇〇五年）『春祭』

新興俳句や社会性俳句全盛時代に、抒情性に満ちた句を引っ提げて登場した湘子は彗星のような存在に見える。神奈川県小田原に生まれ、昭和十八（一九四三）年、十七歳で秋櫻子の「馬醉木」に入会。波郷の下で馬醉木の編集に携わり、三十一歳で編集長となるも、三十八歳で「鷹」を創刊。四十二歳で馬醉木を離れて鷹主宰となった。

掲句の、春の薄氷を花に見立てた感覚は繊細だが、読み手の意表を突いて抒情性を強く感じさせるのは中七の「深山へかへる」という表現ではないか。掲句のほかにも「枯山に鳥突きあたる夢の後」（『狩人』）の「突きあたる夢の後」なども彼ならではの表現だ。

弟子たちに対する湘子は体育会系の親分肌だったようだ。現鷹主宰の小川軽舟が「酒の飲み方では真っ先に、盃を手にしたら肘を上げよと指導された」（『俳句と暮らす』）と回想している。湘子の生きざまとともに、弟子の面倒見のよさも感じさせるエピソードだろう。

平成二（一九九〇）年の蛇笏賞を、主催者である角川書店社長だった角川春樹が受賞した時、選考委員四人のうちで湘子は唯一人「春樹氏は賞を授ける側の人」だとして受賞に反対した。筋を通す人だった。

# 松風や俎《まないた》に置く落霜紅　森澄雄

（一九一九～二〇一〇年）『雪櫟』

「落霜紅」は「うめもどき」と読む。モチノキ科の低木で葉が梅に似ていることから「梅擬」とも書く。秋に真っ赤な美しい実をつける。まな板に落霜紅の実、あるいは実をつけた小枝ごと置いたのだ。べつに調理のためではないだろうから、そこには、作者の遊び心、風狂の心が感じられる。上五の「松風や」は「俎に置く落霜紅」ができた後に付けた言葉ではないか。実際に松風が吹いたのではなく、作者の心の中を吹きすぎた松風。蕉風開眼の句とされる芭蕉の「古池や蛙飛こむ水のおと」が、まず「蛙飛こむ水のおと」ができた後に「古池や」と付けられたのに似ている。「松風や俎に」と母音のア音の連続する開放された調子の後で一転、口をすぼめた「置く落霜紅」のオ音、ウ音で引き締まる。読み手の関心は落霜紅の実の濃い赤へと集中してゆく。

第一句集『雪櫟』は昭和二十九（一九五四）年上梓。澄雄が九州帝大に進み俳句を始めた昭和十五年から、戦争で召集され南方戦線に出征した三年半の空白を挟んで、戦後の昭和二十八年までの四百十九句を収めた。掲句は同二十一年の復員後間もない頃の吟だろうか。「俎に置く落霜紅」という言葉からは、敗戦直後の、将来を見通せず鬱勃とした澄雄の姿も連想される。

# 除夜の妻白鳥のごと湯浴《ゆあ》みをり　澄雄

『雪櫟』

「白鳥のごと湯浴みをり」とはどんな様子だろうか。冬の湖沼にたむろする白鳥を観察すると、長い首をくねくねと器用に回転させながら背中の方まで羽繕いしている。人間だから白鳥さながらというわけにもいかないだろうが、背中や腰へしなやかに腕を回しながら湯浴みしている姿が思い浮かぶ。若妻の肢体の艶めきも伝わってくる。俳人が妻の入浴風景を句にするのは、画家が妻をモデルにして裸婦像を描くようなもので大胆だ。下手をすれば句が俗っぽくなる危険もはらむが、「除夜の妻」という引き締まった表現が厳粛で神々しさを感じさせる。

澄雄は復員の二年後、昭和二十三（一九四八）年に結婚。新妻のアキ子を連れて上京し、都立高校の社会科教師となった。当初は住まいもなく学校の一室に住んだそうだが、やがて練馬に住まいを得た。この頃、息子や娘が生まれている。『わが暢気眼鏡』という澄雄の随想を読むと、住まいは櫟林の中の一軒家で、露天風呂だったようだ。こう書いている。「若い母親が、夕暮の緑の中にうすうすと煙をあげる風呂桶につかりながら二人の子供に湯を使わせている図も眺めとしてなかなかいいし…」。妻子のため風呂焚きでもしていたのだろうか。

# 水あふれゐて啓蟄《けいちつ》の最上川　澄雄

『花眼』

「啓蟄」は二十四節気の一つで三月の初旬。立春、雨水、啓蟄と少しずつ春の気配が広がってゆく。草木が芽吹き、地中から虫たちが這い出して来る。掲句は最上川の辺での吟だろう。『おくのほそ道』の旅で芭蕉と曾良が山形・新庄から舟で下ったあたりに立つと、この川の雄大さがわかる。春先の雪解水で水量が増していればなおのことだ。「水あふれゐて啓蟄の」と声に出して読み下すと、大河の流れのように心地よい。

評論家の山本健吉が名著『定本現代俳句』で指摘するように、澄雄には地名を詠み込んだ名吟が多い。掲句のほか「さくら咲きあふれて海へ雄物川」（『浮鷗』）、「鮎食うて月もさすがの奥三河」（『鯉素』）、「さるすべり美しかりし與謝郡」（『游方』）など。澄雄は句作について「俳句は自然が持っている言葉を『貰う』」（『新・澄雄俳話百題』）と、巧まないことを強調するが、地名の選択には心を砕いたはずだ。

掲句のリズムの良さは「最上川」の最初の母音オが、上五中七の各文節の最初の母音イ・ア・イ・エとだぶらないことが大きいだろう。ほかの句も「雄物川」「奥三河」「與謝郡」の最初の母音オが、一句を引き締め効果的に働いている。澄雄俳句のリズムの良さの秘密はここにある。

# 秋の淡海かすみ誰にもたよりせず　澄雄

『浮鷗』

澄雄の「近江（淡海）通い」は有名だ。第三句集『浮鷗』上梓の前年、昭和四十七（一九七二）年に師の加藤楸邨とシルクロードを旅した。近江通いはこの旅がきっかけだった。随想『シルクロードと近江』に「近江にひかれたのは、正確にいうとそのシルクロードの旅の半ばから、そしてまた単に近江というより、芭蕉の近江にひかれた」と書いている。芭蕉が近江唐崎で詠んだ句「行春を近江の人とおしみける」が彼を近江に誘ってやまなかったという。

シルクロードと近江、芭蕉の句に共通するものを「あるはるかなものの悠久の思い」と書いている。それぞれ長い歴史を刻んできた縁もゆかりもない二つの土地が、芭蕉の句を通して澄雄の心に一つのイメージを結んだのだろう。『浮鷗』には近江の旅吟が二十余句並ぶ。

その中で澄雄の「心の飢え」を終息させてくれたというのが掲句。句は意味の上では「秋の淡海かすみ」で切れるのだろうが、読み手としてはゆったりと「秋の淡海」と読んでから一区切りし、「かすみ」でまた小休止、そして一気に「誰にもたよりせず」と読み下したい。芭蕉の「行春」の句が湖南の連衆との宴の句とすれば、掲句は秋の淡海に佇む澄雄の孤心の句と言っていい。

# 白をもて一つ年とる浮鷗　澄雄

『浮鷗』

澄雄は弟子たちに句作の要諦をこう語っている。「俳句はたった十七文字だから、ひと呼吸で作らないと駄目なんです。三つも四つも息をついて、考えて作ったんでは駄目なんだ。息を深く吸って、ふっとひと息吐く――それが俳句なんだよ」(『新・澄雄俳話百題』)。

俳人の多くは手帳を携えて、吟行に出ればそこに書き付け、投句までに何度も推敲するだろう。澄雄は手帳を持たなかった。「近江通い」でも手帳に書かず、宿に帰り筆墨で和綴じの帳面に一気呵成に次々と句を書きつけたという。芭蕉は「手帳らしき句も嫌ひ侍る」(『去来抄』)と戒めたが、芭蕉を目標とした澄雄もそれに倣ったのだ。ちまちました推敲で常識や理屈が入り込むのを嫌ったのだろう。

ただし一気呵成に詠むから、自分の思いとしっくりこないときもある。近江通いで詠んだ「秋の淡海」の句で心の飢えが終息したという。満足のゆく句が詠めたということだろう。『浮鷗』の昭和四十四(一九六九)年の項に掲句とよく似た「浮寝していかなる白の冬鷗」という句もある。これは「白」「冬」が付きすぎと思う。澄雄も内心満足できなかったのだろう、三年後に福井の種の浜(色の浜)で得たのが掲句。悠々とした推敲によって代表句の一つとなった。

## ぼうたんの百のゆるるは湯のやうに　澄雄

『鯉素』

福島県須賀川の牡丹園のようなところでの吟だろうか。たくさんの牡丹の花が風にいっせいに揺れているのを「湯のやうに」と見立てたのが斬新だ。沸騰した湯をイメージしたのだろう。

澄雄は、子規の写生論以降、現代俳句がやせ細ったと主張する。芭蕉が語ったという「物の見えたる光、いまだ心に消えざる中《うち》にいひとむべし」（『三冊子』）をいつも引き合いに出す。『三冊子』ではこの後に「趣向を句のふりに振り出す」とも言っている。つまり自分の心に浮かんだ趣向を即座に言葉にするという意味。掲句の「湯のやうに」がまさにそうだろう。澄雄の「俳句はたった十七文字だから、ひと呼吸で作らないと駄目」という考え方は師の楸邨ともよく似ている。楸邨は六十代の頃から硯に惹かれ、筆墨で句を書くようになった。筆墨句集『雪起し』のあとがきで「句を詠むことと字を書くこととが同時になって（中略）一気に一句を生み出さなくてはならない」と書いている。

『鯉素《りそ》』は昭和五十二（一九七七）年上梓の第四句集。鯉素とは「鯉魚尺素」の略で手紙の意。澄雄は中国の古典や仏典を読み耽り、古俳諧へ傾斜を強めた。同年、五十八歳で教職を去り俳句一筋の生活に入る。この句集で翌五十三年、読売文学賞を受賞した。

# 青饅《あをぬた》やこの世を遍路通りゐる　澄雄

『鯉素』

「この世を遍路通りゐる」には、芭蕉の『おくのほそ道』の冒頭「月日は百代の過客にして、行かふ年も又旅人也」の面影がある。春光の中を白装束の遍路が通り過ぎてゆく。無限の時空の中の、一瞬のこの世を通り過ぎる遍路。そこに緑鮮やかな「青饅や」と付けた。

澄雄は、芭蕉が語ったという「虚に居て実をおこなふべし、実に居て虚にあそぶべからず」（支考著『俳諧十論』）を句作の座右にした。無限の時空を塵のように漂う人間は虚ろな存在に違いないが、いま生きていることを確かならしめることが「実をおこなふべし」ということだろう。句作はそうでなくてはならない。「青饅や」はまさに掲句の実ということになる。

古俳諧への傾斜を強めた澄雄は、おおらかで自在な句境を深めてゆく。現代俳句では一句の中に季語が複数入ることを「季重なり」といって俳人の多くは避けるが、澄雄には季重なりの名句が多い。掲句もそうだし、『鯉素』にはほかにも「干瓢を干してや湖に秋のいろ」「大年の法然院に笹子ゐる」など枚挙にいとまがない。季重なりの問題など瑣末なことと考えていたのだろう。そんなことより、大きな呼吸、大きな間合いで詠むことこそが眼目だったのだ。

## 億年のなかの今生実南天　澄雄

『四遠』

　五十代にシルクロードや近江通いなどの旅を繰り返す中で、時空をひろびろとつかむ句作りを体得した澄雄は、第四句集『鯉素』で「ぼうたん」「青饅」の句のほかにも「西国の畦曼珠沙華曼珠沙華」「若狭には佛多くて蒸鰈」「炎天より僧ひとり乗り岐阜羽島」「大年の法然院に笹子ゐる」など自在で俳味のある代表句を量産した。

　六十代に入り上梓した句集『游方』『空艪』になると、さらに自在でかるがるとした詠みぶりに磨きがかかる。前者には「雪しづかなればおのづと雪女郎」「火にのせて草のにほひす初諸子」など、後者には「水入れて近江も田螺鳴くころぞ」「鯉老いて黒剝落す山ざくら」などの佳吟が収められている。

　ところが六十三歳の昭和五十七（一九八二）年、脳梗塞が襲った。四年後に上梓した第七句集『四遠』のあとがきで、「右手に多少の不自由を残すのみでほとんど快癒した」と書いているが、「おほかた家居安養の日々」の中で成った句集だと明かしている。確かに身辺詠が多い。掲句も自庭を見回しての作だろうか。「億年のなかの今生」に生をいとおしむ思いがにじみ「実南天」がなんとも切ない。「虚に居て実をおこなふ」句境はいよいよ深まってゆく。

# 白地着てつくづく妻に遺されし　澄雄

『餘日』

六十三歳で脳梗塞に襲われた後も、澄雄は九十一歳で亡くなるまで約三十年を生き、句を詠み続けた。この間も脊椎管狭窄症、大腸癌、脳溢血など大病を患い、半身不随で車いす生活を余儀なくされた。もちろんかつてのような旅はできなくなり、見る世界は限られたが、『四遠』に「はるかまで旅してゐたり昼寝覚」という句があるように、句世界はむしろひろびろとしてゆく。

澄雄は弟子に「何の材料もなくて俳句を作ることを覚えた。寝ながら、考えなしに、無尽蔵に俳句ができる。自然から貰う」（『新・澄雄俳話百題』）と語っている。現代俳句が作為や趣向でがんじがらめになっていると厳しく批判した。「俳句はひと呼吸で作る」とも言った。肉体が不自由になったことで、澄雄の関心のベクトルは自身の内側へと向かった。並みの俳人なら独りよがりにも陥るかもしれないが、芭蕉が「俳諧は三尺の童にさせよ」（『三冊子』）と語った句境に、澄雄ならではの向かい方で近づいたのだろう。

掲句は、昭和六十三（一九八八）年に四十年連れ添った妻・アキ子に先立たれて詠んだ。「つくづく」が痛切だが、亡妻の句を百句作ったと語っている。精神の強靭な俳人だった。

雪解け道さがり眼の子の菓子袋　川崎展宏《てんこう》

（一九二七～二〇〇九年）『葛の葉』

雪解け道を向こうから目尻の垂れた子どもがやって来る。手には菓子袋。句はそれを言っているだけだ。理屈っぽい読み手なら「なぜ、さがり眼?」「なぜ、菓子袋?」と考え込んでしまうだろう。展宏にはほかにも「うしろ手に一寸紫式部の実」（『義仲』）や「むつとした顔を金魚の水の上」（『観音』）など似た感じの句が多い。俳句は新聞や小説のような散文ではない、意味を離れなければいけない、と教えられても現代人はついその句になにか意味を見出そうとする。展宏の句はそういう読まれ方を断ち切ろうとしているのではないか。

第一句集『葛の葉』の跋で展宏は「俳句は遊びだと思っている。余技という意味ではない。いってみれば、その他一切は余技である。遊びだから息苦しい作品はいけない」と書いた。これが「真剣な言葉遊び」ということなら、展宏には芭蕉以前の貞門派、談林派に近い匂いがある。また虚子門下の阿波野青畝の句「さみだれのあまだればかり浮御堂」（『万両』）や、「俳句は餘技でしかない」（『も丶ちどり』跋）と言った久保田万太郎の句「竹馬やいろはにほへとちりぢりに」（『草の丈』）の系譜も感じられる。掲句は、昭和三十六（一九六一）年から同四十三（六八）年まで暮らした山形県米沢時代の作。

# 「大和」よりヨモツヒラサカスミレサク　展宏

『義仲』

展宏は二十七歳の昭和二十九（一九五四）年、加藤楸邨の「寒雷」に初めて投句した。楸邨は水原秋櫻子の門下であり、虚子に批判的。だが展宏はその虚子に傾倒して『高浜虚子』などの著作をものした。なぜ彼は虚子ではなく楸邨についたのだろうか。俳句を始めたのが虚子の最晩年で、すでに「ホトトギス」主宰を離れていたからか。展宏は寒雷で兄事した森澄雄から「虚子はええぞ」と言われ「嬉しかった」と書いている（『花眼の人』）。

展宏の句作りの根には、虚子の句作りへの強い憧憬があるようだ。彼は『虚子』という評論の中で「虚子の主観は、古典的な美意識から発していて、その美意識は主として謡曲に育てられたものであろう」と書いた。それはまさに展宏自身の「美意識」ではないのか。

掲句は撃沈され海底に眠る戦艦大和の乗組員の御霊から「ヨモツヒラサカ（黄泉平坂）にスミレ（菫）が咲いた」と打電があったという。哀悼の誠が伝わるが、美しくもある。滅び去ったものへの慕情と言えばいいか。南朝の武将として討ち死にした楠木正行《まさつら》の腹巻を詠んだ「花の塵ならで形見の札小札《さねこざね》」（『観音』）も滅びしものへの慕情だろう。それは虚子の句「鎌倉に実朝忌あり美しき」（『五百五十句』）にも感じられる。

# 喉元のつめたき鶯餅の餡《あん》　展宏

『夏』

展宏は愛酒家だったようで、酒にまつわるエピソードを書いている。「酔語」と題した短い随想。西武池袋線江古田駅近くの行きつけ「和田屋」という居酒屋で飲む話だ。「お酒、といえば透き通しの正一合が熱燗で来る。必ず鯵のたたきを注文するのは、その胸を見ながら飲む妙な癖を覚えたからだ」と書くあたりは日本酒党であることが一目瞭然で「正一合」で出す店とのなじみの関係が伝わる。話はこの後、鯵の胸の美しさを見ているうちに酔いが回り、戦艦大和の轟沈へと飛んでゆくのだが…。

掲句は酒ならぬ、鶯餅の餡を詠んでいる。甘党でもあったのだろうか。「つめたき鶯餅の餡」と字余り（破調）にしたことで餡がゆっくり喉元を通るひんやりとした感触が伝わり、いかにも旨そうだ。彼の触感は喉だったようで、『夏』の後の句集『秋』には「冷酒のおりる段々咽にあり」という句もある。

晩年は多くの病に襲われた。『春　川崎展宏全句集』の年譜には、脊柱管狭窄症手術や前立腺がん治療、嚥下機能低下で胃ろう増設などとある。胃ろう手術後に「ここからでもお酒が飲めそうですよ」と声をかけられ、即座に「酒はのど越し」と返し憮然としたという。

# ふと覚めし雪夜一生見えにけり　村越化石《かせき》

（一九二三〜二〇一四年）『山國抄』

雪の夜にふと目が覚めて、一生が見えたというのだ。これから歩む人生のことだろう。むろん誰しも未来は分からない。本人の努力や運命によって思い描いた人生が変わることは十分あり得る。しかしそんな甘い期待を化石は抱けなかったのだろう。

彼は今の静岡県藤枝市に生まれた。旧制中学に通っていた十六歳のときハンセン病（当時はらい病と呼ばれた）と診断され、故郷を離れることを余儀なくされた。十九歳で群馬県草津町の国立療養所栗生楽泉園に入所。ハンセン病は慢性感染病で今は治療法があるが、当時は不治の病とされ強制的に隔離された。

化石は俳句に生きがいを見出した。大野林火主宰の「濱《はま》」に入会し、句作に打ち込んだ。三十六歳で新人の登竜門・角川俳句賞を受賞。四十八歳で両眼の視力を失ったが、五十二歳で上梓した第二句集『山國抄』で俳人協会賞を受賞した。掲句はそこに収められた句。一生を見据えたのは心眼ということになる。

第三句集『端座』で俳壇最高の蛇笏賞を受賞。そこには「籠枕眼の見えてゐる夢ばかり」という句がある。掲句と併せ読むと、晴眼者を超える研ぎ澄まされた心眼を得て俳句を詠み、人生を変えたと思う。九十一歳の天寿をまっとうし栗生楽泉園で亡くなった。

# 虫の夜の星空に浮く地球かな　大峯あきら

（一九二九～二〇一八年）『夏の峠』

科学技術の進歩で宇宙の謎は徐々に解明されているが、人類の足跡は宇宙全体から見れば依然無にも等しい。人類以外にも高等な生命体が存在するのかもしれないが、まだ確証はない。人類は宇宙で限りなく孤独な存在だ。私は時折、占い師が水晶玉を覗くように、宇宙の外から誰かがそっと地球を覗いているのではないかと夢想する。掲句を読んだとき、この夢想が浮かんだ。

哲学者で仏教者でもあるあきらは掲句を詠んだとき、どこにいたのだろう。彼は自解で「作者は一種の眩暈《めまい》を経験したのである。星空を仰いでいた少年の日の不思議な眩暈が、年を経てまた私を襲ったのである。私はいったいどこにいるのか」（シリーズ自句自解Ⅰベスト100『大峯あきら』）と告白する。彼の故郷・奈良県吉野の澄んだ星空を思う。

あきらには掲句のほかにも宇宙を詠んだ句が多い。「月はいま地球の裏か磯遊び」（『牡丹』）、「草枯れて地球あまねく日が当り」（『短夜』）など。彼は「（俳句の）宇宙性とは、俳句という文芸の対象ではなく視座を意味する。すべての物を宇宙という無限者との関係において捉える視座のことなのである」（歳時記学第八号『季節のコスモロジー』）と書いている。

# 最澄の瞑目つづく冬の畦　宇佐美魚目《ぎょもく》

（一九一九〜二〇一八年）『秋収冬蔵』

日本天台宗の開祖・最澄は唐に渡り主に顕教経典を持ち帰った。だが、国内で注目されたのは同時期に渡唐した真言宗の開祖・空海のもたらした密教だった。やむなく最澄は空海から密教経典を借りた。また最澄は仏性をめぐる奈良仏教との論争でも苦労した。作家の司馬遼太郎は「最澄の後半生はくるしかった」（街道をゆく16『叡山の諸道』）と書いている。掲句の「最澄の瞑目つづく」からは彼の苦難の後半生が浮かぶ。

魚目門下の俳人・武藤紀子は「魚目はこの句が一番好きだったのではないかと思っている。最澄が好きだったのだと」（『宇佐美魚目の百句』）と語る。おそらく魚目は、生真面目で苦労人の最澄に好ましさを覚えたのではないか。それゆえ下五に比叡山の高みではなく、平場の「冬の畦」と置いたのだろう。

魚目の代表句といえば「東大寺湯屋の空ゆく落花かな」（『天地存問』）がよく挙げられるが、彼の真骨頂は大胆な二物衝撃（取り合わせ）にあった。「東大寺」の句もむろん悪くはないが、彼にしてはややまともすぎるかもしれない。

魚目は虚子最晩年の弟子。名古屋に生まれ、書家としても著名。主宰誌は持たなかった。亡くなったのはちょうど深秋の十三夜の頃で、私は紀子らと北陸金沢で句座を囲んでいた。

## 曼珠沙華どれも腹出し秩父の子　金子兜太《とうた》

（一九一九〜二〇一八年）『少年』

兜太が九十八歳で大往生した後、新聞俳壇に追悼句が多く寄せられた。著名俳人なら珍しくないが、当時「日経新聞俳壇」選者だった黒田杏子（二〇二三年没）の元には三回忌まで毎週途切れることなく寄せられたという。これは兜太だけだろうと杏子が書いている（『俳句界』二〇二〇年五月号）。かように大衆人気が高かった。晩年、自民党・安倍晋三政権の改憲の動きや安保関連法改定に反対してデモのプラカードに「アベ政治を許さない」と揮毫した。東京新聞で「平和の俳句」選者を務めるなど、反戦運動の先頭に立ったイメージが大きい。

兜太は長生きしたこともあり、戦後の荒廃から高度経済成長、冷戦終結、保守・大衆化と日本の歩みに合わせるように、さまざまなキャッチフレーズ（造型論・定住漂泊・存在者など）で自己アピールしてきた。風貌や言動は大胆不敵だが、没後上梓された『金子兜太戦後俳句日記』などを読むと、実像は緻密な戦略家だったと思う。

一貫して変わらなかったのは、出身の埼玉県秩父（正確には皆野町、生まれは母の実家・小川町）の風土に深い愛着を持ち、俳句に詠み続けたこと。掲句もその一句。「腹出し秩父の子」とはもちろん自画像であろう。大衆に愛された兜太の原点がここにある。

# 水脈《みを》の果て炎天の墓碑を置きて去る　兜太

『少年』

戦争中の昭和十八（一九四三）年、兜太は東京帝国大学経済学部を繰り上げ卒業後、日本銀行に入行。しかし三日後には退職し、海軍経理学校に入校。翌年、二十五歳で海軍主計中尉として西太平洋のトラック島（現ミクロネシア・チューク諸島）に赴任した。同島は日本軍の重要な戦略拠点だった。兜太は当時「民族防衛のため戦闘に参加したい」と志願して赴任したという。だが同島はすでに米軍の空襲にさらされ、反撃の余力はなかった。

兜太は同島で戦友の戦死や餓死を眼前に、自分は紙一重で助かったと回想している。敗戦後も一年余り、米軍捕虜として同島にとどまり、復員船で帰国したのは昭和二十一（一九四六）年十一月。同島で詠んだ句を薄い紙に写し、米軍の検閲をかいくぐって持ち帰ったという。

第一句集『少年』に収められた同島での句は「魚雷の丸胴蜥蜴這い廻りて去りぬ」など戦場的な句もある一方、「あたり見廻しひとりの夜闇ふと美し」「畑中の檸檬の一樹輝かに」など抒情的な句も多い。後年の兜太は社会性・前衛俳句の旗手となるが、当時は抒情性を打ち出していた。掲句は復員船中での句。亡き戦友たちの「炎天の墓碑」を胸に反戦への決意を誓う。

# 青年鹿を愛せり嵐の斜面にて　兜太

『金子兜太句集』

兜太の俳歴は戦前にさかのぼる。医者の父・伊昔紅《いせきこう》が水原秋櫻子門下の俳人で秩父俳壇の世話役のような人だったので、身近に俳句があった。十九歳のとき、全国学生俳誌「成層圏」に加わり、中村草田男などの指導を受け、東大に入学後は加藤楸邨主宰の「寒雷」に投句を始めた。戦争から帰り、日銀に復職後、再び俳句仲間たちとの交流が活発化する。

この間、俳壇は大きな波を受けていた。仏文学者・桑原武夫が昭和二十一（一九四六）年、「世界」十一月号に発表した「第二芸術」で、旧態依然たる俳句は価値の低い二等の芸術であり、芸術の近代化を阻むと手厳しく指摘した。第二芸術論の矛先は俳壇の頂点・高浜虚子の「花鳥諷詠」に向けられ、社会性俳句勃興を促した。

兜太は復職した日銀で当初、労組活動に専念するが、その後福島支店へ転出。昭和二十八（一九五三）年には神戸支店に異動する。ここで新興俳句運動の担い手たち、西東三鬼や鈴木六林男、平畑静塔らと交流して刺激を受け、自身の俳論を固めるきっかけとなった。

掲句は神戸・六甲山での吟という。実際に青年と鹿を見たかはともかく、兜太は「映像にした」と言う。「嵐の斜面」とは荒々しい社会の象徴か。彼自身の心の有様が句になった。

# 銀行員等《ら》朝より螢光す烏賊《いか》のごとく　兜太

『金子兜太句集』

兜太が東大を出て日銀に就職した動機はごく打算的なものだったようだ。「わが戦後俳句史」（『金子兜太集』第四巻）に「〈戦争に敗れても残るところ〉という考えが大きなウエイトを占めていました。中央銀行なら間違いなく残る」と書いている。このあたりは自ら志願して海軍に入った動機を「一兵卒は嫌だ。それならせめて士官として」（聞き書き『あの夏、兵士だった私』）と語っているのに似ている。

他方、打算的とは真逆なのは、日銀に復職後、労組活動に専念して出世を棒に振ったこと。非業に死んだ戦友たちに報いるためだったという。日銀の先輩から「将来を棒に振るぞ」と忠告もされたようだが、意に介さなかった。経済的に家族を困らせないためと五十五歳の定年まで勤め上げたが、職場で不愉快な思いもしたようだ。

掲句は自解によれば、神戸支店の職場の朝の光景という。前日、家族と水族館でホタルイカを見てきて思いついたらしい。自分もその一員なのだが、別人種を観察するように「銀行員等」と詠んでいる。そこに勤めはするものの、俳人として句材にしてやるくらいに考えたのかもしれない。後に傾倒する小林一茶のような詠みぶりだが、凡人にはなかなか真似できない。

## 彎《わん》曲《きょく》し火《か》傷《しょう》し爆心地のマラソン　兜太

『金子兜太句集』

桑原武夫の「第二芸術」をきっかけに、燎原の火のごとく広がった社会性俳句運動。兜太も巻き込まれた。澤木欣一が創刊した俳誌「風」に参加した兜太は、同誌の〈俳句と社会性についてのアンケート〉に「社会性は作者の態度の問題」と答えた。これは山口誓子の「社会性とは素材」とする考え方に対峙するものだ。誓子は、虚子が唱えた「花鳥諷詠」から外れる素材、ラグビーやメーデー、プールなど社会の新しい素材を詠み込んだ。一方、兜太は「素材より創る自分」が大事だと主張した。一言で言えば、素材を「創る自分」の中に取り込み、溶鉱炉で溶かすように造型し直す。これが昭和三十六（一九六一）年に発表した「造型論（造型俳句六章）」だ。

掲句はその造型によってできた代表句。兜太は昭和三十四（一九五九）年に神戸から長崎に転勤し、爆心地に立った。「わが戦後俳句史」によれば、実際には爆心地を若やいだマラソンランナーが走ってゆくのを見たのだが、兜太の頭の中では「ランナーたちは、体を歪め、火傷して、崩れてゆく」映像が焼きつき、繰り返しあらわれてきたという。空想が現実をのみ込んだ。ただ文節がすべて母音のア音で押韻された効果によって、悲惨というより躍動的な感じがする。

# 果樹園がシヤツ一枚の俺の孤島　兜太

『金子兜太句集』

兜太は昭和三十五（一九六〇）年六月、東京に転勤した。折しも東京は安保闘争のさなか。俳壇もまた、戦後まもなく発足した「現代俳句協会」が有季派と無季容認派の対立によりこの翌年に分裂した。有季派は新たに「俳人協会」を設立して中村草田男が初代会長に就いた。

昭和三十七（一九六二）年、兜太は季語（季題）をめぐって草田男と激しく論争した。兜太は、季語は長い俳句の歴史の中で磨き上げられたものとして尊重はするが、約束事として縛られたくはない、もっと社会的な出来事などを自由に詠みたいとの立場。有季の句も詠むが、無季の句も詠む。たとえば掲句は季語がないので、有季派から見れば無季の句ということになる。ただ読み手は「シヤツ一枚」という表現から明らかに夏を感じるだろう。自らの拠って立つ場所を明確にした兜太にとって「果樹園」が「シヤツ一枚の俺の孤島」であるという主張こそがこの句の眼目なのだろう。

一方の草田男は、思想・感情表現を「活きた作品」にするために「季題というものの有機的作用をとおさなければならない」（『金子兜太氏へ』）と主張し、かみ合うことはなかった。前衛俳句の旗手となった兜太は論争の年、同人誌「海程」を創刊する。

## どれも口美し晩夏のジャズ一団　兜太

『蜿蜿』

第三句集『蜿蜿』は昭和四十三（一九六八）年上梓。「蜿蜿《えんえん》」とは蛇がうねる様をいう。兜太には「蛇黒く住みつく家の梅酒に酔う」（『金子兜太句集』）や「蛇捨てにてくてくゆけば蛇が覗《のぞ》く」（『暗緑地誌』）ほか蛇を詠んだ句が多い。戦争中にトラック島で蛇を食った影響かと思ったら、聞き書き『あの夏、兵士だった私』には、蝙蝠は食べたが、蛇は同島にいなかったとある。師の楸邨が蟇《ひきがえる》や蟻の句をよく詠んだ影響か、あるいは山国・秩父時代の思い出かもしれない。

掲句はそれとは打って変わって都会的でバタ臭い句。自解によれば、日比谷公園で見たジャズ一団という。約束事の季語には縛られない兜太だが、この句は「晩夏」の季語が不動の位置を占めている。ほかの季節ではだめだろう。この句については、自著『今日の俳句』の季語について語る中で詳しく触れている。「ふと、晩夏の光を思い出し、そして、ジャズの人たちの口の赤さが、そのとたん、さらに鮮明になる思いにとらわれたのである」

演奏するジャズ一団を取り囲むように、高度経済成長時代の活力みなぎる勤め人たちの姿も見えるようだ。ただし句集には「霧の村石を投《ほう》らば父母散らん」と同時代の裏面を詠んだような句もある。

# 人体冷えて東北白い花盛り　兜太

『蜿蜿』

兜太は大衆好みの「定住漂泊」とか「存在者」とか「荒凡夫」（これは小林一茶の言葉だが）とか時代の気分を掬い取ったようなキャッチフレーズに長け、「造型論」など理論にも長じていた。ともすれば彼の俳句そのものより、キャッチフレーズや理論の方に目が奪われてしまう。しかしそれでは兜太の幻術にはまってしまうだけのように思えてくる。

それをよく分かっていたのは、伝統派として兜太の好敵手だった森澄雄と飯田龍太ではないか。澄雄は『季語』という評論の中で、兜太の「約束事としての季語を拒否する」主張に理解も示しつつ、無季の句に与することはしない。龍太も『低音のよろしさ』という評論の中で、兜太の句を褒める一方、「低音をともなわぬ甲高い作はことごとく失敗作」と断じた。

この二人が共に好評価を与えたのが掲句。澄雄は「東北の分厚い風土の質感」と言い、龍太は「交響曲のなかの低音部のよろしさ」と言う。兜太の自解では、青森県津軽の林檎畑の農作業を見た折の吟という。だから「花」は桜ではなく、ひんやりとした林檎の花。句の眼目は「人体冷え」た「東北」人の重層的な哀しみを「白い花盛り」という言葉に造型したことだろう。現代の読み手なら東日本大震災を想起するに違いない。

# 梅咲いて庭中に青鮫が来ている　兜太

『遊牧集』

兜太の「造型論」は全六章から成る。なかなか難解だが、言わんとするところは、過去の俳人たちが「客観（描写）」か「主観（表現）」かでせめぎ合ってきた、その二元的対立を乗り越えるものとして「創る自分」による造型を打ち出したこと。第六章で兜太は自句「華麗な墓原女陰あらわに村眠り」（『金子兜太句集』）を例に説明している。長崎県の半農半漁の貧しげな村で見た「黒い城のよう」な墓地や、「この村で行なわれている性行為」を「華麗な墓原」「女陰あらわに」という表現に造型したという。「自分の心象にふさわしいかたちに具体的に構成」して「暗いけだるい土俗的情緒」を設定したと語っている。

ときに鑑賞が難しいと思える兜太の句も、このように種明かしされてみればよく分かる。兜太の見る対象は、頭の中で自身の心象に置き換えられる。そこではもはや描写か表現かの対立は起こり得ない。

掲句も自解によれば、自宅の庭の白梅が咲き、（夜の）庭は海底のような青い空気に包まれていたという。それが心象を通して庭中を泳ぎ回る「青鮫」となった。トラック島の海で見た鮫が深層心理にあったかもしれない。幻想的で美しい海底世界が造型された。

# おおかみに螢が一つ付いていた　兜太

『東国抄』

昭和三十五（一九六〇）年の安保闘争が終わると、日本は高度経済成長へと向かう。兜太の関心も時代と歩調を合わせるように、社会性・前衛から、小林一茶や種田山頭火へと向かった。昭和四十二（一九六七）年には故郷の秩父に近い、埼玉県熊谷に転居し「荒凡夫」「定住漂泊」を唱える。「荒凡夫」とは一茶が六十歳のとき書いた『文政句帖』に出てくる言葉で、俗世の迷いから抜けられない自分をこう表現した。相反する言葉を合わせた「定住漂泊」は、一所に定住しつつ山頭火の漂泊の心に寄り添おうという思いだろう。

一茶は世間智に長けて用心深い面があったし、山頭火は芭蕉のように求道的ではなく役者じみたナルシストの面があった。兜太の関心が芭蕉でなく一茶へ向き、同じ漂泊者でもより破滅的な井上井月や尾崎放哉でなく山頭火へ向いたのは、おそらく自分の気質に近いと感じたからではないか。前に山頭火のところでも触れたが、兜太は、井月や放哉の遁世に比べて「生ぐさい乱れこそ山頭火の魅力」（『種田山頭火——漂泊の俳人』）と評している。

掲句を収めた『東国抄』は八十二歳の第十三句集。その前の第十二句集は『両神』、第十一句集は『皆之』で、タイトルからも晩年は秩父への郷愁が募ったようだ。掲句も狼信仰が残る故郷へのオマージュ。

## 死と言わず他界と言いて初霞　兜太

『百年』

兜太の晩年は、栄誉で華やかに彩られているように見える。『東国抄』により八十三歳で蛇笏賞、八十四歳で日本芸術院賞、八十六歳で日本芸術院会員、八十九歳で文化功労者、九十一歳で菊池寛賞など、まばゆいばかり。

九十代は安倍晋三政権の時期と重なった。前にも書いたが、安保関連法改定の際、反対する人々のデモのプラカードに「アベ政治を許さない」と揮毫して反戦運動のシンボル的な存在となった。東京新聞が一面に載せた「平和の俳句」選者を務めて、有季無季を問わずに選んだことで、広範な人々から反戦俳句が同紙に寄せられ大きな反響を呼んだ。こうしたことで兜太の大衆人気が高まったのは間違いないだろう。

この頃の兜太を見ていて私は、この人は死なないのではないかと思った。少なくとも百歳を超えて生き続けるのではないかと。トラック島で戦争の地獄を見た生き証人として、戦争への道を再び歩むかのような政治に「易々と死ねない」との思いを強くしていたのではないか。九十歳で上梓した生前最後の第十四句集『日常』に「左義長や武器という武器焼いてしまえ」という句がある。遺句集『百年』にも多くの反戦詠が収められている。亡くなる四年前の掲句も反戦詠と読めば一層凄みがある。「他界」から悪政を睨み続けるぞと。

# 生きものに眠るあはれや竜の玉　岡本眸

（一九二八〜二〇一八年）『矢文』

「あはれ」は新仮名遣いで「あわれ」と書けば、「憐れ」（気の毒だ）の意味で使われることが多い。だが旧仮名の「あはれ」は王朝和歌以来、「愛着を感じる」という意味が多い。

作者は「眠る」という行為に愛着を感じた。しかも「生きもの」だから人間だけではない、生きとし生けるものすべての眠りに愛着を感じたのだ。生きものは生きなければならない。生きていれば喜びや楽しみもあるが、苦しみや悲しみも多い。他者と争うこともある。人間が戦争をするのも生きていればこそ。眠っている間（人間なら人生の三分の一くらい）はそうした葛藤から解放される。そのことを「あはれ」と感じたのだ。季語は「竜の玉」。草の陰にひそやかに実る瑠璃色の玉はまさに生きものの眠る姿だろう。

眸は東京に生まれ、十七歳のとき東京大空襲で自宅が全焼した。戦後は会社勤めをしながら、富安風生に師事して俳句を始めた。三十代で句友と結婚するも子宮がんを患い、夫とも四十八歳で死別。長い後半生を一人暮らしで通した。

身近なことを巧みに俳句に詠むのを得意とした眸だが、夫を亡くした後は「雲の峰一人の家を一人発ち」など「一人」という言葉を多く句に入れた。掲句の自解には「一句のテーマは『自愛』」と書いた（『岡本眸読本』）。九十歳で死去。

# 光堂より一筋の雪解水　有馬朗人《あきと》

（一九三〇〜二〇二〇年）『天為』

「光堂」は岩手県平泉の中尊寺にある国宝・金色堂のこと。平安末期に奥州藤原氏によって極楽浄土を模して建てられた仏堂で、当時みちのくで産出された金がふんだんに使われた。金色の仏像や藤原三代の亡骸が納められている。

掲句はその光堂から一筋の雪解水が流れている様を詠んだ。堂周囲は杉木立が生い茂り冬場は雪が多い。春まだ浅いころだろう。「光堂より一筋の」と畳みかけるように詠んだことで雪解水までもが金色の光を帯びながら流れてくるようだ。

光堂は芭蕉も『おくのほそ道』の旅で訪れ、「五月雨の降りのこしてや光堂」と詠んだ。芭蕉は「甍を覆ひて風雨を凌ぎ、暫時千歳の記念《かたみ》とはなれり」と感銘を込めて書いた。朗人の脳裏にも当然この一節があっただろう。光堂が建てられて五百年余を経て芭蕉が訪れ、さらに三百年を経て朗人が訪れて感銘を共有した。掲句の「一筋」には連綿とした時の流れの意味も込められたはずだ。

朗人は物理学者で、東大総長や文部大臣なども歴任した。海外経験が豊富で海外詠も多い。仕事の寸暇を惜しんで句作した。掲句も仕事で東北を訪れた折に光堂に立ち寄っての即吟という。俳句を余技とする俳人は多いが、朗人にとって俳句とは何だったのだろうか。

# 落椿とはとつぜんに華やげる　稲畑汀子《ていこ》

（一九三一～二〇二二年）『汀子第二句集』

椿は光沢のある葉陰に紅や白の大きな花を咲かせる。同じツバキ科の山茶花に似ているが、山茶花が花びらを散らすのに対して、椿は大輪の形のままに落ちる。美しいままに落ちる。掲句はそれを詠んだ。「とつぜんに落ちる」ではただの報告だが、「華やげる」として句になった。

葉陰に咲いていた花よりも、落ちた花にいっそう華やぎを感じたのだ。

掲句の構造としての特徴は下五を「華やげる」と連体形で止めた点。上五の「落椿」に返って「華やげる落椿とはとつぜんに」とも読める。これをたとえば「落椿とつぜんに華やぎしかな」「華やぎにけり」とすれば句はそこで切れるが、掲句は鎖のように連環している。汀子の句集を読んでいるとこの連環形が多い。「淋しさは秋灯いくつともしても」（『汀子第二句集』）、「秋深し人に祈りの深ければ」（『ホトトギス汀子句帖』）などもそうだ。

もうひとつ彼女の句の顕著な特徴を挙げれば、同じ言葉を繰り返して韻を踏むような句がきわめて多い点。「今日何も彼もなにもかも春らしく」「月の波消え月の波生れつゝ」（いずれも『汀子句集』）など枚挙にいとまがない。これは祖父の虚子にも父の年尾にもない特徴で、祖父、父の句とは異なるオリジナリティーを彼女なりに求めたからではないか。

# ただ祈る落花美しかりし日に　汀子

『ホトトギス汀子句帖』

掲句も前に挙げた連環形の句。「美しかりし日」と過去形だから過ぎ去った日を回想して祈っているという意味だろうか。「ただ祈る」に深い余韻が感じられる。「祈る」と詠んだのはむろん、汀子が敬虔なカトリック教徒であるからだろう。

彼女は昭和五十四（一九七九）年、父の年尾の死去を受けて四十八歳で大結社「ホトトギス」の三代目主宰となった。その翌年に夫とも死別した。「長き夜の苦しみを解き給ひしや」「淋しさは秋灯いくつともしても」「雛よりも悲しき心流さばや」などの句の苦しみ、淋しさ、悲しみを乗り越える支えになったのも、やはりキリスト教だったに違いない。

大結社と書いたが、汀子時代のホトトギスは虚子時代のガリバーのような大結社とはいえまい。さまざまな有力結社が現れ、虚子以来の「客観写生」「花鳥諷詠」のスローガンも揺らいでいた。汀子は主宰継承から八年後、満を持して「日本伝統俳句協会」を立ち上げ、会長に就いた。「俳人協会」や「現代俳句協会」に対峙する思いだったのだろう。ことあるごとに、客観写生とは写真のように平板に自然を写すことではなく、深く見て本質に迫ること、花鳥諷詠には人事も含む、と主張した。最大のライバル・兜太とも論争した。

兜太が逝き、汀子が逝った今、俳句は試練に見舞われているのかもしれない。

# 俳諧・俳句史

一四六七年　応仁の乱起こる。
一四七三年　荒木田守武（俳諧の祖）生まれる。
一五〇二年　飯尾宗祇（正風連歌の大成者）没。
一五二四〜四〇年頃　山崎宗鑑（俳諧の祖）編『犬筑波集』完成（俳諧選集の先駆）。
一五四〇年　『守武千句』完成（俳諧独吟の先駆）。
一五四九年　守武没。
一五七一年　松永貞徳（貞門の祖）生まれる。
一五八二年　本能寺の変。
一六〇〇年　関ヶ原の戦い。
一六〇三年　江戸幕府成立。
一六〇五年　西山宗因（談林の祖）生まれる。
一六三三年　松江重頼編『犬子集』完成（貞門の代表的俳諧選集）。
一六四一年　斎藤徳元著『誹諧初学抄』刊行（俳諧の手引書）。
一六四四年　松尾芭蕉（蕉門の祖）生まれる。
貞門俳諧の単純な言葉遊びが流行。
一六五三年　貞徳没。

談林俳諧の複雑な言葉遊びが流行。
「矢数俳諧」と呼ばれる即吟が流行。井原西鶴が一昼夜に二万三千五百句の即吟達成。

一六八二年　宗因没。

一六八九年　芭蕉が『おくのほそ道』の旅。
蕉門流行。芭蕉が不易流行、かるみを唱える。

一六九四年　芭蕉没。
蕉門が分裂、宝井其角らの都市系遊戯俳諧と各務支考らの地方系平俗俳諧が勢力を競う。

一七一六年　与謝蕪村生まれる。

一七六三年　小林一茶生まれる。
蕉風復興運動が活発化。芭蕉の言説を記した『去来抄』『三冊子』などが出版される。

一七八三年　蕪村没。

一七九三年　芭蕉百回忌。
芭蕉神格化が進む。俳諧は月並み（平俗）化を強める。

一八〇六年　朝廷が芭蕉に「飛音明神」の神号授与。

一八二七年　一茶没。

一八六七年　正岡子規生まれる。

一八六八年　明治維新。

一八七四年　高浜虚子生まれる。

子規が芭蕉神格化・月並み俳諧を批判、西洋画の手法に学んだ写生論を唱える。
「俳句」という言葉が一般に使われるようになる。

一九〇二年　子規没。

一九一三年　河東碧梧桐の新傾向運動、非定型の自由律俳句が起こる。
虚子が小説から俳句に復帰。
虚子が有季定型・客観写生・花鳥諷詠を唱える。
女性の俳句作りが活発化、身近な台所俳句が広がる。

一九三一年　客観写生をめぐり水原秋櫻子が虚子と決別。
ホトトギスの一極支配が崩れ、俳壇が多極化。
新興俳句、無季俳句、プロレタリア俳句、戦争俳句が活発化。

一九三九年　第二次世界大戦が勃発。

一九四〇年　京大俳句事件が起こり、新興俳句が特高警察に弾圧される。

一九四五年　広島、長崎に原爆投下。敗戦。

一九四六年　仏文学者の桑原武夫が「第二芸術」で伝統俳句を批判。
加藤楸邨が戦争中に軍嘱託で中国を旅したことを中村草田男が攻撃。

一九四七年　現代俳句協会設立。

一九四八年　山口誓子が「天狼」を創刊、新興俳句派が再結集する。
社会性俳句、前衛俳句が活発化。

一九五九年　虚子没。

一九六一年　前衛派の金子兜太が「造型俳句六章」発表。
一九六二年　現代俳句協会が分裂、草田男ら有季定型派が俳人協会設立。
無季・有季をめぐり兜太と草田男が論争。
飯田蛇笏が没し、息子の龍太が俳句結社「雲母」継承。
カルチャーセンターで俳句盛況。
一九八二年　俳句結社の女性主宰が増え、主宰の世襲化も進む。
田中裕明が史上最年少の二十三歳で新人の登竜門・角川俳句賞受賞。
一九八七年　稲畑汀子が日本伝統俳句協会設立。
短歌の俵万智の歌集『サラダ記念日』ブーム。
一九九二年　龍太が「雲母」終刊。
一九九八年　高校生の俳句甲子園開始。
俳句結社誌・同人誌が八百誌を超えピークに。
二〇一一年　古参の俳句総合誌「俳句研究」休刊。
民放バラエティ番組「プレバト!!」で俳句人気。
俳句結社誌・同人誌が減り始める。
二〇一五年　東京新聞・中日新聞で兜太選の「平和の俳句」開始。
二〇一七年　北海道大学大学院調和系工学研究室が俳句を作る「AI（人工知能）一茶くん」開発。
二〇一八年　俳句のユネスコ無形文化遺産登録を目指して協議会設立。
二〇二〇年　岩田奎が二十一歳で角川俳句賞受賞、最年少記録を更新。

# あとがき

本書は、所属する俳句結社「古志」誌の二〇一七年十月号～一八年一月号、一八年七月号～十月号、二一年五月号～八月号に連載した文章に加筆したものです。

日頃ご指導をいただく「古志」前主宰・長谷川櫂先生から身に余る帯文を賜りました。厚くお礼を申し上げます。また出版の労をおとり下さったコールサック社の鈴木光影様に感謝を申し上げます。

二〇二三年十一月

藤　英樹

# 俳句索引（現代仮名遣いによる五十音順）

## あ


藍壺にきれを失ふ寒さかな　内藤丈草　97
あえかなる薔薇撰りをれば春の雷　石田波郷　304
青饅やこの世を遍路通りゐる　森澄雄　358
赤い椿白い椿と落ちにけり　河東碧梧桐　216
赤く見え青くも見ゆる枯木かな　松本たかし　279
秋の淡海かすみ誰にもたよりせず　森澄雄　355
秋風にしら波つかむみさご哉　高桑闌更　130
秋風に向けて飯焚く小舟かな　栗田樗堂　146
秋風や唐紅の咽喉仏　夏目漱石　213
秋たつや小石を掃ふ竹箒　高橋東皐　156
秋の暮業火となりて秬は燃ゆ　石田波郷　306
秋の航一大紺円盤の中　中村草田男　292
灰汁桶の雫やみけりきり〴〵す　野沢凡兆　93
明ぼのやしら魚しろきこと一寸　松尾芭蕉　53
あさがほに我は食くふおとこ哉　松尾芭蕉　49
朝がほやあらき海辺を垣一重　鶴田卓池　189
朝がほや一輪深き渕のいろ　与謝蕪村　119
蕣や君いかめしき文学士　正岡子規　203
朝寒や山の間に京の山　穂積永機　199
紫陽花に秋冷いたる信濃かな　杉田久女　266
足すこし悪しと聞けど花の陣　高浜虚子　244
明日知らぬ小春日和や翁の日　井上井月　197
あたゝかな雨がふるなり枯葎　正岡子規　201
頭の中で白い夏野となつてゐる　高屋窓秋　303
天地の間にほろと時雨かな　高浜虚子　237
荒海や佐渡によこたふ天河　松尾芭蕉　69
あら何ともなやきのふは過てふくと汁　松尾芭蕉　47
蟻の道雲の峰よりつゞきけん　小林一茶　180
あをあをとこの世の雨の帚草　飴山實　335
鮟鱇の骨まで凍てゝぶちきらる　加藤楸邨　328


## い


家ふたつ戸の口見えて秋の山　鈴木道彦　157
いきいきと三月生る雲の奥　飯田龍太　339
生きものに眠るあはれや竜の玉　岡本眸　378

いくたびも雪の深さを尋ねけり　正岡子規　206
十六夜はわづかに闇の初哉　松尾芭蕉　76
頂を花とながめて富士の山　井上井月　196
市売りの鮒に柳のちる日かな　常世田長翠　144
一月の川一月の谷の中　飯田龍太　342
一僕とぼくぼくありく花見哉　北村季吟　24
一夜づゝ淋しさ替る時雨哉　早野巴人　101
いつ暮て水田のうへの春の月　成田蒼虬　183
凍蝶のきりきりのぼる虚空かな　橋本多佳子　286
稲妻のかきまぜて行やみよかな　向井去来　90
稲づまや浪もてゆへる秋つしま　与謝蕪村　116
命なりわづかの笠の下涼み　松尾芭蕉　46
命也月見る我をくふ蚊まで　岩間乙二　159
命二つの中に生たる桜哉　松尾芭蕉　58
芋の露連山影を正うす　飯田蛇笏　252
鰯雲人に告ぐべきことならず　加藤楸邨　318

## う

上行と下くる雲や秋の天　野沢凡兆　92
憂きことを海月に語る海鼠哉　黒柳召波　123
うすらひは深山へかへる花の如　藤田湘子　351
うつくしやせうじの穴の天川　小林一茶　176
うづくまる薬の下の寒さかな　内藤丈草　95
馬の耳すぼめて寒し梨の花　各務支考　100
馬ぼくぼく我をゑに見る夏野哉　松尾芭蕉　50
海くれて鴨のこゑほのかに白し　松尾芭蕉　55
海に出て木枯帰るところなし　山口誓子　283
湖の水かたぶけて田植かな　高井几董　124
海も帆に埋れて春の夕かな　吉分大魯　126
海山を洗ひあげたる月夜哉　井上士朗　140
梅咲いて庭中に青鮫が来ている　金子兜太　375

## え

越後屋に衣さく音や更衣　宝井其角　83
閻王の口や牡丹を吐んとす　与謝蕪村　112

## お

黄土灼け黄河近づきゐるごとし　加藤楸邨　324

大蟻のたゝみをありくあつさ哉　井上士朗　141
大いなるものが過ぎ行く野分かな　高浜虚子　229
おおかみに螢が一つ付いていた　金子兜太　376
大空の真つたゞ中やけふの月　正岡子規　202
大空の見事に暮るる暑さ哉　小林一茶　172
大晦日定めなき世のさだめ哉　井原西鶴　29
隠岐やいま木の芽をかこむ怒濤かな　加藤楸邨　322
奥白根かの世の雪をかゞやかす　前田普羅　251
億年のなかの今生実南天　森澄雄　359
遅き日のつもりて遠きむかしかな　与謝蕪村　108
おそるべき君等の乳房夏来る　西東三鬼　296
おだやかにをりかさなるや夕千鳥　倉田葛三　155
落汐に鳴門やつれて暮の春　松江重頼　19
落椿とはとつぜんに華やげる　稲畑汀子　380
御手討の夫婦なりしを更衣　与謝蕪村　111
おぼろ夜のかたまりとしてものおもふ　加藤楸邨　331
おもしろうてやがてかなしき鵜舟哉　松尾芭蕉　64
凡そ天下に去来程の小さき墓に参りけり　高浜虚子　221
おらが世やそこらの草も餅になる　小林一茶　171
をりとりてはらりとおもきすゝきかな　飯田蛇笏　253


## か


甲斐の鮎届きて甲斐の山蒼し　水原秋櫻子　271
柿くへば鐘が鳴るなり法隆寺　正岡子規　205
垣越しの話も春を惜しみけり　関為山　193
果樹園がシヤツ一枚の俺の孤島　金子兜太　372
風が吹く仏来給ふけはひあり　高浜虚子　217
風に落つ楊貴妃桜房のまゝ　杉田久女　265
葛飾や桃の籬も水田べり　水原秋櫻子　269
かなしめば鵙金色の日を負ひ来　加藤楸邨　317
蚊柱は大鋸屑さそふゆふべ哉　西山宗因　28
蚊帳出づる地獄の顔に秋の風　加藤楸邨　320
がら声になくはたでくふ虫候か　西山宗因　25
辛崎の松は花より朧にて　松尾芭蕉　57
唐太の天ぞ垂れたり鰊群来　山口誓子　281
落葉松はいつめざめても雪降りをり　加藤楸邨　329
雁がねの竿になる時尚さびし　向井去来　91
雁やのこるものみな美しき　石田波郷　309

枯枝に烏のとまりたるや秋の暮　松尾芭蕉　48
枯木山枯木を折れば骨の匂ひ　三橋鷹女　289
元日や神代のことも思るゝ　荒木田守武　11

き

雉子の眸のかうかうとして売られけり　加藤楸邨　326
木のもとに汁も鱠も桜かな　松尾芭蕉　72
狂句こがらしの身は竹斎に似たる哉　松尾芭蕉　54
京にても京なつかしやほとゝぎす　松尾芭蕉　74
切られたる夢は誠か蚤の跡　宝井其角　81
きりきりしやんとしてさく桔梗哉　小林一茶　177
桐一葉日当りながら落ちにけり　高浜虚子　220
切干もあらば供へよ翁の忌　高浜虚子　238
切干やいのちの限り妻の恩　日野草城　276
銀行員等朝より螢光す烏賊のごとく　金子兜太　370
銀屏に燃ゆるが如き牡丹哉　正岡子規　207

く

九月尽遙に能登の岬かな　加藤暁台　132
草の戸も住替る代ぞひなの家　松尾芭蕉　65
草の戸や巨燵の中も風の行　炭太祇　105
雲とへだつ友かや雁のいきわかれ　松尾芭蕉　45
雲はなほ定めある世の時雨かな　心敬　7
くるとしのおも湯に繋ぐ命哉　安原貞室　17
くろがねの秋の風鈴鳴りにけり　飯田蛇笏　255

け

鶏頭の十四五本もありぬべし　正岡子規　209
下々も下々下々の下国の涼しさよ　小林一茶　173
今朝や春あつさりさつと一かすみ　北村季吟　23

こ

声かれて猿の歯白し岑の月　宝井其角　82
蟋蟀が深き地中を覗き込む　山口誓子　284
蟋蟀やまださめきらぬ風呂の下　桜井梅室　192
凩の果はありけり海の音　池西言水　35
こがらしや日に日に鴛鴦のうつくしき　井上士朗　142
心からしなのの雪に降られけり　小林一茶　167

去年今年貫く棒の如きもの　高浜虚子　243
悉く全集にあり衣被　田中裕明　348
此秋は何で年よる雲に鳥　松尾芭蕉　78
この河／おそろし／あまりやさしく／流れゆき　高柳重信　314
是がまあつひの栖か雪五尺　小林一茶　174
これはこれはとばかり花の吉野山　安原貞室　16
紺絣春月重く出でしかな　飯田龍太　337
今生は病む生なりき鳥兜　石田波郷　313
崑崙の夢やうちはを尻にしき　飯田篤老　161

## さ

最澄の瞑目つづく冬の畦　宇佐美魚目　366
咲満てさくら淋しくなりにけり　常世田長翠　143
細雪妻に言葉を待たれをり　石田波郷　310
淋しさの底ぬけて降る霙哉　内藤丈草　96
さびしさよ馬を見に来て馬を見る　高柳重信　315
淋しさを裸にしたり須磨の月　山口素堂　43
さまざまの事おもひ出す桜哉　松尾芭蕉　62
寒からう痒からう人に逢ひたからう　正岡子規　208
猿を聞人捨子に秋の風いかに　松尾芭蕉　52
三尺の松みどり也やけのはら　安井大江丸　137
山門を出れば日本ぞ茶摘うた　田上菊舎尼　163
三椀の雑煮かゆるや長者ぶり　与謝蕪村　107

## し

子規逝くや十七日の月明に　高浜虚子　219
しぐれふるみちのくに大き佛あり　水原秋櫻子　270
示寂すといふ言葉あり朴散華　高浜虚子　236
閑さや岩にしみ入蟬の声　松尾芭蕉　68
しづかさや湖水の底の雲のみね　小林一茶　166
死と言わず他界と言いて初霞　金子兜太　377
死神を蹶る力無き蒲団かな　高浜虚子　222
死ぬとしを枯木のやうに忘けり　岩間乙二　160
死ねば野分生きてゐしかば争へり　加藤楸邨　327
十二月八日の霜の屋根幾万　加藤楸邨　323
少年や六十年後の春の如し　永田耕衣　300
さうぶ湯やさうぶ寄くる乳のあたり　加舎白雄　131

醤油蒸す軒のけぶりや百日紅　大島完来　154
除夜の妻白鳥のごと湯浴みをり　森澄雄　353
白魚のどつと生まるるおぼろかな　小林一茶　168
白魚やさながらうごく水の色　小西来山　33
しら梅に明る夜ばかりとなりにけり　与謝蕪村　121
白地着てつくづく妻に遺されし　森澄雄　360
白をもて一つ年とる浮鷗　森澄雄　356
人体冷えて東北白い花盛り　金子兜太　374

す

すぐ来いといふ子規の夢明易き　高浜虚子　246
涼しさは錫の色なり水茶碗　伊藤信徳　31
涼しさも末ひろごりの扇かな　松永貞徳　13
涼しさや鐘をはなるゝかねの声　与謝蕪村　118
すゞしさや根笹に牛もつながれて　成田蒼虬　185
すばらしい乳房だ蚊が居る　尾崎放哉　261
酢味噌あらば春の野守となり果ん　森川許六　99
菫ほどな小さき人に生れたし　夏目漱石　212

せ

青年鹿を愛せり嵐の斜面にて　金子兜太　369
咳をしても一人　尾崎放哉　262
蟬の命つないでおくや露の玉　松永貞徳　15
戦争が廊下の奥に立つてゐた　渡邊白泉　298
千両か万両か百両かも知れず　星野立子　290

そ

空へゆく階段のなし稲の花　田中裕明　350

た

大寒の一戸もかくれなき故郷　飯田龍太　340
大寒の埃の如く人死ぬる　高浜虚子　235
田一枚植て立去る柳かな　松尾芭蕉　66
高々と蝶こゆる谷の深さかな　原石鼎　250
鷹一つ見付てうれしいらご崎　松尾芭蕉　61
滝の上に水現れて落ちにけり　後藤夜半　274
竹の葉の世に美しきさむさ哉　岩間乙二　158

竹われば竹の中より秋のかぜ　成田蒼虬　184
蛸壺やはかなき夢を夏の月　松尾芭蕉　63
ただ祈る落花美しかりし日に　稲畑汀子　381
立出てうしろ歩や秋のくれ　服部嵐雪　85
館の火のありありと冬の木立かな　榎本星布尼　147
たとふれば独楽のはぢける如くなり　高浜虚子　230
旅に病で夢は枯野をかけ廻る　松尾芭蕉　79
旅人と我名よばれん初しぐれ　松尾芭蕉　60
誰彼もあらず一天自尊の秋　飯田蛇笏　256

## ち

地球一万余回転冬日にこ〳〵　高浜虚子　247
蝶あまた男の力失せにけり　加藤楸邨　332
蝶墜ちて大音響の結氷期　富澤赤黄男　297
治聾酒の酔ふほどもなくさめにけり　村上鬼城　249

## つ

月天心貧しき町を通りけり　与謝蕪村　115
月にえをさしたらばよき団哉　山崎宗鑑　10
月の山大国主命かな　阿波野青畝　277
月見草はらりと地球うらがへる　三橋鷹女　288
つくづくと物の始まる火燵哉　上嶋鬼貫　41
筑波嶺は日ごとに高し秋の風　鳥越等栽　198
つばき落鶏鳴椿また落る　桜井梅室　190
露草も露のちからの花ひらく　飯田龍太　338
露の世は露の世ながらさりながら　小林一茶　181

## て

手にふるゝものよりうつる寒さ哉　田川鳳朗　187
手毬唄かなしきことをうつくしく　高浜虚子　234
天目に小春の雲の動きかな　田上菊舎尼　165

## と

桃源の路次の細さよ冬ごもり　与謝蕪村　120
どうしようもないわたしが歩いてゐる　種田山頭火　264
胴炭も置心よし除夜の鐘　川上不白　138
遠山に日の当りたる枯野かな　高浜虚子　218
どかと解く夏帯に句を書けとこそ　高浜虚子　224

何処やらに鶴の声聞く霞かな　井上井月　195
外にも出よ触るるばかりに春の月　中村汀女　278
飛梅やかろがろしくも神の春　荒木田守武　12
飛ぶ鮎の底に雲行く流かな　上嶋鬼貫　40
どれも口美し晩夏のジャズ一団　金子兜太　373
戸をたゝく狸と秋をおしみけり　与謝蕪村　114


## な

長き長き春暁の貨車なつかしき　加藤楸邨　321
永き日のにはとり柵を越えにけり　芝不器男　267
流れ行く大根の葉の早さかな　高浜虚子　227
死骸や秋風かよふ鼻の穴　飯田蛇笏　254
夏草に汽罐車の車輪来て止る　山口誓子　282
夏草や兵どもが夢の跡　松尾芭蕉　67
夏の月かゝりて色もねずが関　高浜虚子　233
夏羽織俠に指断つ掟あり　飯田龍太　346
何ごとも忘れて涼しねむの花　吉川五明　135
何もかも知つてをるなり竈猫　富安風生　257
菜の花に入らんとするや走り波　橘田春湖　194
なの花のとつぱづれ也ふじの山　小林一茶　170
菜の花や月は東に日は西に　与謝蕪村　110
南無あみだ我身ひとつの空の月　西山宗因　26


## に

二三尺這うて田螺の日暮けり　吉川五明　134


## ね

猫の子に嗅れてゐるや蝸牛　椎本才麿　37


## の

野ざらしを心に風のしむ身哉　松尾芭蕉　51
のちの月葡萄に核のくもりかな　夏目成美　149
喉元のつめたき鶯餅の餡　川崎展宏　363


## は

俳諧の月の奉行と今までも　高浜虚子　245
白梅のあと紅梅の深空あり　飯田龍太　343
白牡丹といふといへども紅ほのか　高浜虚子　225

旗のごとなびく冬日をふと見たり　高浜虚子　232
初秋やそろりと顔へ蚊屋の脚　仙石廬元坊　102
初しぐれ猿も小蓑をほしげ也　松尾芭蕉　71
初蝶やわが三十の袖袂　石田波郷　307
初笑深く蔵してほのかなる　高浜虚子　240
花鳥もおもへば夢の一字かな　夏目成美　150
花びらの山を動すさくらかな　酒井抱一　182
花守や白き頭をつきあはせ　向井去来　89
花よりも団子やありて帰雁　松永貞徳　14
花林檎貧しき旅の教師たち　飴山實　334
母と二人いもうとを待つ夜寒かな　正岡子規　210
蛤のふたみにわかれ行秋ぞ　松尾芭蕉　70
玫瑰や今も沖には未来あり　中村草田男　293
春風や牛に引かれて善光寺　小林一茶　169
春風や闘志いだきて丘に立つ　高浜虚子　223
春雨のなま夕ぐれや置火燵　椎本才麿　36
春雨やぬけ出たまゝの夜着の穴　内藤丈草　94
春の海終日のたり〳〵哉　与謝蕪村　109
春の鳶寄りわかれては高みつつ　飯田龍太　336
春の灯や女は持たぬのどぼとけ　日野草城　275
春の水ところ〴〵に見ゆる哉　上嶋鬼貫　38
春の山屍をうめて空しかり　高浜虚子　248
春の夜の藁屋ふたつが国境ひ　飯田龍太　344
春やこし年や行けん小晦日　松尾芭蕉　44
万物の秋をおさめて頭陀ひとつ　田上菊舎尼　164
萬緑の中や吾子の歯生え初むる　中村草田男　294

## ひ

光堂より一筋の雪解水　有馬朗人　379
牽き入れて馬と涼むや川の中　吉川五明　133
蟇誰かものいへ声かぎり　加藤楸邨　319
日盛りに蝶のふれ合ふ音すなり　松瀬青々　215
一竿は死装束や土用ぼし　森川許六　98
人ちかき命になりぬきり〴〵す　大島蓼太　129
人に遠し宵よりこもる幮の山　夏目成美　151
火の奥に牡丹崩るるさまを見つ　加藤楸邨　325
ひやひやと田にはしりこむ清水哉　建部巣兆　145
病雁の夜さむに落て旅ね哉　松尾芭蕉　75

ふ

二日灸僧のはだかはきれいなり　大島完来　153
ふと覚めし雪夜一生見えにけり　村越化石　364
ふとん着て寝たる姿や東山　服部嵐雪　86
鮒ずしや彦根が城に雲かゝる　与謝蕪村　113
舟虫が潑溂原子力発電　山口誓子　285
冬滝の真上日のあと月通る　桂信子　347
プラタナス夜もみどりなる夏は来ぬ　石田波郷　305
古池や蛙飛こむ水のおと　松尾芭蕉　59
降る雪や明治は遠くなりにけり　中村草田男　291
ふはとぬぐ羽織も月のひかりかな　夏目成美　148
文明の興り亡べり春氷　田中裕明　349

へ

糸瓜咲て痰のつまりし仏かな　正岡子規　211

ほ

砲火そゝぐ南京城は炉の如し　高浜虚子　231
方丈の大庇より春の蝶　高野素十　273
ぼうたんの百のゆるるは湯のやうに　森澄雄　357
朴散華即ちしれぬ行方かな　川端茅舎　268
ほこ長し天が下照姫はじめ　杉木望一　22
螢火や吹とばされて鳰のやみ　向井去来　88
陰に生る麦尊けれ青山河　佐藤鬼房　333

ま

まだ青い西瓜流るゝ夕立かな　堀麦水　106
又一つ花につれゆく命かな　上嶋鬼貫　39
松風や俎に置く落霜紅　森澄雄　352
丸山の春も暮たりいざもどろ　西山宗因　27
曼珠沙華どれも腹出し秩父の子　金子兜太　367
満丸に出てもながき春日哉　山崎宗鑑　9

み

水脈の果て炎天の墓碑を置きて去る　金子兜太　368
水あふれゐて啓蟄の最上川　森澄雄　354
湖へ不二を戻すか五月雨　田川鳳朗　186

水くらく菜の花白く日暮れたり　宮紫暁　136
水渺々河骨茎をかくしけり　黒柳召波　122
水枕ガバリと寒い海がある　西東三鬼　295
見つくして暦に花もなかりけり　井原西鶴　30
身ひとつは水汲ずともくさのつゆ　夏目成美　152
みよしのゝ花の盛や四海浪　松江重頼　18

## む

むかひみる餅はしろみの鏡かな　野々口立圃　20
武蔵野の雪ころばしか冨士の山　斎藤徳元　21
虫の夜の星空に浮く地球かな　大峯あきら　365
無数蟻ゆく一つぐらゐは遁走せよ　加藤楸邨　330
むめ一輪一りんほどのあたゝかさ　服部嵐雪　87
むめがゝにのつと日の出る山路かな　松尾芭蕉　77

## め

名月や今宵生るる子もあらん　伊藤信徳　32
目出度さもちう位也おらが春　小林一茶　179
目には青葉山郭公はつ鰹　山口素堂　42

## も

藻の花にうかべてあそべ夕ごゝろ　飯田篤老　162
門を出れば我も行人秋のくれ　与謝蕪村　117

## や

やぶ入の寝るやひとりの親の側　炭太祇　104
山国の蝶を荒しと思はずや　高浜虚子　239
山路来て何やらゆかしすみれ草　松尾芭蕉　56
「大和」よりヨモツヒラサカスミレサク　川崎展宏　362
山に花海には鯛のふゞくかな　松瀬青々　214
闇の夜は吉原ばかり月夜哉　宝井其角　80
やり羽子や油のやうな京言葉　高浜虚子　226
やはらかに人分けゆくや勝角力　高井几董　125

## ゆ

いうぜんとして山を見る蛙哉　小林一茶　175
ゆふだちや田も三巡りの神ならば　宝井其角　84
雪とけて村一ぱいの子ども哉　小林一茶　178

雪解け道さがり眼の子の菓子袋　川崎展宏　361
雪はしづかにゆたかにはやし屍室　石田波郷　311
雪山のどこも動かず花にほふ　飯田龍太　341
行春や吾がくれなゐの結核菌　石田波郷　312
行春を近江の人とおしみける　松尾芭蕉　73
夢に舞ふ能美しや冬籠　松本たかし　280
夢の世に葱を作りて寂しさよ　永田耕衣　299
夢を穂に残して枯し尾花哉　田川鳳朗　188

よ
用のない髪とおもへば暑さかな　織本花嬌　139
世にふるも更に時雨の宿りかな　飯尾宗祇　8

ら
ライターの火のポポポポと滝涸るる　秋元不死男　301
爛々と昼の星見え菌生え　高浜虚子　242

り
龍の玉虚子につめたき眼あり　飯田龍太　345

ろ
琅玕や一月沼の横たはり　石田波郷　308
聾青畝ひとり離れて花下に笑む　高浜虚子　228
六月やあらく塩ふる磯料理　水原秋櫻子　272
六月を奇麗な風の吹くことよ　正岡子規　204

わ
我が家に居所捜すあつさかな　望月宋屋　103
わが心われに戻るや蚊帳の中　三森幹雄　200
我生の今日の昼寝も一大事　高浜虚子　241
我寝たを首上げて見る寒さ哉　小西来山　34
分け入つても分け入つても青い山　種田山頭火　263
棉の実を摘みゐてうたふこともなし　加藤楸邨　316
綿虫の綿の芯まで日が熱し　橋本多佳子　287
藁塚に一つの強き棒挿さる　平畑静塔　302
我まゝに飛で静なほたるかな　桜井梅室　191
彎曲し火傷し爆心地のマラソン　金子兜太　371

著者略歴

**藤英樹**（ふじ　ひでき）

1959年、東京生まれ。2002年、東京新聞職場句会「百花」に参加、俳句を始める。04年、俳句結社「古志」入会、長谷川櫂に師事。05年、古志同人。11年、「初代中村吉右衛門と俳句」で第六回古志俳論賞受賞。現在、古志鎌倉支部長、櫂が代表をつとめるNPO法人「季語と歳時記の会」の会報「きごさい」編集長。

著書に『長谷川櫂200句鑑賞』（16年、花神社）、第一句集『静かな海』（17年、花神社）、句文集『わざをぎ』（21年、青磁社）

現住所　〒232-0072　神奈川県横浜市南区永田東1-31-23
Mail　hosai1959santoka@ye4.fiberbit.net

俳句500年　名句をよむ

---

2023年12月8日初版発行
著　者　藤英樹
編　集　鈴木光影
発行者　鈴木比佐雄
発行所　株式会社 コールサック社
〒173-0004　東京都板橋区板橋 2-63-4-209
電話 03-5944-3258　FAX 03-5944-3238
suzuki@coal-sack.com　http://www.coal-sack.com
郵便振替　00180-4-741802
印刷管理　（株）コールサック社　制作部

---

装幀　松本菜央

---

落丁本・乱丁本はお取り替えいたします。
ISBN978-4-86435-591-9　C0095　￥2000E